그늘진 달동네

그늘진 달동네

백동수 지음

북허브

차 례

Part 05
삶과 죽음의 경계

Part 06
어지러운 사회상 – 달동네 2세들

Part 07
황혼을 준비하는 달동네

Part 08
변모하는 달동네

01

젊은 날의 초상

신비의 파랑새 섬

1960년대 말로 기억된다. 라디오에서 흘러나오는 아침 뉴스. 파랑새 섬을 찾아 나선 탐험대는 김 노인이 말한 지점으로 파랑새 섬을 찾아 나섰으나 끝내 발견치 못하고 돌아오고 말았다.

기록에 의하면 이 섬은 1940년대 인근을 지나던 중국 화물선이 좌초가 되었다는 기록만 남아 있을 뿐, 그 어디에서도 파랑새 섬에 대한 존재는 더 이상 확인할 수 없었다고 한다.

참으로 이상하고도 기이한 일이 아닌가. 섬이 없어진 것인지 아니면 처음부터 존재하지 않은 섬인지 나는 몹시 궁금하지 않을 수 없었다.

나는 1970년대 후반 군 입대 신체검사를 받았다. 학벌이 별로 없던 나는 을1급 판정을 받고 보충역에 편입되었다. 이듬해 나는 실역미필 예비군 훈련을 받게 되었다. 군에서 제대한 동원 중대 또는 일반 예비군 중대와는 달리 우리는 무척이나 힘든 훈련을 받았다. 비좁은 훈련장에서 선착순은 다반사.

처음에는 군사훈련이라서 힘들 것이라 생각했다. 마지막 날 훈련이 끝나고 동료들과 동네 대폿집으로 향했다. 담당조교들은 우리들에게 끊임없이 복창 소리가 작다고 외쳐댄다. 틈만 나면 앞으로 취침, 뒤로 취침 많이도 굴린다. 실역미필보충역 예비군들을 인솔한 지역 방위병들조차 자신들도 3주간의 군사교육을 받았지만 우리만큼 힘들진 않았다고 한다.

군사교육이라고 하기에는 많이도 부족하단 생각이 든다. 동네 형들한테 훈련이 너무 힘들었다고 하자, "군대 가봐. 그건 아무것도 아냐 이 사람아." 이제 겨우 며칠 훈련 받고 있는 우리에게 동네 형들은 군 생활 3년의 일들을 종합해서 짤막하게 늘어놓는다. 옆에 있던 주인아저씨도 한마디 거든다. 그 시절 무척 배가 고팠는데, 콩나물국이 나오면 반은 지푸라기라며 열변을 토한다.

화제는 온통 군대 이야기로 꽃을 피우고 자연스럽게 군번 이야기로 넘어간다. 젓가락 군번, 100원짜리 군번 또는 10원짜리 군번이라는 말이 나왔는데, 10원짜리 100원짜리 군번이 뭔지 나는 몹시 궁금했다. 어느 것이 오래된 군번일까. 나는 옆좌석에 있던 동네 형한테 물었다.

"형님 10원짜리 군번이 제일 오래된 군번이지요. 그리고 100원짜리 군번이 그 다음이고요."

"아이 이 사람아 그럼 당연이지, 10원짜리 다음에 100원이지 100원 다음이 10원이겠어?"

그때 주인아저씨가 우리를 보며 큰소리를 친다.

"야, 이 사람들아 그러니까 당신들은 아직 멀었다는 거야."

대폿집 주인아저씨는 어느 때보다도 목소리에 힘이 들어가 있었다.

"100원짜리 군번이 어디 군번인지나 알아? 제주도 군번이야. 뭘 알고나 떠들어 이 사람들아."

"아니, 100원짜리 군번이 제주도 훈련소 군번이에요."

"6·25 전쟁 통에 어디에 훈련소가 있겠어, 이 사람들아. 김씨, 자네는 아직 멀었다는 거여."

보기 좋게 한방 먹은 동네 형은 웃는다. 우리도 그 모습을 보고 따라 웃었다.

며칠 후 나는 인근에 있는 H동으로 친구들을 찾아갔다. 산동네에 자리하고 있는 H동 사람들은 이곳을 달동네라 부르기도 한다. 주민 대부분이 노동일을 주업으로 삼고 있다.

나는 살고 있는 동네 친구들보다는 H동 달동네 친구들이 편하고 즐겁기만 했다. 그들 중에 정태와 복진이 나와 가장 친하다. 나와는 동갑내기들이고, 둘 다 노동일을 한다. 정태와 달리 복진은 경험이 많고 무척 오래되었다고 들었다. 그와 함께 할 때면 만나는 사람마다 일 있으면 연락 좀 해달라고 부탁을 하기도 한다.

복진은 나 정태와는 달리 사회생활 면에서 성숙한 모습을 자주 보여주기도 한다. 복진은 노가다 오야지들을 많이 알고 있어서 자신이 세와 일을 할 때도 있다고 나에게 말한 적 있다(세와 - 인부를 구하는 일 또는 일류 개그맨 못지않은 말솜씨). 아무튼 그는 사람을 곧잘 웃기는 재주를 가지고 있다.

언제나 듬직해 보이는 정태는 술을 잘 산다. 술도 친구들 중에서는 가장 센 편이다. 헤어질 때는 꼭 커피 한잔도 곁들인다. 커피값 역시 정태가 내기 일쑤다.

정태의 집 가까이 있는 구멍가게 앞에 사람들이 모여 있다. 복진 역시 일을 가지 않은 것 같다. 영택 형도 보인다.

오늘의 화제는 당연히 보충역 예비군 훈련 이야기로 모두들 힘들었다고 한다. 내가 예상했던 대로 두 친구는 나만큼 고생을 했다. 듣고 있던 영택 형 역시 군대를 가봐야 안다고 우리 동네 형들과 다르지 않은 이야기를 늘어놓는다.

영택 형이 막걸리 두 병을 들고 나온다. 이어서 구멍가게 주인아줌마가 막걸리잔과 김치를 내어 놓는다. 술이 한두 잔씩 돌아가고 정태는 자신들의 중대장 김택현이 참으로 대단하고 술이 엄청 세다고 이야기를 늘어놓는다.

"아 그 양반 참 술 좋아하지. 그 사람은 무조건 소주고, 막걸리는 먹지 않아. 아 그렇게 술 잘 먹는 사람은 처음 보는 거 같아. 대단한 사람이야."

영택 형은 그를 잘 알고 있는 것 같다. 김택현의 고향은 이북이라고 했다. 내가 술을 몇 병 내오고 복진이 마치 오늘 예비군 훈련장 교관이나 조교가 되어 우리를 웃긴다. 참으로 유머 감각이 뛰어나다.

그들과 헤어져 달동네를 벗어날 즈음 길 한쪽에 앉아있는 사나이를 발견했다. 단정하지 못한 옷차림하고 취한 모습으로 혼자서 중얼거린다. 나는 그를 몇 번 보았다. 그의 이름은 최종수라고 술이 취해 파랑새를 찾으면 모두들 그를 피한다고 한다.

최종수와 나는 술자리를 같이 한 적이 있다. 물론 몇 번 되지는 않는다. 나이는 나와 네다섯 정도 차이가 나지 않을까. 여럿이 나누는 대화 속에도 그와의 직접적인 대화는 없었다. 술좌석에서의 최종수는 상대를 편하게 한다. 잘난 체를 거의 하지 않는다. 직업은 운전수라 했다. 그에게 운전을 배운 사람들도 더러 있다고 한다.

최종수, 그를 볼 때면 지난날 그 아침 뉴스가 떠오르곤 한다.

거인을 만나다

정태는 술 한잔 더하고 오늘 여기서 자고 가라고 하고, 복진 역시 한 잔 더하고 내일 비상소집 훈련이 있으니 새벽에 같이 나가자고 했다.

다음 날 새벽, 우리는 정태 집을 나섰다. 공터에는 많은 예비군들이 모여들기 시작한다. 동이 틀 무렵 수하를 거느리고 언덕 위에 나타난 거한, 친구들은 나에게 중대장 김택현이 나타났다고 일러준다. 한 손에는 메가폰을 들고 커다란 군화 발자국 소리를 내며 거인의 모습으로 언덕을 내려온다.

김택현 그의 고향은 황해도 장현으로 대지주의 3남 1녀 중 막내아들로 태어나 부러울 거 없는 생활을 하였다. 해방이 되고 공산정권이 들어서자 많은 지주들이 재산을 잃었음에도 평소에 어려운 사람들을 많이 도와준 부친의 선행으로 많은 재산을 보존할 수 있었다고 한다. 훗날 나는 김택현과 함께 많은 나날을 보낼 수 있었다.

김택현 그의 나이 16세 때 6 · 25 사변이 터지고, 얼마 지나지 않아 작은형과 함께 내무서로 끌려가 인민군에 입대를 했다. 황주에서 군사 훈련을 한 달간 받고 소대 배치를 받고서 마주한 장교는 다름 아닌 그의 작은형 김기현이었다.

김기현 그는 고향 장연에서는 유명한 운동선수로 힘이 아주 장사였다고 한다. 월남한 이후 동창회에 나가면 모든 이들이 기립박수를 칠 정도로 인기가 좋았다고 한다. 어느 날 김기현은 사병훈련소에서 훈련을 받던 중 고급장교로부터 장교를 시켜주면 할 수 있겠냐는 제의를 받고, 할 수 있다고 했다. 다시 한 번 묻는 고급장교에게 할 수 있다고 했다.

형과 달리 김택현은 사병훈련소에서 많은 고생을 했다고 한다. 16세 당시에 김택현은 총을 메면 개머리판이 땅에 닿을 정도로 키가 작았다고 한다.

때는 여름, 훈련소는 처음 지급받은 훈련복을 입고 잘 정도로 환경이 열악했다. 김택현은 소대장인 형의 인솔 하에 서울로 출발했다. 미군기의 공습을 피해 낮에는 쉬고 밤에는 걸어 열흘만에 미아리고개를 넘었다.

혜화동 서울대학교 근처에서 눈물을 글썽이던 형과 헤어져 노량진 전투에서 그라망 전투기, 일명 호주끼로 알려진 프로펠러기의 기총사격에 찰과상을 입고 포로가 되어 거제도 수용소로 끌려갔다.

거제도 포로수용소에는 많은 포로들이 수용돼 있었다. 수많은 부상병들 속에서 신음을 해야만 했고 부상당한 팔에서는 구더기가 자라나기 시작했다.

험상궂은 얼굴에 무섭기만 한 수용소 감시 보초병들에게 치료를 해달라고 말할 엄두가 나지 않을 정도로 수용소 포로들을 험하게 다루었다고 한다. 철조망 구석에 쪼그려 앉아있는 김택현에게 무서운 얼굴의 한 보초병이 다가온다. 그는 우리 구역을 감시하는 보초병들 중에는 고참으로 보인다.

"너 몇 살이야?"

16살이라고 겨우 대답을 했다.

"어디서 왔어?"

두려움에 떨면서도 집주소를 또박또박 가르쳐주었다. 험상궂은 보초병은 나의 말을 모두 듣고 난 뒤 뜻밖의 말을 했다.

"너 김희선이 알아?"

김희선이라는 말에 나는 깜짝 놀랐다. 아니 어떻게 수용소 보초병이 우리 누나 이름을 알고 있는 것일까. 김희선이 나의 누나라는 말에 보초병은 나를 일으켜 세운다.

3남 1녀 중 둘째로 태어난 누나는 뛰어난 미모에 공부를 아주 잘했다. 전교 1, 2등을 다투는 실력에 미모를 갖춘 누나는 모든 남학생들의 선망의 대상이 되기에 부족함이 없었다.

김택현을 의무대로 데려간 보초병은 우리 누나 하고는 소학교 때 동창이라고 했다. 이름은 이춘섭으로 나는 그의 도움으로 살아날 수 있었다.

이후 이춘섭의 배려 속에 무난히 포로수용소 생활을 할 수 있었다. 포로수용소 생활 2년이 넘을 무렵 나는 주위에서 가장 큰 키를 자랑 할 수 있었다.

어느 날 한 미군인이 나를 부른다. 흑인인 그는 미국 주대표 출신의 농구선수라 했다. 김택현은 그와 많은 시간을 갖고 농구 개인지도를 받을 수 있었다고 했다.

오랜 수용소 생활 끝에 반공포로 석방이 되어 보병장교학교에 지원을 할 수 있었다. 보병장교교육 훈련 막바지에 반가운 소식을 접할 수 있었다. 그늘에서 쉬고 있는 우리들에게 사병 한 사람이 다가온다.

"장교님들, 우리 심심한데 건빵내기 배구나 한 번 하시죠."

한참 배구 시합을 하던 중 상대편 사병 한 사람이 나를 향해,

"거 혹시 김기현 동생 택현이 아냐?"

"네, 맞는데요."

"야, 너 많이 컸구나."

그는 다름 아닌 축구를 잘했던 작은형 친구 조성환이었다. 배구 시합이 끝나고 작은형이 지금 백령도에서 살고 있다고 소식을 알려줬다.

"아니 니 형은 어떻게 술 만드는 기술을 배웠는지 참 대단하다."

작은형은 지금 백령도에서 결혼을 해서 잘 살고 있다고 한다. 친구들은 켈로 부대에 나가서 많이들 전사했다며 형을 부러워한다.

마침내 빛나는 소위 계급장을 달았다. 부대 배치를 앞둔 신임 장교들한테 미국 군사 연수 교육생을 모집한다는 학교장의 공시문이 떴다. 미 육군 연수를 받는 교육생에게는 훈련 기간 6개월 동안 미군 장교와 동등한 대우와 봉급을 받을 수 있고 목돈을 마련할 수 있는 기회와 돌아오면 많은 혜택이 따를 것이라고 했다.

김택현은 미 군사 연수생 시험을 우수한 성적으로 합격했다. 시험관 장교는 반공포로들은 월남한 가족들을 찾아 보증 동의서를 받아오라고 10일 간의 특별휴가를 준다고 했다.

작은형을 만나러 백령도로 가기 위해 인천항으로 갔다. 백령도 배편을 물어보니 풍랑이 심해 갈 수가 없다고 했다. 풍랑이 멀어지길 수일을 기다렸으나 끝내 날짜는 다 가고 배는 뜨지를 못한다고 했다. 하는 수 없이 발길을 돌려 부대로 갔다.

합격 통지서가 오질 않아 궁금한 마음에 시험관을 찾아갔다. 김택현 소위는 시험 성적이 우수하게 나왔으나 보안대에서 처리를 해주지 않으니 한번 보안대를 찾아가보라는 답을 받았다.

보안대를 찾아가니 모두 책상에 다리를 길게 걸치고 앉아 있었다. 모두 계급장이 안 보인다. 누가 장교이고 사병인지 분간할 수 없다.

"어떻게 왔어?"

"육군 소위 김택현 미국 군사 연수생 시험에 우수한 성적으로 합격

되었다고 들었습니다.”

“그런데?”

“보안대에서 문제가 있다고 해서 찾아왔습니다.”

“그래 기다려.”

잠시 서류를 들추던 보안대원이 서류를 접어두고 나를 노려본다. 그리고 입을 연다.

“당신 반공포로 출신 아냐?”

“아 네 그런데요.”

“안 돼.”

“아니 손원일 장관께서도 모든 반공포로를 군인으로써 동등한 대우를 해준다지 않았습니까?”

“안 된다면 안 되지 왜 이렇게 말이 많아 이 새끼.”

더는 대항하지 못하였다. 보안대를 나서는 순간 눈물이 왈칵 쏟아진다. ‘아, 내가 이러려고 고향에도 안 가고 있었던 것인가.’ 총이라도 있었으면 모두 그냥 쏴버리고 싶었다.

날개를 달다

후방 근무를 바랐던 김택현은 강원도 최전방 화천 77사단 보급대로 발령이 났다. 날이면 날마다 후방으로의 전근을 꿈꾸는 김택현…!

사격장에 총소리가 끊겼다. 사격대회에 나가는 장교들의 연습이 끝난 것 같다. 언제쯤 후방에 갈 수 있나 물어나 보자.

사선에서 내려오는 장교들에게 다가가 경례를 했다.

"저 선배님들 여기서 얼마나 근무해야 후방에 갈 수 있습니까?"

무리 중 한 장교가 김택현을 아래위로 훑어보며 얘기한다.

"보아하니 새까만 장교 같은데 벌써부터 후방 근무를 생각해? 당신 군대 생활 하긴 다 틀렸어. 빨라야 8년이야."

갑자기 눈앞이 캄캄해진다. '아니 이 첩첩산중에서 날 보고 수년이나 썩으라고?'

후방근무를 생각하며 짜증이 날 때쯤에 김택현에게 인근 부대 중대장이 쌀 좀 달라고 찾아왔다.

"못 줘요. 이건 우리 부대원 먹을 거예요."

"아니 전에 보급관도 다 주고 그랬는데, 좀 줘 이 사람아."

"아 난 못줘."

"아니 정말 이럴 거야 김 소위, 정말 이럴 거야? 이거 너무 하는 거 아냐? 뭐 어째, 중대장이면 다야?"

화가 머리끝까지 난 김택현은 급기야 전화기를 들어 인근부대 중대 장의 머리통을 후려쳤다.

"억울해? 억울하면 나랑 같이 사단장한테 가서 따져. 나는 쌀 못 줘"

보급대는 자대배치를 앞둔 병력이 거쳐 가는 곳이다. 그들을 위해 식 량이 보급된다. 대부분의 병력이 저녁식사 전에 자대로 배치된다. 때문 에 저녁 식량이 고스란히 남아 보급관이 마음대로 처분을 할 수 있었다.

김택현은 남은 식량을 모두 보급대 병사들에게 나누어 주었다. 항상 배불리 먹는 부대원들은 우리 보급관님이 최고라고 칭송을 했다. 김택 현의 성격을 알게 된 각 중대장과 부대원들은 그에게 더 이상 그 어느 것도 요구하지 않았다.

짜증이 반복되던 어느 날, 사단장 부관으로 있는 김인식이 찾아왔다. 그 는 나와 같은 고향 장연 출신에 반공포로로 사단장이 나를 찾는다고 했다.

궁금한 나에게 김인식이 가보면 안다고 미소만 지으며 사단장실로 나를 안내했다. 사단장에게 경례를 붙이고 나자,

"여 김 소위, 우리 박 소위 말로는 축구를 아주 잘한다면서?"

"아닙니다. 저 농굽니다."

"아 그래? 그럼 더 좋지 이 사람아."

사단장은 나를 보며 무척 좋아한다. 나는 사단 내에 농구부가 있다 는 걸 처음 알았다. 지금 농구부는 서울에 나가있었다.

"김 소위가 농구부를 한번 맡아보지 않겠어?"

아 이런 일이! 그 동안 막혀있던 가슴이 뻥 뚫리며 날아갈 것만 같다.

장담

실역 미필 전반기 교육이 끝나고 나서 나는 방위병으로 소집되었다. 지역 방위 선배들 말대로 훈련은 그다지 힘들지 않았다. 넓은 공간을 배경으로 우리는 체계적인 군사 훈련 교육을 받고 군번과 이등병이라는 계급을 부여받았다.

자랑스러운 대한의 육군은 좆도방위라는 비아냥을 들으면서도 적들이 무서워한다는 도시락 가방을 들고 국가에 충성을 다한다. 쌍룡작전에 참여를 하고나서 많은 고생 끝에 집에서 멀지 않는 지역에 있는 대대에 전입을 할 수 있었다.

대대장 박치오 그는 지역 내에 대대장들 중에서는 최고참이었다. 그래서 다른 대대장보다도 나이가 더 많다는 이야기를 들었다. 대대장 박치오는 우리에게 이제야 너희들이 집을 찾아온 것이라며 우리들을 따뜻하게 환대해 주었다.

열심히 해서 무사히 병역 의무를 마칠 수 있도록 하라는 대대장의 짧은 훈시를 듣고 대대 본부를 나와 동사무소에서 근무를 하게 되었다. 군부대를 떠나 지역에서 근무하다보니 편해서 너무도 좋았다. 기간병들과 같이 생활했을 때에는 어림도 없는 자유를 느끼곤 한다. 가끔은 지역 내의 예비군들이 술을 사주기도 한다. 부대 내에서는 어림없는 일이지만. 지역 방위병들이 많이 누릴 수 있는 혜택, 이것이 행복 아닐까.

하지만 방위병 생활이 마냥 편한 것도 아니다. 한 달에 두 번 정도 되는 집체교육이 군부대 내에서 이루어지는 소집이다. 때로는 힘들고 지겹던 우리 방위병들은 부대 내에 있는 기간병들과 예비군 훈련병들에게 시샘과 동시에 시달려야만 했다.

군사훈련을 받고나서 부대 내에서 근무할 당시 전역을 6개월 앞둔 기간병은 우리들을 보며 참으로 편한 군생활을 한다고 했다. 병장 계급의 그는 군생활 마지막 6개월을 방위로 받으면 원이 없겠다고 우리에게 말한 적이 있다.

방위병 생활에 재수 없이 걸려 들어왔다고 말하는 사람들도 더러 있다. 나도 한때는 그러한 생각을 한 적이 있다. 군생활 3년을 버텨야 하는 기간병들에 비하면 그런 방위가 좋지 아니한가?

일요일, 나는 달동네로 갔다. 친구 정태는 종이 한 장을 내어 놓는다.

'방위 소집 영장.' 나는 순간 깜짝 놀랐다. 아니 얼마 전에 결혼한 정태 아닌가.

"아니 정태야, 너 지금 결혼한 지 얼마나 됐다고 영장이….".

나의 걱정과는 달리 빙긋이 웃는 정태.

"나 이거 뺄 수 있어 동수야."

"아니 그래? 그게 정말이야 정태야?"

정태는 자신 있게 장담을 한다.

시간이 흐르고 날이 지나면서 정태의 장담은 사실로, 그리고 그의 이모부가 기관에 있다는 걸 알았다.

집체교육이 있는 토요일은 항상 불안한 마음으로 예비군 훈련장이 소재하는 지단으로 출근을 한다.

지단장은 사단장과 육군동기라고 알려졌다. 진급에 대한 열의가 대단하다고 한다. 때로는 방위병 앞에 모습을 나타내어 조금은 심할 정도로 독려를 하기도 한다. 하지만 지단 내에 근무하는 병사들에게는 애정 어린 모습으로 그들을 감싸주는 모습을 보여주기도 한다.

지단 내에 근무하는 방위병 조교들, 그들 중 대부분이 우리를 보면 시샘어린 눈길과 조금은 거친 언어를 써가며 들볶기도 한다. 이는 예비군과 때로는 기간병들로 인한 쌓인 스트레스가 원인 아닐까 싶다. 오전 시간이 다 가면서 우리들의 퇴근 시간이 다가 왔다. 부대 정문을 한참 나선 후에야 우리는 자유를 찾았다. 오랜만에 만난 동기들과 근무하는 지역에 있는 상관들 이야기를 했다.

하늘2동 동사무소에서 근무하는 김택현, 평소에 말이 별로 없는 그는 공교롭게도 하늘2동 중대장과 동명이인이다. 김택현은 나에게 일반 중대에 있는 김택현 중대장이 참으로 대단한 사람이라고 했다. 하늘2동에 살고 있는 힘깨나 쓴다는 건달들도 김택현 앞에서는 꼬리를 내리기 일쑤다.

하늘2동 예비군 지역 특성상 일용직이 대부분이라 하루하루를 어렵게 살아가는 이들에게 예비군 훈련이야말로 짜증나고 힘든 것은 당연한 것이 아닐까. 김택현 중대장이 대단하다고 치켜세우는 김택현, 그의 말은 어느 누구보다 믿음이 가기에 충분했다.

예비군 교육장이 있는 지역내에서 하늘2동 예비군들이라 하면 골치 아픈 존재들이라며 머리를 절레절레 흔들 정도다. 나의 친형들 또한 하늘2동 사람들 거친 것은 물론이고 단합이 잘 되어 그 세를 과시하기도 한다고 했다. 나 역시 하늘2동 예비군들의 면모를 누구보다도 잘 안다고 하지 않을까.

예비군 창설이 되고 얼마 지나지 않아 하늘2동 뒷산 채석장에서 예비군 훈련 도중 현역 교관에 불만을 품은 흥분한 예비군들이 돌멩이를 들고 교관을 위협하는 모습을 나는 보았다. 다급해진 현역 장교는 배수로를 따라 도망을 치기에 급급했다. 수도 없이 날아드는 돌멩이를 하나도 맞지 않고 위기를 벗어난 그가 묘기를 보여주는 것만 같았다.

하늘2동 예비군들을 통솔하는 김택현, 그에 대한 소문은 조금도 과장된 것이 아니기에 의심치 않았다.

4월 초 아침저녁으로는 추위를 느낄 수 있다. 오늘도 집체교육. 우리는 예비군 교장 청소를 하고 있었다. 정오가 거의 임박한 시간에 집체교육 나온 방위병들은 지금 즉시 각개전투교장으로 집합하라는 마이크 소리를 들었다. 우리들은 의아했다. 조금 있으면 퇴근 시간 아닌가.

각개전투교장에 정렬을 마치자 이번에는 지단 내에 있는 모든 병사들을 불러 모은다. 오늘 집체교육 담당 88전투 중대장 이동주가 모습을 나타낸다. 이동주 그는 지단내에서 공포의 삼겹살이라 불릴 만큼 덩치가 크다. 우리 방위병에게 있어서는 그야말로 공포의 대상이다.

"지금부터 각개전투를 실시할 것이다. 모든 훈련은 FM대로 실시할 것이다."

놀라움은 뒷전이고 황당하기만 하다. 어젯밤 내린 비로 각개전투교장은 온통 진흙 투성이었다.

배치가 끝나고 나서 각개전투훈련이 시작됐다. 모든 과목의 장애물을 통과할 때 조금이라도 FM에서 벗어나기라도 하면 조교들의 고함소리와 함께 발길질이 이어진다. 각개전투교장은 그야말로 난장판, 그나마 다행이라면 총기를 지급받지 않은 것이 조금은 편했다.

모든 훈련이 끝나자 우리의 훈련모습에 만족함을 느낀 것일까. 전투중대장 이동주는 시종일관 웃음을 잃지 않는다.

버스 정류장에서 우리들의 모습을 보고 버스 기사와 안내양이 놀란다. 흙투성인 방위복으로 인해 승객들의 불편은 말할 것도 없었다.

또다시 일요일이 되자 나는 달동네로 가서 가까운 정태 집으로 갔다. 한참 신혼의 생활을 하는 정태 집에 오래 머물기에는 부담이 가는 것 같아 자리에서 일어났다.

복진의 집으로 향했다. 대문 없는 집 끝방에 있는 복진의 방에서 라디오 소리가 흘러나온다. 예상대로 복진이 대답을 한다. 나는 방으로 들어섰다. 언제나 그의 방은 퀴퀴한 냄새가 난다. 복진이 나를 기다렸다는 듯이 조금은 두꺼워 보이는 하얀 종이 한 장을 내어보인다. 동사무소 근무하며 늘 보아오던 소집영장이라 짐작을 했다.

"어 복진이 너도 방위 나왔네?"

"그래, 나 방위소집 영장이 나왔어."

"동수야 나 이거 뺄 수 있어."

"아니 복진아 이걸 뺄 수 있다고?"

"응 그래. 우리 친척 중에 국회의원이 있어. 이런 거 빼는 건 문제없어."

전에 정태와 다를 바 없이 복진도 장담을 한다.

후배 이백동과 함께 사역을 하기 위해 교장으로 들어서자 오늘 사역 현장으로 가던 중 이백동은 사역이 끝난 지 얼마 되지 않은 한 곳의 현장을 나에게 손으로 가리킨다.

"백 이병님 보세요. 형편없지요? 이동주가 감독했으면 어림없지요."

나는 후배 이백동의 말에 웃었다. 우리는 그렇게 웃으면서 사역장에 도착했다. 각 전투중대에서 차출된 인원들과 함께 오늘의 감독관을 기다렸다. 멀리서 한 장교의 모습이 보였다. 우리에게 다가오는 그는 다름 아닌 공포의 삼겹살 이동주. 나는 멀리서도 그를 알아볼 수 있다. 아니 우리 모두 그를 알 수 있을 만큼 인기 개그맨 김형곤을 빼닮았다.

그가 가까이 다가올수록 후배 이백동의 얼굴은 점점 찌그러지는 것을 볼 수 있다. 어디 이백동 뿐이겠는가. 나와 우리 모두 그가 반갑지 않은 것은 사실이다.

드디어 작업은 시작되고 간간히 얻어맞는 빳다 덕에 사흘째 이어진 작업은 힘든 줄 몰랐다. 점심시간이 끝나고 이어진 작업 도중 지역 내의 군 최고 통수권자 지단장이 우리의 작업장을 찾았다.

감독관 이동주의 경례에 이어 지단장은 우리를 향해,

"모두들 수고 많이 하는구만. 모두 그 자리에 선 채로 내 얘기를 듣도록. 너희들 지역에서 근무하다 이곳으로 오기 위해 아침 일찍부터 고생 많이 한 줄로 안다. 하지만 너희들보다도 더 고생하는 방위병들이 있어. 이곳에 근무하는 병사들은 매일같이 눈이 오나 비가 오나 이곳으로 매일 같이 출근을 해야만 해. 그리고 여기에는 많은 기간병들이 있다. 그들은 더 고생을 하고 있어. 거기에 비하면 너희들은 많은 혜택을 받고 있는 거야. 너희 방위병도 군인이야. 전시에는 최전방에 나가 적과 싸워야 해. 그리고 지휘관 역시 너희들을 잘 훈련 시켜 전쟁터로 내보낼 수 있어야 훌륭한 지휘관이라 할 수 있다. 그러다 보면 때로는 훈련이 심하다 할 수도 있다. 그것은 너희들이 감수해야 한다."

우리에게 열심히 하라며 지단장은 돌아갔다. 여기에서 우리와 함께 할 때에 이동주는 틈만 나면 각개전투 한번 더 해야 되지 않겠냐고 묻곤 했다.

각개전투가 끝나고 웃음을 보이던 이동주가 웃지만 않았어도 오늘 지단장의 말에 공감이 갔을 텐데…. 지단장은 이동주가 심하게 방위병들을 다루는 것을 잘 알고 있는 것 같다.

정태는 요리를 잘한다. 시시한 여자보다는 자신이 백번 낫다고 큰소리를 치곤한다. 수줍은 신혼 새댁은 매운탕 요리로 실력을 과시하는 신랑을 바라보며 웃음을 잃지 않는다. 상훈에 이어 복진이 찾아왔다.

모두들 정태의 솜씨는 알아줘야 한다고 칭찬을 했다. 우리 모두 즐거운 시간을 보냈고 이 모든 것이 정태의 배려가 있기에 가능한 일이었

다. 술좌석이 거의 끝날 무렵,

"동수야 방위 근무하느라 고생이 많겠구나. 도시락도 싸서 가야 되고."

웃음 띤 얼굴로 나를 걱정해주는 복진. 기분이 좋으면 시도 때도 없이 농담을 해대는 복진의 성격상 진심이 아닐 것이란 생각이 들었다.

정태의 집을 나서자 상훈이 먼저 집으로 갔다. 집으로 가는 길에 복진과 함께 그의 집을 지나칠 때,

"동수야, 너 여기서 잠깐만 기다려라. 내 얼른 집에 갔다 올게."

기다린지 얼마 되지 않아 복진이 가지고 온 종이 한 장을 내게 보인다.

'방위소집 면제통보서.'

나를 향해 자신만만한 웃음을 보여주고 있는 복진은 나에게,

"동수야, 내가 너한테 방위소집영장 보여주면서 이거 내가 뺄 수 있다고 말한 적 있지? 이제 내 말이 맞는 거 알겠지?"

복진의 자신에 찬 표정과 웃음을 뒤로 하고 나는 집으로 왔다. 정태는 복진에게 참 든든한 빽이 있다고 했다. 얼마 걷지 않았는데 따라지 집안 푸념이 저절로 나온다.

방위는 방위일 뿐이다

많은 후배들이 생겨나고, 덕분에 나는 고참 반열에 들어섰다. 인근 또는 지역 내에서의 사역이 있을 때면 많은 여유가 있을 정도로 편한 생활을 할 수 있었다.

오늘은 지역 내에 내가 속해있는 55전투 중대 병력을 나누어서 사역에 임했다. 내가 속한 조의 동료들과 함께 일과를 끝내고 각출을 하여 대폿집으로 갔다. 막걸리와 간단한 안주를 시켜 마시면서 잠시나마 즐거운 시간을 가질 수 있었다.

우리들이 대폿집을 나설 때에는 날이 어두워지기 시작할 무렵이었다. 한참을 기다린 끝에 지친 몸을 이끌고 버스에 올랐다. 버스 뒤쪽으로는 많은 좌석이 비어있어 우리 모두 앉아서 갈 수 있었다. 논과 밭을 가로질러 많은 정류장을 거쳐 삼거리 검문소에 도착을 했다. 하얀 장갑에 키가 큰 헌병이 경례를 하고 절도 있는 발걸음 소리를 내며 우리에게 다가온다.

술 한잔에 취해 흐트러진 모습의 동료 방위병 방노수의 어깨를 툭치는 헌병. 깜짝 놀라며 헌병을 쳐다보던 박노수는 구호와 함께 경례를 한다. 박노수를 노려보던 검문소 헌병이 말한다.

"방위는 민간인인가 군인인가?"

"네 방위입니다."

어이없는 표정의 검문소 헌병은 재차 박노수에 묻는다.

"방위는 민간인인가 군인인가?"

"네 방위입니다."

헌병은 더는 묻지 않고 돌아선다.

오랜만에 친구 성국을 만났다. 팔각모를 쓰고 있는 그는 해군 방위로 나와는 비교과 되지 않을 만큼 멋있는 모습을 보였고, '너는 좋은 곳에서 근무하는 것 같다.'고 말했다.

하지만 성국은 나의 말에 머리를 절레절레 흔든다. 믿지 못하는 나에게 이번에는 손사래까지 친다. 얼마나 힘들기에 그러냐고 하면서 빳다 많이 맞느냐고 물었다.

"빳다, 우린 가슴에다 맞아. 집에 와서 피를 토할 때도 있어."

"아니 그게 정말이야 성국아?"

사실이라는 눈빛을 주고 시선을 돌리는 성국. 틀림없는 사실일 것이다. 그는 거짓말을 하지 않기 때문이다. 우리는 오래 전 같은 공장에서 일을 했다. 남들은 책가방을 들고 학교에 갈 때 공장에서 라면 한 그릇에 밤늦도록 일할 정도로 열악한 생활을 같이하지 않았는가.

다음날 나는 동료 후배들을 이끌고 지역에 있는 가각진지 청소 도중 어제 만났던 성국의 말이 떠올랐다.

'성국이는 믿을 수 있다. 그렇다면 성국이 많은 고생을 하고 있는 게 아닌가.'

해군 방위병 생활보다도 성국에게 더 힘들고 괴로운 것이 가정생활이다. 일전에 처음 만난 성국에게 열렬한 애정을 보이던 소녀는 성직자 집안의 막내였다고 한다. 그녀의 부친은 천국교회 장로라고 성국이 말한 적 있다. 명랑하고 활달한 소녀는 순진한 성격을 가진 성국에게 먼저 다가갔으리라.

청춘남녀의 불타오른 사랑은 동거로 이어져 사랑의 결실이라 할 새 생명의 탄생을 이뤘다. 행복한 생활만을 꿈꾸던 성국의 희망은 오래가지 못했다. 몇 년 되지 않은 행복한 순간을 지난 날로 남기고 철없는 청춘은 홀로 집을 나갔다.

가각진지 청소가 모두 끝나고 돌아가는 길, 동료들과 이 얘기 저 얘기 즐거운 마음으로 중대 본부로 향할 때 군용 지프차 두 대가 우리 앞에 멈춰 섰다.

9999부대 1호차에 이어 9999부대 504번, 지단장과 우리 대대장이 아닌가. 지단장은 지프에서 내려 우리에게로 왔다. 조금은 흥분된 모습을 알 수 있다. '아이쿠, 이거 뭐 잘못된 거 같다.'는 생각이 들었다.

"너희들 지금 어디 갔다 오는 길이냐?"

"네, 가각진지 청소 갔다 오는 길입니다."

"방위도 군인이야. 너희들 왜 이렇게 질서가 없어. 선임이 누구야?"

"네, 이병 백동수."

"네가 방위병들을 열 맞춰서 인솔해."

지단장은 떠나고 우리의 대대장이 다가온다. 대대장은 우리들을 한번 보고 멀어져가는 1호차를 바라본다. 1호차가 멀어진 후 시선을 다시 우리에게로 돌린다.

대대장은 나지막한 목소리로,

"방위병이 하면 뭘 얼마나 하겠는가. 가서들 쉬도록 해라."

돌아서는 대대장에게 나는 방패소리 크게 외쳤다.

그래도 마지막
한 달은 너무도 길다

방위소집해제 한 달 정도를 남기고 각종 사격 측정대회에 대표선수로 선발되어 많은 고생을 했다. 닳고 닳은 예비군 훈련용 카빈 소총을 쓰면 쓸수록 닳아진 총구의 열로 인하여 총알 탄두는 표적지를 외면한다는 것을 느낄 정도로 우리는 사격 연습에 많은 실탄을 소비했다.

훈련 교관은 우리에게 말했다. 기간병 3년 동안 사용한 실탄이 우리 개인 소비량의 10분의 1도 안 된다고. 그리고 사회에 나가거든 방위병 출신이라고 무시를 당하면 실탄 1000발 이상을 쐈다고 자랑하라고 했다.

이때가 방위병 생활 중 가장 보람되고 뜻 깊은 순간으로 기억된다. 방위소집 마지막 한 달은 거의 1년이 되는 것처럼 느껴졌다. 방위소집 해제가 되고 며칠 후 10 · 26사태가 일어나고 군부가 정권을 송두리째 움켜쥐어 그들만의 세상을 만들었다.

광주사태가 일어난 다음 해 예비군 훈련을 받기 위해 교장으로 갔다. 예비군 수송 버스는 그야말로 콩나물 시루였다. 그래도 지난날 미필 보충역 예비군 시절 화물차를 타고 가던 때보다는 낫다. 하지만 불편하기는 이루 말할 수 없을 정도다. 예비군들의 불만과 하소연에도 좀처럼 증차가 되지 않는다.

우리의 동원 중대장은 예비군 수송 버스 업체를 퇴역한 군 장성이 관여해 있어 지단장의 말도 무시당하기 일쑤라고 했다.

늦은 봄인지 초여름인지, 아무튼 날씨가 너무 좋다. 조금은 컴컴한 강당에서 진행되는 예비군 정신교육. 위관급 아닌 영관급 교관을 맞이하는 것은 처음이다. 군부 통치에 힘을 실어주는 오늘의 교관은 민주화를 위해 끊임없는 투쟁을 하는 대학생과 지식인을 반역도당으로 매도해 신랄하게 비판을 한다.

저잣거리 장사꾼이 자신만의 물건이 지상 최고라고 떠들어대는 것에 지나지 않는 영관급 교관의 말은 우리에게 공감을 주기는커녕 분노를 자아낸다. 그러나 어느 누구나 예비군 중에서는 영관급 장교에게 야유 한번 보내지 못한다. 막강한 군부들의 세상, 그 힘을 예비군 훈련장에서 확인하는 것은 당연한 일 아닐까.

정신교육이 끝나고 컴컴한 강당을 빠져 나왔다. 눈부신 태양 빛에 모두의 얼굴 빛이 이글어진 것일까, 아니면 영관급 장교의 만족치 못한 정신교육 내용 때문일까. 모두들 하나 같이 불만스런 표정으로 담배만 태울 뿐 한동안 말이 없었다.

점심을 먹고 나서 끼리끼리 모여 이야기를 했다. 모든 예비군들의 화젯거리는 5 · 18 광주사태 또는 대학생들의 시위에 관한 이야기들이었다. 사실도 사실이거니와 유언비어도 많을 것이라는 것이 우리 모두의 생각이다. 당시 현장에 있던 사람들만이 진실을 알 것이라고….

오후 교육은 야외 훈련장에서 실시되었다. 위관급 교관은 청렴 준수한 모습이다. 교육시간 내내 품위 있는 행동은 군인 장교로서 어느 것 하나 부족한 것 없는 모습을 보여준다. 그는 교육시간이 끝날 무렵 질문을 받겠다고 했다. 예비군 한 사람이 손을 든다. 손을 들고 있는 예비군을 향해 일어나서 질문을 해보라고 했고 관등성명을 밝힌 예비군은 의외의 질문을 던진다.

"교관님께서는 지나간 광주사태에 대해 어떻게 생각하고 계신지요?"

해당 교육시간 내용과는 동떨어진 예비군의 질문에 여유 있는 웃음을 짓는 교관을 따라 몇몇 예비군이 크게 웃는다. 이어 모두 다 웃었다.

"질문한 예비군은 앉으세요. 교육 내용과 다른 질문은 답하기 어렵습니다. 광주사태는 시간이 지나면 역사가 말해주겠지요. 그때까지 기다리다 보면 답이 나오겠지요."

우리 모두는 그의 말에 조용히 웃었다. 현역 교관의 신분으로서는 지혜 있는 행동이 아닐까. 언제나 그렇듯이 사명감과 책임감 없는 예비군 훈련은 불편할 뿐이다. 2년차 동원 예비군 전반기 교육은 이틀을 더 다니고서야 끝날 수 있었다.

02

달동네 인간군상

구원의 손길

정태의 집 앞 구멍가게 평상에는 태섭이 음료수를 마시고 있다. 나를 보고 가게 안으로 들어가 사이다 한 병을 건네준다. 태섭은 곧 방위 입소를 앞두고 있다. 나에게 방위 소집에 관한 이야기를 물어본다. 나는 태섭에게 내가 겪어온 방위 생활의 모든 것을 상세히 가르쳐주었다.

"동수 형님, 그러면 군부대를 제외하고서는 힘들지 않다는 거죠?"

"아 그럼. 남들은 군대 가서 몇 년씩 썩고 얼마나 고생하는데 이 사람아. 옛날에나 좆도방위라 그랬지 지금은 좋다 방위야. 알았어 태섭아?"

태섭이 나의 말에 웃는다. 그리고 안심을 한다. 정태와 복진이 일을 갔다 돌아오려면 멀었다. 친구들이 없는 일요일은 심심할 따름이다.

달동네를 한번 둘러보고 공원이 있는 산으로 올랐다. 멀리 운동장과 대학이 눈에 들어오고 한편으로는 거대한 산이 병풍을 이루고 있다. 큰 나무는 없어도 무더운 여름날 태양을 가릴 만큼의 그늘은 조성이 되어있다. 서울 산동네에서 이만한 휴식처를 갖고 있는 곳도 흔하지 않을 거라는 생각이 든다. 산위에 자리한 공원은 달동네 사람들과 인근 지역의 주민들로부터 많은 사랑을 받는다.

나는 공원을 한 번 둘러보기로 했다. 운동을 나온 사람들과 산보를 하는 사람들 사이에 섞여 뛰노는 아이들이 평화롭게 보일만큼 조용한 공원이다. 한낮에 태양을 피해 작은 그늘 아래에는 군데군데 남정네들이 자리를 잡고 있다. 모두들 화투놀이를 하는 것이라 짐작 간다. 하늘 2동 달동네, 내가 이곳을 찾게 된지도 이제는 수년이 흘렀다. 그동안 많은 사람들을 알게 되었다.

양복점에서 일을 한다는 운성 형은 내가 알고 있는 사람들 중에서는 가장 나이가 많다. 공손한 말씨하며 내가 사회에 나가서 자상한 사람이란 것을 처음으로 느끼게 해준 사람이다. 온순한 성격은 우리들의 큰형 같은 모습을 보여 주기도 한다.

인심 좋은 영택 형, 친구들 다음으로 가장 먼저 알게 되었다. 영화배우 같은 선 굵은 얼굴이다. 외판원 아줌마들이 자신에게 관심을 보이고 있다고 말할 때면 그가 더 멋있어 보인다.

영택 형과 동년배의 대석은 항상 깔끔한 모습을 보여준다. 운성 형과는 자주 어울리는 모습을 볼 수 있다. 그 외 많은 사람들 중에서도 나와는 거의 대화가 없는 최종수는 술에 취해야만 모습을 나타낸다. 정상적인 그의 모습은 본 적이 없다. 언제쯤이면 그와 자연스런 대화가 이루어질 것인가.

초여름 해는 아직 중천이라고나 할까. 가게 앞 평상은 그늘 쪽으로 옮겨져 있다. 일 나갔던 달동네 건설의 역군들이 하나둘 모습을 보인다. 아마도 정태, 복진과 영택 형이 동시에 같은 일을 하고 온 것 같다.

모두 평상에 걸터앉는다. 정태는 막걸리와 두부가 곁들여 나온 김치를 쟁반에 담아 평상 위에 놓는다. 이어서 주인 아주머니가 컵을 가져다 놓는다.

"오늘 같이 일 갔다 오는 거야?"

"어, 내일까지 해야 돼. 동수 너는 일요일마다 노는 거지?"

"아냐 첫째, 셋째, 다섯째 일요일만 쉬어."

술이 한두 잔 돌아가고 오늘 있었던 현장에서의 일을 화제로 대화를 한다. 나는 그들의 말을 듣기만 했다. 시켜놓은 막걸리를 모두 비우고 모두 일어섰다. 씻어야겠다고 하면서 다들 있다가 위 사거리에 있는 가게에서 만나자고 했다.

해는 거의 기울어진 시간. 달동네 사람들에게는 가장 바쁘고 활기찬 모습을 보일 때다. 많은 사람들이 오르내리며 즐거운 시간을 보낸다. 우리도 다시 모여 못다 한 이야기로 즐거운 시간을 보냈다. 이때 멀리서 한 사나이가 모습을 나타낸다.

"전도사님 오시네."

복진의 말에 정태와 영택 형이 웃는다.

"정태야 전도사라니?"

"아 있어, 장 집사라고 동수 넌 몰라도 돼 인마."

"아니 누군데 나는 알 필요 없다는 거야?"

"알면 피곤할 것이다. 왜, 동수 너 교회에 관심 있어? 그러면 내가 아주 정식으로 전도사님을 소개 시켜주지."

나를 몰아붙이는 복진의 말에 영택 형과 정태가 웃는다. 우리를 보고 빙긋이 웃는 사나이가 허름한 가방을 내려놓는다. 노동일을 갔다 오는 것이라 짐작 된다. 우리들 옆에 앉기 무섭게 술 담배 끊고 교회에 나가라고 본격적인 설교가 시작되자 모두 고개를 돌려 소리 없이 웃는다. 장 집사의 설교 도중 간간히 토를 다는 복진의 재치는 우리를 웃음으로 이끌어 간다. 집사님도 웃고 우리들도 웃고 즐거운 시간이 잠시 흘러가고 장 집사는 가방을 들고 일어난다.

"자, 그럼 많이들 들고 가요."

돌아서 가는 장 집사를 향해 복진이 말한다.

"전도사님 그럼 저 멀리 안 나갑니다."

돌아선 장 집사는 먼 산을 쳐다보는 시늉을 하는 복진을 보며 웃는다. 장 집사가 모습을 감추자 영택 형이 오늘은 설교가 빨리 끝난 것이라고 했다.

"배가 고프니까 빨리 끝난 거겠지."

나는 정태를 보며 또다시 웃었다. 정태 역시 웃는다.

영택 형과 친구들은 장 집사는 같이 일을 가서도 틈만 나면 선교활동을 한다고 한다. 점심을 먹고 쉬려고 하면 어김없이 집사님께서 나타나 구원의 손길을 보낸다고 한다.

오늘은 집사님 얘기를 하며 많이들 웃었다. 친구들과 헤어지고 집으로 가는 길, 달동네 고갯길을 거의 넘어섰을 때 길 한쪽에 앉아있는 최종수를 발견할 수 있었다. 술에 취해 파랑새를 찾을 때면 모두 그를 피하는데, 오늘 역시 홀로 앉아 그만의 무대를 연출한다.

나는 오늘 또다시 파랑새 섬이 생각난다. 라디오, TV 그 어디에서도 파랑새 섬에 관련된 이야기는 들을 수 없었다.

술을 열심히 먹겠습니다(!)

이태섭은 예비군복에 명찰과 방위 글자를 새기고 대한민국의 육군 방위로 그 모습을 사회에 드러낸다. 지단과 대대를 거쳐 66전투 일반 중대에 김택현이 배속되었다. 거인과도 같은 모습에 무섭게도 느껴지는 김택현 앞에 잔뜩 긴장한 신임 방위병들의 전입신고가 있었다.

"신고합니다. 이병 정수길 동 이태섭 이상 2명은 888지단 제4대대로부터 66전투로 전입을 명받았습니다. 이에 신고합니다."

그 이름도 거룩한 김택현 중대장의 환영인사와는 달리,

"야 너 술 먹을 줄 알아?"

"네 이병 정수길 잘 먹습니다."

"넌?"

"네 이병 이태섭 술 못 먹습니다."

"뭐 술을 못 먹어? 아니 술도 못 먹는 놈이 여긴 뭐 하러 왔어?"

무섭게만 느껴지는 중대장, 거기에다 술 못 먹는다고 호통을 친다.

"야, 너 가방 들어. 대대 본부로 다시 가. 너 같은 놈 필요 없어."

황당한 모습을 보이던 이태섭은 겨우 정신을 가다듬고 용기를 내어 얘기한다.

"중대장님 앞으로 열심히 먹겠습니다."

그날 이후 태섭은 거의 매일이다시피 술을 마셨다. 지역 근무 그것도 사는 동네에서 복무를 하다 보니 친구들이나 지역 예비군들이 부족함 없이 술을 사준다.

태섭은 우리들에게 자신의 중대장 김택현은 소문대로 술이 엄청 세고, 중대본부에 출근하면 밑에 있는 식당에서 소주 한 컵 가져오라는 것이 일과의 시작이라고 한다.

태섭은 집안의 장남으로 그가 술을 마시기 시작하자 가족들이 불편한 것은 당연한 일. 태섭은 엄한 아버지, 아니 엄하다기보다는 무섭기만 한 아버지가 계신다고 들었다. 아버지는 부모님이 일찍 돌아가셔서 어렸을 적부터 많은 고생을 하셨다고 한다. 틈만 나면 너희들은 나에 비하면 호강하는 거라며 자신이 잘못을 해도 혼나고 동생들이 잘못을 해도 혼이 날 정도로 장남의 책임감을 강조하는 아버지로 인해 피곤할 때가 한두 번이 아니라고 한다. 방위 받기 전까지 술을 입에 댄다는 것은 어림없는 일이었다고 한다.

그동안 태섭이 아버지로부터 받은 스트레스는 동네 사람 어느 누구보다도 내가 더 잘 알지 않을까. 언제나 보면 서글서글한 성격에 웃는 모습을 보여주는 태섭, 짧은 머리에 방위복을 걸친 모습은 하이틴 스타와도 견줄만하다.

소중한 추억

추석 명절. 근로자들이 가장 좋아하는 휴가라고 할 수 있는 날이 아닐까 싶다. 많은 사람들이 고향을 찾아간다. 내가 알고 있는 달동네 사람들 중에는 고향을 찾는 이들이 그리 많지는 않다.

나는 친구들과 함께 시장통으로 이어지는 골목길 안쪽에 자리 잡은 술집으로 들어갔다. 문을 열고 들어서자 성운 형과 덕연 형이 우리를 반긴다. 우리는 성운 형과 덕연 형에게 인사를 하고 벽 쪽으로 자리를 잡고 홍어무침과 막걸리를 시켰다.

키가 큰 할머니가 주인인 이곳 대폿집은 키 큰 할머니 또는 골목집으로 불린다. 한 접시 가득 묻혀 나온 홍어는 맛도 좋거니와 가격 또한 저렴해서 많은 사람들이 찾아오곤 한다. 둥근 모양의 양철통 식탁. 쌀쌀하거나 추운 날에는 식탁 가운데 있는 화로에 연탄불을 넣어주기도 한다. 편해 보이는 이곳의 낮은 천장은 아늑함을 더해준다.

"아니 다들 고향에는 안 갔어?"

"식구들이 다 올라왔는데 뭐 내려갈 일 있어요? 그러는 성운이형은 왜 안 갔어요?"

"나야 뭐 어머니 아버지 다 돌아가신 후부터 안 가게 되더라고."

덩치 큰 상훈이 들어오며 형들에게 인사를 하고 우리 곁으로 왔다. 우리들은 대화 도중 간간히 건너편 형들과도 대화를 이어갔다.

오늘따라 성운 형과 덕연 형은 더욱 다정스러워 보인다. 두 사람은 언제나 함께해도 큰소리 한번 오고가는 것을 볼 수 없었다. 아마도 덕연 형이 성운 형에게 잘하는 것 같기도 하고 성운 형이 덕연 형에게 잘해주고 있는 것 같다는 생각이 든다. 지금 이 시간 두 사람에게는 존중이라는 것이 상호간에 존재하고 있다는 것을 나는 알 수 있다.

성운 형의 처가 일찍 세상을 떠났다고 친구들한테 들었다. 일 끝나고 꾸부정한 모습으로 달동네를 오르는 그의 모습은 고독과 외로움으로 가득해 보인다. 홀로 남아 아이들 둘을 키우는 것이 어디 쉬운 일인가. 그래도 우리들을 볼 때마다 웃음을 잃지 않는 모습을 보여준다. 깔끔한 얼굴과 드라이를 한 모습의 덕연 형은 동생과 함께 목공소에서 일을 한다고 한다.

직장을 가지 않는 날 나는 늘 달동네를 찾는다. 평일에도 놀고 있는 사람들이 많다. 사람들이 많이 모이는 곳은 늘 즐겁기만 하다. 놀아도 혼자서는 놀 수 없는 일 아닌가.

모두 한결같이 술 아니면 화투와 윷놀이 등으로 시간을 보내곤 한다. 이곳 달동네에서는 적은 돈으로도 하루를 보낼 수 있다. 아니 돈 없어도 가끔은 술 한잔을 얻어먹을 수 있다. 때로는 별일도 아닌데 싸움을 하곤 한다. 물론 술이 한잔씩 들어간 이후지만 그 다음날은 언제 싸웠는지 모르게 절친한 모습을 보여주기도 한다.

오늘도 나는 직장에 가지 않았다. 오늘 역시 달동네로 향했다. 산을 넘어 달동네를 조금 내려가니 철규가 길가에서 술이 취해 주정을 부리고 있다. 웃통을 벗고 씩씩거리며 자신을 쳐다보는 사람들한테 욕을 해댄다. 철규는 나와 나이가 엇비슷하지만 친하지는 않다. 말려보아야 소용없는 일이고, 아니 말리면 더 심할 것이란 생각이 든다. 그냥 모른 체하고 내려갔다.

시장통으로 이어지는 골목길 입구에 자리 잡은 조그마한 대폿집 앞에 길섭과 남수가 무언가 얘기를 한다. 나는 그들로부터 친구들 모두가 일하러 간 것을 알게 되었다. 대폿집 안쪽의 화투판에는 성렬과 용식이 매일이다시피 투전을 한다. 이제는 직업이려니 생각하는 사람들이 많다.

인근에는 군데군데 제법 많은 술집들이 있다. 주민 대부분이 노동자인 달동네선 이곳에서 정보를 얻고 일자리를 찾기도 한다. 일 끝나고 돌아오는 노동자들 대부분이 이곳을 거쳐 집으로 간다. 저녁나절이면 이곳은 북새통을 이룬다. 오늘 하루의 힘들고 고단함을 술 한 잔으로 달래보는 것이리라.

그러나 안타깝게도 가끔씩 아니 매일이라 해도 과언이 아닐 정도로 싸움이 벌어지곤 한다. 별일도 아닌 사소한 시비 끝에 파출소로 끌려가기도 한다. 그래도 다행이라 할까 큰 싸움은 자주 벌어지지 않는다.

저녁 시간이 되어 어김없이 모습을 드러내는 친구들은 그 어느 때보다 반갑기만 하다. 일행 중 처음 보는 인물, 그의 이름은 윤종택으로 나이는 나와 비슷해 보인다.

영택 형의 동생으로 탄탄하고 날렵하게 보이는 몸이 운동선수처럼 보인다. 나는 그와 통성명을 하고나서 즐거운 시간을 가질 수 있었다. 덩치 큰 상훈은 오늘 더워서 땀을 많이 흘렸다면서 조금 더 더워지면 노가다 못해먹겠다고 한다. 상훈의 말에 정태가 나선다.

"야 인마, 살 좀 빼. 젊은 놈이 그래가지고 쓰갔어."

모두 웃는다.

진정한 영웅을 만나다

겨울이 가고 봄이 찾아오면 꽃은 다시 피고 약속과도 같이 우리들은 또다시 교장으로 갔다.

오랜만에 만난 방위병 동기들은 지단장이 바뀌었고, 공포의 삼겹살 이동주는 진급을 해서 전방으로 떠났고, 새로 부임해 온 지단장은 전임 지단장과 크게 다르지 않을 것이란 생각을 한다.

다음 날 오후 교육 도중 신임 지단장을 가까이서 마주할 수 있었다. 그는 작은 키에도 불구하고 당당함을 보여준다. 그의 굵은 목소리는 결코 가벼워 보이지 않는다. 어딘가 모르게 우리들에게 믿음을 주는 인상이다.

우리에게 한참을 교육 지도하던 신임 지단장, 그는 우리에게 수고들 많이 했다며 교관에게 일찍 귀가를 시키라고 지시를 하고 교육장을 떠났다. 우리는 일찍 보내준다는 지단장의 말을 믿지 않았다. 하지만 병기를 다 반납한 후 그의 말이 사실임을 확인할 수 있었다.

훈련 마지막 날 모든 교육이 끝나고 모든 예비군은 연병장에 모였다. 지단장이 사열대에 모습을 드러내고 생각했던 것보다 길어진 연설이 끝나자 최고급 국산 양주 다섯 병을 내어놓는다.

모범 예비군들과 아침 일찍 나와 쓰레기를 줍던 예비군에게 양주를 하사하고 남은 한 병을 놓고, 지단장은 말한다.

"누구든 용기 있는 사람 사열대 앞으로 선착순 가장 먼저 달려온 예비군에게 남은 한 병을 준다."

내가 지금껏 예비군 훈련과 방위병으로 각종 사역과 집체교육으로 찾아온 이곳에서 오늘이 가장 뜻 깊고 행복한 날이 아닐까 싶다. 새로운 지단장의 리더십에 우리들은 즐거운 마음을 안고 교장을 떠날 수 있었다.

올 여름은 유난히도 일찍 시작되었다. 일요일 달동네 공원 숲은 많은 사람들로 가득 차 있다.

공원길을 벗어날 즈음 남수 형과 갑술을 보았다. 둘은 한참 실랑이를 하고 있다. 이유인즉, 내일 지방으로 같이 일을 가기로 약속을 했는데 갑자기 남수 형이 가지 못하게 됐다고 한다.

"진작 말을 해야지. 철썩 같이 약속을 해놓고 떠날 날이 내일인데 야 이놈아, 이게 지금 말이나 되는 소리야?"

갑술이 나보다도 나이가 어린 것으로 알고 있다. 안사람이 대학생이라고 한 적이 있다. 노가다는 위아래가 없다고 들었다. 오늘 그 말을 실감한다. 갑술의 위세에 남수는 미안하다는 말만 되풀이한다. 화가 날대로 난 갑술이 있는 성질을 모두 드러내는 것만 같다. 남수는 갑술이한테 언어터지지 않는 것이 그나마 다행이라는 생각을 하며 뒤돌아 가던 길을 간다.

달동네 중턱에 자리 잡은 구멍가게는 얼마 전까지만 해도 길다란 국수가 늘어져 있었다. 가게 안쪽은 전보다 많이 넓어졌다. 더운 날씨에도 가게 앞은 만원이다. 영택, 길용, 성렬과 그의 단짝 용식의 모습이 보인다. 그리고 정태 옆으로는 처음 보는 얼굴이 보인다. 내가 들어갈 틈이 보이지 않는다. 오히려 잘됐다는 생각이 든다. 걸핏하면 시비와 싸움을 일삼는 성렬과 함께하는 것은 불편하다.

"상훈아 저 사람 누구냐? 나는 첨 본다."

연신 부채질을 하던 상훈이 유건 형이라고 알려준다.

"야 상훈아 저 사람 아주 부자 같다."

"부자는 무슨 부자, 며칠 있어봐 인마."

알 수 없는 표정을 보이는 나에게 영택 형이 다가온다.

유건 형, 그는 오래 전부터 이 달동네를 찾아오곤 한다고 했다. 잊을 만하면 찾아와서 며칠도 좋고 때로는 보름을 넘길 때도 있다고 한다. 처음 나타났을 때와는 달리 달동네를 떠날 때는 거지꼴을 해서야 겨우 겨우 집을 찾아간다고 한다.

돌이킬 수 없는 실수

본격적인 무더위가 시작되고 공원은 많은 사람들이 또다시 몰려들기 시작했다.

영택 형이 텐트를 치자 아는 사람들은 모두 모여들기 시작했다. 성호 정호 형제는 주방장으로서의 솜씨를 유감없이 보여준다. 밤하늘에 별빛을 받아가며 쏟아내는 지난날의 이야기는 시간 가는 줄 모르게 너무너무 재미있다.

더부살이를 하는 유건 형은 군 시절 미 해군 함정에 올라 함장실을 방문해 제2차 세계대전 당시 독일 U보트 잠수함을 격침한 기록을 함장실 벽면에서 확인했다는 그의 말이 우리를 흥분시켰다.

이어지는 성호의 이야기.

열차에서 만난 여고생에게 자신의 신분이 학교 선생이라고 거짓말을 하고 선생이라는 말에 자신에게 관심을 보인 여고생에게 온갖 거짓으로 일관했던 성호 형의 이야기에 우리는 많이 웃었다.

올 여름은 그 어느 때보다도 무덥고 길기만하다. 지친 것일까 아니면 잠시 포기한 것일까. 일손을 놓은 사람들이 많아지는 것 같다. 날씨만큼 도박이라 할 정도로 화투 놀이는 그 열기를 더해간다. 달동네 인근 지역뿐 아니라 상당수 이곳을 떠난 이들까지 찾아들 정도로 명소가 되었다.

많은 사람들이 모여든 도박판, 불상사는 당연히 따른다. 크고 작은 싸움 끝에 여름이 다 지나고서야 비참한 모습의 유건 형이 자취를 감추었다. 나 역시 잠시 하던 일을 그만두고 다시 정비 일을 하기로 했다. 만족치 못한 직업이지만 전망 있는 기술만 습득한다면 일은 그다지 힘들지 않다.

남수와 같이 달동네에서 살고 있던 친형이 그만 세상을 떠났다. 형은 노가다 목수기공으로 남수보다는 임금을 더 받았다고 한다. 나이는 사십대 후반, 아직은 한참을 더 일할 나이인 형의 죽음은 돌연사라 할 수 있다. 노동일 하는 사람들 대부분은 나이에 비해 노화가 빨리 오는 것을 알 수 있다. 동이 트기 전에 일 나가는 사람이 대부분 힘든 작업 후에 늘 술과 담배로 인해 건강이 나빠지는 것은 당연한 일이다.

노동일 하루 임금은 만만치 않다. 한 달 이십 일 정도만 하여도 웬만한 봉급쟁이보다도 월등한 수입을 올릴 수 있다. 많은 사람들이 노동일을 하려고 생각하는 것도 높은 임금 때문일 것이라 생각해본다. 높은 임금만을 바라보는 노동 현장은 이상과는 달리 동떨어진 현실이 존재하고 있다.

비라도 올 것 같으면 노동자 대다수가 일손을 놓는다. 앞선 공사가 마무리 되지 않았을 경우, 후 공사는 차질을 빚을 수밖에 없다. 그러면 일을 못하는 것은 당연한 일. 이를 노가다 용어로는 대마찌가 났다고들 말한다. 대마찌, 허탈한 마음이라지만 잠시 지친 노동자들에게는 재충전을 위한 시간이 될 수도 있다.

열악한 환경을 벗어나보려 몸부림치는 이들의 꿈을 짧지 않은 겨울의 벽이 막곤 한다. 망자의 집 앞 공터에는 천막이 들어서고 첫날과는 달리 많은 사람들이 모여들었다. 크고 작은 화투판이 벌어졌다. 밤이 되자 전등불이 불야성을 이룬다. 시간이 지날수록 판돈이 커져가는 것을 볼 수 있다. 가장 큰 판이라 할 수 있는 곳은 구경꾼들로 둘러쳐 있다. 돈을 딴 사람들은 다 빠져나갔다고 웅성거린다.

성렬의 목소리는 점점 커지고, 사람 좋아 보이는 인수 형은 이에 지지 않는다. 화투판은 점점 험악해지고 급기야 성렬과 인수 형의 싸움으로 이어진다. 쉽게 끝날 것 같지 않은 싸움은 인수 형 아들의 가세로 초상집은 난장판으로 이어진다.

동네 사람들로서는 상상치 못한 일이 벌어지고 말았다. 당사자들은 모두 파출소로 가게 됐고 가볍지 않은 처벌만이 이들을 기다릴 것이다. 그러나 이보다 더 무거운 것은 이들을 바라보는 달동네 사람들의 시선이 아닐까.

청개구리

　즐거운 마음으로 찾아온 교장에서 뜻밖의 소식을 들었다. 얼마 전 지역 내에서 큰 화재 사건이 일어났다고 한다. 창군 이래 군 역사상 최대 규모의 무기고 화재사건, 피할 수 없는 책임에 지단장은 끝내 옷을 벗고 말았다고 한다. 너무도 허탈하다. 나뿐만이 아닐 것이라고 생각할 뿐이다.

　전에 우리들에게 힘을 실어 주고 감동을 주며 잠시나마 보람을 찾게 해주고 떠나간 지단장, 나는 그를 생각할 때면 청백리 황희 정승을 뒤늦게 알아보고 위기를 모면하려고 오히려 황희 정승을 크게 꾸짖었다는 시골현의 한 무장이 생각나곤 했다. 돌아오지 못할 길을 떠난 지단장, 그도 어느 누구 못지않은 기개와 배짱이 있을 것이라 믿는다. 그와의 만남은 짧았지만 감동은 길게 이어지지 않을까.

　오후 교육은 각개전투 강의에 이어 실습으로 들어가자 공포의 삼겹살 이동주가 생각난다. 그는 얼마 전 진급을 해서 전방부대로 떠났다고 들었다. 그리고 우리 방위병들을 기간병 못지않은 정예병으로 만들기 위해 갖은 노력을 일삼던 지단장의 모습이 떠오른다. 그리고 옷을 벗었다는 안타까운 지단장, 지금 이들의 심정이 동병상련 아닐까 아니면 작은 그릇과 깨진 그릇이 아닐까 싶다. 드디어 각개전투….

교육시간 도중 분위기를 흐트리는 몇몇 예비군의 행동에 교관은 눈살을 찌푸린다. 개인행동을 하며 때로는 교관의 말에 토를 달기도 한다. 단체교육에 있어서는 안 될 그들의 행동과 말투에 의미 없이 웃어주는 무책임한 예비군들은 그들을 부추기는 것과 다를 바 없다. 허탈한 마음에서일까, 몇몇 돌출된 행동의 예비군에 실망해서일까. 지금의 예비군 훈련은 아무 의미 없는 교육으로 사명감과 책임감을 느끼지 못하겠다.

훈련 마지막 날 오후 교육시간, 심신이 조금은 지쳐 보이는 교관은 화생방 훈련 교육에 앞서 단합된 모습과 질서정연한 예비군의 모습을 보여주어 훈련 교육 마지막 날, 유종의 미를 거둘 수 있도록 훈련에 임해 줄 것을 당부한다고 했다. 교육은 시작되고 교관의 기대와는 달리 몇몇 예비군들의 이유 없는 반항이 이어지고 교관은 어이없다는 듯 한참을 웃는다.

"우리 예비군들, 누굴 닮아서 이렇게 말을 안 들을까? 내가 볼 땐 청개구리를 닮은 것 같아. 동쪽으로 가라면 서쪽으로, 서쪽으로 가라면 동쪽으로."

예비군 하나가 나선다.

"교관님, 예비군복이 청개구리 색깔이잖아요."

모두 웃는다. 교관이 웃고 대다수 예비군들이 웃는다.

"그래, 그래서 그런가? 그럼 예비군복을 국방색으로 바꾸면 되겠네? 아니야, 그래도 마찬가지일 거야."

곤란한 표정을 지으며 너스레를 떠는 교관의 말에 모두 웃는다. 나도 웃고, 교관 옆에 서있던 사람도 웃는다.

교관의 넋두리가 이어진다.

"예비군들 중 이곳 지단출신 조교들, 그 사람들은 더 말을 안 들어. 이제는 아주 지긋지긋해."

옆에 서있는 한 조교를 쳐다보자 그가 웃는다.

"웃어? 너는 안 그럴 것 같지?"

교관의 말에 다시 웃는다.

"너도 예비군 되면 똑같아 인마."

우리는 아무 탈 없이 모든 교육을 마치고 집으로 돌아올 수 있었다.

드디어 달동네에도 변화의 바람이 불기 시작했다. 달동네 꼭대기에 마을버스 주차장이 들어섰다. 인근 지하철역까지 운행을 한다. 많은 사람들이 이용하고 있다. 나날이 발전을 해서 이제는 제법 많은 차량을 보유하고 있다.

많은 우여곡절을 겪기도 했다. 인근 주민의 반대로 코스를 바꾸는가 하면, 운행중단을 요구하는 이들과 잦은 마찰을 빚기도 했다. 변화한 달동네와 달리 안타깝고도 씁쓸한 모습을 자주 목격할 수 있다.

언제나 깔끔한 모습으로 품위를 보여주던 덕연 형은 날이 갈수록 초라한 모습을 자주 보여준다. 덕연 형과 달리 한때 영화배우 같은 얼굴을 보여주던 영택은 이제는 거의 일을 못할 정도의 안타까운 모습을 보여준다. 영택 형 자신이 일을 끝내고서 돌아올 시간이 되면, 커다란 통 안에서 전라의 몸으로 목욕을 하던 주인 과부 아줌마의 일들을 나는 참 재미있게 들었다. 영택 형의 지난날의 모습은 어디에서도 찾아볼 수 없다. 이제는 허리가 아프다며 술만 찾는다.

마을버스 뒤쪽에 앉아있는 영택 형을 보며 동네 길을 내려간다. 얼마 가지 않아 길에 드러누운 철규를 발견할 수 있었다. 오늘도 많은 술을 마시고 난동을 부렸을 것이라 짐작을 해본다. 철규가 술을 먹지 않앉을 때의 모습은 시골 농부와도 같은 순박한 면을 볼 수 있다. 왜 그럴까. 그것도 집 앞이나 다를 데 없는 데에서….

조금 더 내려가다 남수 형을 만났다. 정태, 복진에 이어 상훈도 일을 나갔다는 소식을 들을 수 있었다. 남수가 얘기 도중에 요즘 동네 술집들이 늦게까지 장사를 한다고 해서 나는 의아했다. 도대체 무슨 소린가. 언제는 늦게까지 하지 않았다는 거 아닌가.

남수는 성렬과 용식이 교도소에 들어갔다고 말한다. 이곳의 실세가 성렬이 아닌가. 아니다 절대 아닐 것이다. 성렬이 이곳의 골치덩어리에 불과할 뿐이다.

남수 형이 용식이 성렬을 말리려다 그만 같이 붙들려갔다고 한다. 성렬이는 무척 거칠다. 행동, 말투, 인상하며 파락호가 따로 없을 정도다. 성렬은 나이 먹은 사람들이라고 예외를 두지 않는다고 한다. 약자들은 모두 그의 밥이라고 남수는 말한다. 그리고 성렬이 킬러는 상훈이라고….

우리 친구들 중에서는 가장 덩치가 큰 상훈, 비만적인 덩치에 여름이 되면 많은 땀을 흘리는 그를 보면서 두부살이라고 놀려대기도 했다. 순진하기만한 성격을 가진 상훈이 한몫 단단히 하고 있다는 것을 오늘에서야 알 수 있었다.

화려한 외출

달동네 사람들로서는 혹독하기만 한 겨울이 지나고, 다시 봄이 왔다. 이제 곧 있으면 본격적으로 일이 터질 것이고, 올해는 인건비도 많이 오를 것이라고 모두 입을 모은다. 본격적인 공사들이 시작되자 모두의 말대로 인건비는 많이 올랐다.

봄이 완연한 모습을 보여준다. 외출하기에는 더없이 좋기만 한 날씨, 오늘은 성일이 동생의 결혼식이 있다. 오랜만에 만난 영근 형과 길용, 남수와 함께 팀을 이뤄 손발을 맞춰 결혼식 피로연을 한치의 오차 없이 무사히 마칠 수가 있었다.

오랜만에 모두들 양복을 입었다. 언제 또다시 양복 걸친 모습들을 보여줄 것인가. 지금 이대로 집으로 돌아가기에는 아깝다는 생각에 나는 모두에게 남산행을 권유했다. 잠깐의 망설임 끝에 흔쾌히 동의를 한다. 뒤늦게 가세한 몇몇과 함께 우리는 남산으로 향했다.

확 트인 공원은 넓고도 넓기만 하다. 모두의 시선은 옛 추억이 남아

있는 곳으로 향했다. 이곳저곳을 둘러보며 마지막으로 한 곳을 찾았을 때 각자 이야기들을 했다. 영근 형은 전에 사귀던 여자 친구와 이곳 남산을 찾은 적이 있다고 한다. 그때는 군대에 가기 전이라고….

우리들은 많은 계단을 오르고 팔각정을 거쳐 장충단으로 내려가며 옛 추억과 연인들의 이야기들을 했다. 전주집 문을 열고 들어오는 남수는 어딘가에 다녀온듯 한 모습으로 기분이 무척 좋아 보인다.

"아니 남수 형, 어딜 갔다 오는 거야?"

대답 대신 종이쪽지를 내보이며 웃는다. 쪽지를 펼쳐보니 지역번호가 있는 전화번호다.

"동수야, 너 여기가 어딘지 아냐? 한번 알아 맞춰봐라."

나는 나름대로 추측을 해서 어디라고 넘겨짚었다. 형은 어이없는지 웃는 모습을 보인다.

"네가 생각했던 곳은 아닌 것 같다."

한참을 더 웃던 남수는 종이쪽지를 집어넣으며 여기는 나의 처갓집이라고 한다. 남수, 그에 대한 평은 그다지 좋지 못하다. 급한 성질하며 속마음이 좁아 속안이 훤히 들여다보이는 물고기를 빗대 밴댕이 속을 가진 사람이라고 흉을 보곤 한다.

남수는 일을 잘 가지 않는다. 웃는 모습이 전혀 보이질 않는 그늘진 얼굴의 처가 생활비를 벌어오곤 한다. 한때는 달동네에서 등짐을 가장 잘 졌다는 남수, 전날의 명성을 그에게서는 찾아볼 수가 없다. 칼칼한 성질을 보이기도 하던 남수는 기력이 떨어진 것일까. 전처럼 화도 잘 내지 않는다.

문을 연지 얼마 되지 않은 순천집, 키 큰 할머니가 전에 있던 가게를 처분하고 새로이 대폿집을 차렸다. 그가 들어올 때면 나는 항상 불안감을 느낀다. 험상궂은 얼굴에 강한 카리스마는 나를 공포로 몰아넣기도 한다. 나와 마찬가지로 친구들도 그와 가벼운 농담조차 나누지 않는다.

오늘도 순천집을 찾은 나에게 약속이나 한 듯 그가 모습을 나타낸다. 긴장이 된다. 곧 성질을 낼 것만 같은 인상.

"아줌마 칼 좀 줘봐요."

아니, 저 사람이 도대체 뭘 하려고 칼을 찾는 것일까. 잔뜩 긴장을 한 나의 예상과는 달리 들고 온 봉지에서 커다란 배를 하나 꺼낸다. 안심을 해도 되겠다는 생각이 들었다.

잠시 후 나와 정태 앞에 가득 담은 배 한 접시를 내놓는다. 순간 험악하고 무섭게 보이던 사내는 온데간데없고 온화한 얼굴로 미소를 짓는 사나이만이 있다.

그의 이름은 조정민, 정필과 함께하는 것을 자주 볼 수 있다. 그 역시 노동일을 하며 과년한 딸과 함께 생활을 하고 있다고 한다. 교도소에 들어갔던 성렬과 용식이 돌아오자 동네 대폿집들은 긴장 상태로 되돌아갔다.

이번 주 일요일에는 동네 축구 시합이 예정돼있다. 달동네 위쪽으로 자리 잡은 분식집은 냉면을 곧잘 한다. 길섭, 성일 형과 함께 소주 한 병 곁들여 냉면을 시켰다. 잠시 슈퍼마켓에 들려온 분식집 아주머니로부터 청천병력과도 같은 이야기를 전해 들었다. 조금 전에 남수가 다 죽게 돼서 병원으로 실려 갔다고 했다.

이게 무슨 소린가. 믿지를 못하겠다. 병원에서 되돌아온 남수는 저녁 무렵 그만 세상을 떠나고 말았다.

'남수 형은 이번 일요일에 우리하고 축구시합을 하기로 약속하지 않았는가.'

남수 형의 나이 이제 사십이 조금 넘었다. 노동일 하는 사람들에게 노화가 빨리 오는 것은 당연한 일. 남수의 죽음마저 당연하다는 생각에 슬픔을 넘어 비참함이 이어진다.

달동네 넓은 공터, 또다시 천막이 등장하고 밤이 되자 동양화 애호가들은 그 수를 늘려만 간다. 언성만 높아졌을 뿐 첫날의 초상집은 안정적인 모습을 보여줬다.

둘째 날 역시 술 한 모금 입에 대지 않는 성일은 오늘밤도 조문객들에게 성의를 다한다. 작은 체구에도 남 못지않은 음주량을 자랑하는 성일, 전에 동생 결혼식 때 자신의 일처럼 열의를 보여주던 망자의 은덕을 갚겠노라 다짐하던 성일은 오늘도 백의종군하는 모습을 여실히 보여주고 있다.

자정이 훨씬 넘었다. 사람들은 거의 다 돌아갔다. 어디선가 소란이 일어난다. 무엇이 불만이었나.

용식의 목소리가 점점 커진다. 인철이 역시 그렇다. 술에 취해 검붉은 얼굴은 모두에게 혐오감을 보여준다. 어느 누구보다도 자중한 모습을 보여줘야 할 친구인 성렬과는 달리 말이 별로 없는 용식은 친근감이 묻어나는 모습을 보여주기도 한다. 믿었던 그가 지금 우리를 실망시키고 있다. 나와 성일 그리고 몇몇이 말리고 나서야 야외무대는 막을 내렸다.

망자의 목소리가 들리다

마을버스 종점을 지나자 넓은 평상 주위로 사람들이 모여 있다. 가까이 가보니 성호 형이 물을 흠뻑 뒤집어쓰고 평상에 앉아 투덜거리고 있다. 평상에서 조금 떨어져 앉아있는 영택에게 다가갔다.

"형, 어떻게 된 거야? 성호 형이 물을 뒤집어쓰고 있고."

"아 그럴 일 있어."

"아 뭔데. 말해봐 형."

영택이 성호 형의 시선을 피해 웃는다. 그리고 성호를 바라보다 돌아앉는 영택이 나에게 옆에 앉으라고 했다. 아이들 도시락 반찬으로 만들어놓은 음식을 솥채 들고나와 술안주로 내놓고 이에 화가 머리끝까지 난 형수가 부엌에 있던 물통을 들고 나와서 성호의 얼굴에 모두 쏟아부었다고 한다. 영택의 말에 웃음밖에 나오지 않는 상황. 지난 여름에 있었던 일이 생각난다.

소쿠리에 삶은 국수를 가득 담아 머리에 이고 한 손에는 콩국물이 들어있는 주전자를 들고 땀을 흘리며 나타난 성호 형, 나는 그가 장사를 하려니 생각을 했다. 예상과는 달리 공원에 놀러 나온 동네 사람들한테 콩국수를 모두 나누어준다. 받는 사람들로서는 작은 정성이랄 수 있으나, 베푸는 사람의 마음은 크고도 넓게만 보인다. 오래 전부터 주방 일을 접은 성호 형은 가정생활이 그리 넉넉지만은 않다. 그의 배포 큰 인정은 나를 감동시킨다. 아무나 누구나 할 수 있는 일이 아니다.

돌아서 웃으며 미안해하는 이들을 뒤로 하고 정태네 집으로 갔다. 얼마 전 돌잔치를 치렀던 정태는 많은 아이들로 인해 가정생활에 불편함을 호소하기도 했다. 총각시절 돈을 물 쓰듯 하던 그가 이제는 구두쇠 소리를 듣곤 한다. 방이 여러 개 있다. 그동안 두 내외가 알뜰하게 가정을 꾸린 것이리라. 정태는 녹음기를 만지작거린다. 어디선가 들어본 목소리들, 술을 마시며 떠들고 노래하는 소리가 난다. 정태가 전에 막내 돌잔치 때 있었던 일들을 녹음해 둔 것이라고 한다. 돌아가던 녹음기는 어느 순간에 이르러 전혀 낯설지 않은 음성이 들린다. 술에 취해 흥겨워서 몹시도 즐거워하는 목소리.

"동수야, 너 이 목소리 누군지 아냐? 바로 재원이다."

아 그렇다 재원 형. 작년, 아니 재작년 후진하던 화물차에 치여 세상을 떠났다는 재원 형. 나하고는 그리 친하게 지내지 않았지만 그의 죽음만큼은 애처롭기 그지없었다.

재원 형은 눈이 좋지 않았다. 한쪽 눈은 실명에 가까운 모습을 하고 있었다. 때로는 무섭게도 보이던 얼굴, 술이 어느 정도 됐다 하면 흥겹게 노래를 부르곤 하였다.

그의 아내는 심한 장애를 앓고 있었다. 부부 사이에 자식은 없었다. 술이 취해 집에 들어가면 잔소리를 하던 형수에게 늘 짜증을 내던 재원 형의 모습이 아른거린다. 가끔씩 달동네를 찾던 학선이 이제는 이곳으로 이주를 했다. 전주집 아줌마는 학선이 이러다 망가지는 거 아니냐고 걱정을 한다. 학선은 구두 만드는 일을 한다. 이제는 쇠퇴기에 접어드는 직업이라고 학선은 늘 말한다. 나하고는 가장 늦게 만난 친구다. 처음 만나 장난기가 발동한 나와 다툴 뻔한 일도 있었다. 그날 나는 그가 무척 좋은 사람이라는 것을 알 수 있었다. 곧고 급한 성격의 학선은 다른 친구들과는 달리 의협심 강한 면모를 보여주기도 한다.

가끔씩 아니 자주 찾는 이곳 달동네 대폿집. 공장에서 일 끝나고 술을 마시고 돌아갈 때는 꼭 달동네 대폿집으로 간다. 참새가 방앗간을 지나치지 못한다고 술발이 오른 나를 두고 하는 말인지도 모르겠다.

술을 많이 마신 날은 택시를 타기도 한다. 어느 늦은 밤 나는 택시에 올랐다. 택시기사는 집이 이 동네라고 지금 무척 피곤한데 집에도 못 들어가는 신세라며 푸념을 한다.

"아니 집이 이 산동네요?"

"네 그렇습니다."

길게 대답하는 택시기사는 정말로 피곤한 것 같다. 신호등에 정차를 하자 나는 그를, 그는 나를 쳐다보았다.

"아니 이거 동수 형 아냐? 난 또 누구라고."

"야 이거 이렇게도 만나는구나. 죄짓고는 못 산다고 그 말이 딱 맞는구나."

조금 더 달린 후 차에서 내리면서 지폐 한 장을 준 나는 잔돈은 필요 없다고 하며 한사코 받지 않으려는 상식에게 오늘 재수 있으라고 주는 것이니 꼭 받아야한다고 했다.

최상식은 일을 끝내고 제복을 입고 들어서는 모습을 볼 때면 언제나 깔끔하고도 단정된 상큼함을 연출한다. 조용하고도 차분한 그의 모습을 처음 보았을 때 전주집을 찾아오는 사람들 중에는 가장 돋보이는 인물이라고 나는 생각을 했다. 때로는 귀티 나게 보이던 그가 전직 프로 권투선수라는 것을 후에 알게 되었다.

지상낙원 만백성의
어버이를 만나다

강당 안에 모여든 예비군들은 북한 정권의 실세 김일성의 모습을 보여준다고 하자 흥분을 감추지 못한다. 강당 안을 비추던 전등이 모두 꺼지고 창문이 가려지고 대형 멀티비전이 돌아가기 시작한다. 어느 순간엔가 김일성이 모습을 나타난다. 시대는 6·25가 끝난 후의 모습일 것이다. 아버지가 말하던 김일성의 얼굴보다도 더 잘생긴 모습, 무엇보다도 젊어 보이는 그의 모습은 가짜라는 소리를 들을 만도 하겠다.

오전 교육이 끝나고 PX 앞에서 성국을 만났다. 오랜만에 만난 그에게 가정 이야기는 하지 않았다. 어미 없는 딸아이, 중병을 앓고 있는 어머니 이야기는 성국에게 부담이 갈 것이리라. 세상 돌아가는 이야기, 친구들 이야기 끝에 성국이 지역 예비군 중대장이 예비군들에 의해 일어난 폭행 사건을 들려준다.

성국은 달동네 뒤편에 살고 있다. 행정구역상 하늘2동으로 전에 김택현 중대장이 관할하던 곳이다.

며칠 전 예비군 야간소집 훈련 중, 중대장에게 불만을 품은 예비군들이 흥분을 하며 그만 집단구타를 하였다고 한다. 이가 부러진 중대장은 예비군들에게 오히려 사과를 했다는 웃지 못할 이야기를 성국이 들려준다. 참으로 믿지 못할 일이 벌어지고 있다. 예비군 창설이 된지도 어언 20년도 훨씬 넘었다. 이제는 체제도 잡힐 만큼 잡혀지지 않았는가. 이 모든 일들이 하늘2동에서나 가능한 일. 험악한 동네임을 실감한다.

수년 전 퇴임한 김택현 중대장, 다시 한 번 그가 대단한 사람이라고 생각한다. 이제는 나무들도 많이 자랐다. 그늘 속에는 여전히 화투판이 벌어지고 있다. 개중에는 꾸준하게 참석하는 이들의 모습을 볼 수가 있다. 추운 날을 제외하고는 장사진을 치고 있는 모습을 꾸준히 보여준다. 놀고 있는 그들은 돈이 어디서 나서 매일 같이 화투판을 찾는 것인지 궁금할 때도 있다. 이제는 조금은 알 것도 같다는 생각이 든다.

나도 한때 잠깐 화투를 친 적이 있었다. 한창 세상 물정 모르던 열대여섯 나이에 동네친구들과 어울려 날이면 날마다 도박판을 벌였다. 수단과 방법을 가리지 않고 때로는 온갖 거짓말을 해가며 판돈을 마련했다.

그날도 우리는 도박판을 벌였다. 끝나지 않는 승부, 부모님들이 돌아올 시간이 다 되었고, 기어코 끝장을 보겠다는 승부욕에 우리는 집 근처의 야산으로 향했다. 촛불이 화근이었다. 순찰 중이던 방범대원에 붙들리고 말았다.

우리 모두는 머리에 손을 얹고 방범대원에게 이끌려 파출소로 연행됐다. 골목길을 벗어나 동네 큰길로 들어서자 우리들을 보며 많은 사람들이 모여들었다.

"아니 얘들은 뭐요 도대체?"

동네 노인을 바라보며 방망이를 높이 치켜든 앞선 방범대원이 말한다.

"상습 도박단 일망타진입니다."

모여 있던 사람들이 모두 웃는다. 방범대원의 갖은 비아냥과 호통소리를 들어가며 파출소에 도착했다. 확인만하고 돈도 돌려주고 그냥 보내주겠다는 처음의 약속과는 달리 무자비한 형벌이 시작되었다. 순경, 방범 할 것 없이 내려치는 방망이는 우리들을 공포로 몰아넣는다. 덩치가 큰 성호는 우리보다 몇 대를 더 맞는다. 부모님들이 모두 파출소에 찾아왔다.

"아니 애들이 이 많은 돈을 가지고 화투를 치는데 아무래도 조사를 해야 할 것 같습니다."

담당 순경에게 당당하게 나서는 영호의 어머니는,

"우리 애는 담배를 핀다. 담뱃값 안 주면 무슨 짓을 할지 몰라 담뱃값 주고 있다."

더는 말없는 담당 순경.

영호 어머니는 동네에서 이쁜이 아줌마로 불리고 있다. 한복을 즐겨 입는 영호 어머니는 나이보다 젊어 보인다는 이야기를 많이 듣는다. 많은 돈을 지불한 부모님들 덕에 우리는 파출소에서 풀려날 수 있었다.

그 일이 있은 후 얼마 되지 않아 다시 도박판을 벌였다. 판돈 대신 우표를 걸었다. 친구 형에게 속임수를 당해 수년 동안 모아두었던 우표를 모두 잃고 말았다. 돈으로 치면 엄청난 금액, 허탈한 나는 충격이 너무도 컸다. 이제 다시 도박은 하지 않으리라 굳게 마음먹었다.

공원 숲속 길을 걸을 때 어디선가 작은 비명소리가 들린다. '아야야, 아야야' 연속해서 들리는 작은 비명 소리에 나는 걸음을 멈추었다.

'어린아이 목소리도 아닌 것 같은데.'

그리고 다시 비명소리가 나는 곳으로 발걸음을 옮겼다. 숲길을 돌아서자 어이없는 광경이 목격됐다. 두 손을 모으고 바지를 걷어 올린 영택 형, 그 옆에 회초리를 들고 있는 종택.

"아니, 종택이 지금 뭐 하는 거야? 자네 지금 형한테 무슨 짓 하는 거야?"

나의 말이 끝나자마자 걷어 올린 바지를 내리고 줄행랑을 놓는 영택. 회초리를 집어던진 종택은 담배를 입에 문다. 그리고 나한테도 주는 담배를 거절했다.

"아 동수 참, 담배 안 피지?"

나는 종택 옆에 앉았다.

"아니 종택이, 대체 무슨 일이 있길래 몸도 좋지 않은 형을 때리고 그래?"

"몸이 안 좋아? 어디가 안 좋은데?"

"아 영택이형 밤낮 허리가 아프다던데?"

"허리가 아파? 그러면 고치려고 노력해야지, 병원 가라고 돈 주면 그걸로 술이나 먹으니 그게 어디 사람이겠는가?"

"동수, 어디 가서 막걸리 한잔 할랑가?"

"아, 지금은 싫어."

"그래, 그럼 이따 밑에서 보세."

종택과 헤어진 뒤 공원 벤치로 갔다. 인수 형의 모습이 보인다. 언제나 밝은 얼굴로 인사를 받아준다. 항상 점잖은 모습의 인수 형을 볼 때면 몇 해 전 난장판이 된 초상집에서의 일들이 떠오르곤 한다. 화투판에서 생활비를 모두 잃고 성렬의 행동에 크게 분개하여 크나큰 실수를 범한 인수 형, 아들마저 큰 곤욕을 치루지 않았는가. 이에 그치지 않은 후폭풍으로 인해 많은 사람들로부터 인정받지 못할 걸 생각하니 그를 볼 때마다 안타까운 마음이다.

"동생, 나 서울 괜히 올라왔네."

"아니 왜요 형님?"

"지금 내 고향 사람들 땅때기가 올라서 큰 부자들 됐어. 나만 혼자 올라와서 지금 이 고생하고 있으니…."

"아 그래요 형님. 그럼 지금 후회가 막심하겠네요."

"애들 엄마 바람 나서 바로 올라와 지금껏 이 고생이니…."

한참 말없던 인수 형은 멀리 있는 한 사내를 가리킨다.

"누구야? 난 처음 보는 사람인디."

"아 길남이요, 이 동네 온지 한 6개월 정도 됐나?"

"그래? 야 사람 참 잘났네, 멀쩡하네."

"내가 이 동네 오래 살면서 멀쩡히 산동네에 들어와 몇 년 안 돼 망가진 놈들 여럿 봤어요."

"길남이라고 멀쩡허네. 내가 이런 말 해서는 안 되지만 두고 봐야지 어떻게 되는지는."

뒷짐을 지고 돌아서 가는 인수 형, 수많은 세월을 외로움과 고독으로 보낼지언정 표정만큼은 늘 밝은 모습을 보여줬다. 그때 그 일만 없었더라면 더 좋았을 텐데….

03

축구동호회에 얽힌 일화

축구회를 만들다

비쩍 마른 몸매, 유난히도 까만 얼굴에 하얀 모자를 즐겨 쓰던 그가 보이지 않는다. 벌써 여러 달째, 영택과 함께하던 그를 대신해 갑술이 그 자리를 메웠다고나 할까.

언덕 밑에 허름한 움막집을 지어 둘이서 동거를 한다. 술 한 잔씩 걸친 거 같다. 성호 형과 함께 나무 그늘 평상에서 낮잠들을 즐긴다. 이제는 성호 형의 몸이 점점 더 안 좋아지는 것을 볼 수 있다. 당뇨가 심하다고 들었다. 이도 군데군데 빠져있는 것을 볼 수 있다. 끊어야 한다면서도 술과 담배는 줄을 잇는다. 안개 속의 미래라 할까, 아니면 답은 이미 정해진 것이 아닐까.

허무한 인생과 세월 속에도 그의 선행은 이어진다. 전주집은 한낮임에도 많은 사람들로 꽉 찼다. 정민 형 모습이 보인다. 구석 쪽 방으로는 학선이 누워있다. 나는 비어 있던 정민 형 옆 의자에 앉았다. 처음 만났을 때 무섭기만 했던 그와도 많이 친해졌다. 어느 누구보다도 남의 이야기를 많이 들어주는 여유 있어 보이는 정민 형. 그와의 대화는 늘 진지하기만 하다. 정민 형은 국내외 정치사에 관심이 많다.

옆자리의 정태, 용식, 상훈과 연수의 대화 도중 간간히 큰 목소리가 들린다. 연수는 사람들과의 대화 중 가끔씩은 대화의 주도권을 쥐려 애쓰는 모습을 보여주기도 한다. 연수는 남의 이야기를 믿지 못해서일까, 부정하는 모습을 자주 보여준다. 남들의 얘기를 잘 들으려 하지 않는 그와의 대화가 불편한 건 당연한 일이다.

몇 달 되었을까, 연수와 크게 한바탕 싸움을 벌인 적이 있다. 십수 년 넘게 들락거린 달동네에서 나와 처음으로 싸움을 벌인 연수는 나와 안지는 그리 오래되지 않았다. 평소 그의 행동에 불만을 품은 나는 어느 날 그의 집을 찾아가 따졌고 심한 언쟁 끝에 싸움으로 이어졌다. 나보다는 월등한 체격조건에 일방적으로 당했던 나는 가까스로 그의 목을 움켜쥐고 위기에서 벗어날 수 있었다. 가쁜 숨을 쉬며 헐떡이던 연수와 화해를 위해 우리는 인근에 있는 대폿집으로 향했다. 화해의 잔을 들이킨 순간, 어떻게 알고 왔을까 복진이 문을 열고 들어온다.

"야 동수야, 너 그럼 안 돼 인마."

아 이게 무슨 소린가. 참으로 어이없는 일이 지금 내 눈앞에서 펼쳐지고 있다. 나는 복진에게 크게 화를 내고 대폿집 문을 박차고 나오고 말았다.

다음 날 처참하게 일그러진 나의 모습을 보았다. 참을걸. 상대하지 말걸. 다시 한 번 얼굴을 본다. 처참할 뿐이다. 또다시 보고 한 번 더 보아도 처참한 얼굴. 그러나 더욱 처참한 것은 나의 아픔 마음을 넘어 비참함으로 이어진다. 다친 상처는 시간이 지나면 아물 것이다. 마음의 상처는 약이 없다.

복진은 오래된 나의 친구다. 그의 어제 행동은 배신에 가깝다. 차라리 나와 연수 모두를 나무랐으면 좋았으련만 강자 앞에 약자의 이중적인 면을 보여주던 복진을 나는 오래 전부터 파악하고 있었다. 젊은 나이에도 이미 사회에 익숙해진 그의 행동을 보고 있노라면 나는 아직 풋내기라고 생각했다. 전에 사람들이 하던 말들이 생각났다. 노가다는 끼리끼리 해먹는다고 아무나 붙이지 않는다고…. 무서운 놈들.

그날 나는 전에 사람들이 하는 말을 실감할 수 있었다. 그리고 이곳 달동네에 발을 끊어야겠다고 생각했다. 그러나 마음과 달리 오랫동안 정들었던 이곳을 떠나기란 쉽지 않았다. 차라리 이곳에서 큰 망신이라도 당해 떠날 수 있다면 모를까. 만약 그리 된다면 일도 열심히 다니고 보다 더 나은 생활을 할 것이리라.

달동네에 바람이 불기 시작했다. 거세진 바람은 회오리를 일으킨다. 축구동호회는 그 문을 활짝 열었다.

축구를 무척이나 좋아하는 나는 내가 알고 있는 달동네 사람들 한 사람 한 사람 꾀다시피 하여 동호회를 만들었다. 그로부터 한 달쯤 되었을까 이제는 제법 많은 사람들이 모여들었다. 대부분 달동네 노동자들과 인근지역의 주민들이 참여했다. 그리고 한동안 달동네를 떠났던 선배들과 후배들이 소식을 듣고 찾아왔다.

우리는 늘 회장님으로 불러온 태춘 형을 회장으로 다수의 인원을 임원진으로 조기축구회를 결성했다. 나를 비롯한 모든 회원들은 달동네 이름이 들어간 유니폼을 입고 자부심과 즐거움으로 동네를 누비고 다녔다.

우리 모두는 일요일만을 기다렸다. 나날이 발전을 거듭하던 달동네 축구팀, 우리도 축구대회를 열어보자고 입을 모은다. 축구대회, 순조로울 것으로 생각했던 일이 뜻밖의 암초를 만났다. 회장 다음으로 권위 있는 감독이 재정을 이유로 반대를 한다. 나로서는 어이없는 일이 아닐 수가 없다. 축구대회가 열리게 되면 가장 주목 받을 수 있는 인물이랄수 있는 감독이 반대를 한다는 것은 있을 수 없는 일이라고 생각하기 때문이다.

달동네 축구회원들은 초창기와는 달리 자신의 존재를 알리려는 것인지 요즘 들어 각자의 목소리를 내려하는 모습이 자주 목격된다. 공을 차다 실수를 하는 회원에게는 감독을 대신해 질책을 하기도 한다. 공을 조금 찬다고 하는 이들은 으레 목소리를 높이곤 한다. 축구경기가 끝나고 나면 타 지역 회원들로부터 위계질서가 잡히지 않았다고 질타를 받기도 한다.

축구회에 남다른 열정을 보여주는 회장 김태춘, 그가 축구에 대한 지식이 없다는 것이 너무도 아쉽다. 하는 일마다 꼬치꼬치 따져 묻는 지산 형이 감사가 아니라 간섭이라는 정태의 말에 나는 웃어보기도 한다. 지산 형뿐이랴 다수의 회원들도 마찬가지다.

발전을 위한 연구는 힘이 들더라도 잘못된 점을 지적하는 것은 누구나 할 수 있는 쉬운 일 아닌가. 반대를 위한 반대로 몇몇 회원들의 큰 목소리에 차질을 빚던 축구대회. 급기야 감독이 교체되고 많은 우여곡절 끝에 대회는 성사되었다.

달동네 큰길에는 대회를 알리는 큰 현수막이 걸리고 말 많던 축구대회를 가랑비 속에서도 성공적으로 치러낼 수 있었다. 반대를 하던 일부 회원들의 우려와는 달리 많은 돈을 남길 수 있었다.

무언의 약속

오늘은 정태와 함께 청계천 체육사에서 새로운 유니폼을 맞춰왔다. 유니폼을 본 축구회 감사를 맡고 있는 지산 형. 오늘도 감사 아닌 간섭을 일삼는다. 축구회원들을 볼모로 방패와 명분을 내세워 총무를 맡고 있는 정태와 허울뿐인 섭외를 맡고 있는 나를 몰아붙인다. 유니폼 색상을 문제 삼는다. 회장과 임원들한테 또는 회원들한테 물어는 봤는지 심문이라도 하듯 다그친다. 조목조목 문제 삼아 법관이 되어 우리를 죄인 다루듯이 다그친다. 할 말을 잊어버린 듯 어이없는 표정을 짓는 정태. 나 역시 정태와 다르지 않다.

지산 형은 참으로 피곤한 사람이라고 생각한다. 위엄성을 보이며 꼬치꼬치 캐묻는 지산이 한편으로는 대단하다는 생각이 든다.

달동네를 다시 찾았을 때 놀라운 소식을 들었다. 영택 형과 함께 움막에 살던 갑술이 불에 타 죽었다고 한다. 술에 취해 촛불을 켜고 자다가 그만 변을 당하고 말았다는 안타까운 이야기다. 함께 있던 영택과 인철이 겨우겨우 빠져나왔다고 한다.

갑술은 한때 여대생과 동거를 하며 당당한 모습을 보여주었던 친구다. 처음 만나고 몇 년 되지 않아 폐인 된 사람 여럿 봤다는 인수 형 말이 생각난다. 인수 형이 말하는 여럿의 인물 중 갑술도 들어있을 것이리라.

병들어가는 몸에도 영택 형과 함께 다정한 모습을 보여주던 갑술에게 나는 가끔씩 돈을 쥐어주곤 했다. 안타까운 갑술의 죽음에 다시 한 번 이곳 환경이 문제란 생각이 든다. 밤이고 낮이고 많은 사람들을 접할 수 있는 이곳 달동네 열려진 대문은 방문객들의 부담을 덜어준다. 모두들 쉽게 어울릴 수 있다. 누구나가 힘든 일은 싫어하는 법이고 가까이 있는 술병엔 손이 가는 법이다.

내일은 알 수 없어도 오늘 하루는 즐겁게 보낼 수 있는 달동네. 집으로 돌아가는 길에 종점을 지나자 나의 발길은 움막이 있던 곳으로 향했다. 불에 탄 흔적이 조금은 남아있다. 취한 술에 웃음을 잃지 않던 갑술의 모습을 뒤로 하고 언덕길을 올랐다. 뒤돌아서 한참을 내려다보았다. 조용한 달동네에 그늘이 드리워지는 것만 같다.

명절날, 나이가 들어가면서 그리 즐겁지 못한 날로 식구들을 볼 면목이 없다. 아니 두렵다. 늦잠을 자고 아침 겸 점심을 먹고 나서 달동네로 향했다. 전주집 밑으로 충주집을 찾았다. 그는 아직 오지 않았다. 방이 여러 개 딸린 충주집, 명절날 문 여는 곳은 이곳이 거의 유일하다.

대폿집 안으로 나있는 방에는 주인 내외와 아들딸이 있다. 어서와 하며 경비일을 다니고 있는 주인아저씨가 반겨준다. 나는 주인 내외에게 인사를 했다. 이번에는 주인아주머니가,

"고향 안 갔어?"

"식구들이 다 여기 있어요."

"아, 그렇지 동수 집안은 고향이 여기가 아니잖아."

충주집은 전주집과 함께 우리들이 많이 찾는 곳이다. 막걸리와 함께 순두부를 시켰다. 전주집과는 달리 안주가 별로 없다. 옆에 있는 슈퍼에서 사온 순두부에 새우젓 외에는 양념이 거의 들어가지 않아도 맛이 좋기로 소문 나 있다. 가격은 말할 것도 없이 저렴하다.

"어 동수 축구회는 잘돼. 거 뭐 말들이 그렇게 많다면서?"

나는 주인아저씨 말에 웃었다.

"원래 회를 만들면 처음에는 뭐 다 그렇지요."

"먼저 길섭이와 영근이 얘기할 때 보면 뭐 중구난방을 다 찾고."

주인아저씨 말에 나는 또 한 번 웃었다. 남아있던 막걸리를 잔에 따랐다. 이때 충주집 문을 여는 소리에 나는 문 쪽으로 고개를 돌렸다. 그가 들어온다. 기다리던 그가. 달동네 유일의 타짜라 할 최용식이 모습을 나타낸다. 나는 용식에게 자리를 권했다. 그리고 술 한 병을 시켰다. 아주머니는 식은 순두부를 데워준다. 쓸쓸하기만 한 명절날 가장 먼저 만난 친구가 최용식이다. 오늘은 그가 나보다 늦었다. 앞서거니 뒤서거니 용식과 나는 명절이면 그렇게 만날 수 있었다.

성렬과 어울려 화투를 칠 때면 때로는 밉게 보이기도 하지만 그것도 잠시, 언제나 남의 이야기를 들어주며 필요 이상의 말을 하지 않는 용식과의 술자리는 언제나 편하기만 할 뿐이다. 나들이를 다녀온 것 같다.

이영주가 들어온다. 그의 나이는 오십대 후반, 성운 형과는 동갑네기다.

"아니, 명절날은 좀 쉬시지."

"집이 여긴데 뭐 쉴 거나 있어요?"

"야 이거 얘들 때문에 쉬지도 못하겠다."

주인 내외가 웃는다. 영주 형은 우리 곁으로 다가온다.

"형님 어디 다녀오시나 봐요?"

"어 동생네 집에 갔다 오는 길이야."

우리는 다 같이 잔을 들고 내렸다. 나는 영주 형에 이어 용식에게, 다시 영주 형한테 잔을 받았다. 영주 형이 나와 용식을 한 번씩 쳐다본다. 그리고 나지막한 목소리로,

"야 용식아 동수야 너들 장가는 가야할 거 아냐. 지금 니들 세상이 아니야. 지금은 여자들 세상이라는 걸 너희들이 알아야해. 지금 여자들 눈이 보통 높은 게 아니야. 니들 이래가지고서는 지금 장가 못 가."

나와 용식은 영주 형 말에 아무 말도 하지 않았다. 영주 형의 말 모두 맞다는 생각을 용식 역시 나와 다르지 않으리라. 술을 좋아하면서도 흐트러진 모습을 보이지 않는 영주 형은 틈만 나면 캬바레 바를 찾는 여유 있는 세상을 살고 있다. 그가 여유 있게 바라본 세상, 어느 누구보다도 안목이 높고 멀리 바라보지 않았을까.

"연상이면 어떠냐, 애가 있으면 어떠냐."

그의 말이 모두 끝나자 영주 형은 돌아갔다. 우리는 말없이 잔을 부딪쳤다.

충주집 문이 다시 열린다. 거구의 사내가 들어온다. 상훈이다.

"아니 이 사람이 명절날 대폿집이나 찾고. 갈 데가 그리 없어?"

나의 말에 상훈이 웃는다.

"야 인마 동수야, 그러는 니들은 그렇게도 갈 데가 없냐?"

상훈이 자리를 같이하고 용식이 상훈에게 막걸리 한 잔을 따라준다.

"야 너 요즘 잘나간다면서? 봉급도 많이 오르고."

"많이 올라봤자 봉급쟁이 그게 그거지. 뭐 먹고 살만은 해."

"야 너 이젠 겸손도 할 줄 알고. 내가 더 가르칠 것도 없다. 너 이제 그만 하산해도 되겠다."

상훈이 웃는다. 용식도 웃는다. 주인아저씨 한 마디 거든다.

"그렇게 말하는 걸 보니 동수가 상훈이 선생 같네."

우리 모두 그 말에 웃었다. 상훈은 얼마 전 마을버스 종점 옆에서 영

근과 최종수가 한 판 붙었다고 한다. 최종수가 덩치 큰 영근을 둘러 메쳤다고 한다. 최종수는 아무래도 유도를 좀 배운 것 같더라고 상훈이 말한다.

"아니 이 동네 사람들은 왜 그렇게 쌈질을 잘해. 툭하면 싸움이야."

젊은 나이들도 아닌데 한심하다는 듯 주인아저씨가 내뱉는다. 말없던 용식이 나선다.

"영근이 또 술 취해서 시비를 걸었겠지. 최종수가 뭐 언제 싸움을 하나 저 혼자 술 먹고 지랄 떠는 거지 뭐. 누구한테 어디 피해줄라 그래?"

"아니 그런데 왜 거 최종수는 술만 취하면 지나가는 여자들한테 상소리를 하구 그래?"

대폿집 아저씨의 말에 우리 모두는 웃었다.

"파랑새를 그렇게 찾는다며?"

"그때는 완전히 간 거예요. 우린 모두 피해버려요."

우울했던 마음은 웃음과 즐거움으로 기분이 좋아졌다. 아는 게 많은 상훈에게 질문을 했다.

"상훈아, 파랑새가 있냐?"

"원 파랑새라 할 수 있는 새는 없어. 혼합이 되어 파랑새처럼 보이는 새가 있을 뿐 이 세상에 파랑새는 존재하지 않아."

"왜, 그게 그렇게 궁금해? 궁금하면 최종수한테 가서 물어봐."

빙긋이 웃고 있던 아주머니가 한 마디 한다.

"동수, 파랑새가 궁금하면 녹두밭에 가봐. 거기 가면 있을지 모르지."

시간도 되고 술도 되고서야 충주집을 나섰다. 파랑새는 없다 했다. 그렇다면 파랑새 섬은….

다음 날 역시 오후가 되자 자연스러운 발길은 달동네로 향한다. 생각했던 대로 전주집이 문을 열었다. 상식이 와있다.

"아니, 고향에 안 갔어?"

"안 갔어. 나 고향에 안 간지 오래 됐어."

"아니 이 사람 돈이 없어 못 갔나. 왜 이렇게 힘이 없어? 동수 형 한 잔 하실라우?"

"따라봐."

상식이 나를 보며 웃는다. 문발을 걷어내는 소리, 누군가 들어오는 것 같다. 상식이 고개를 숙이며 인사를 한다. 누군가 하면서 고개를 돌려보니 어딘가 다녀온 듯 한 정민 형의 모습이 보인다.

"야 우리 조 사장 누가 보더라도 노동자처럼은 보이지 않네. 어디 큰 회사에나 다니는 사람처럼 보이네. 아래위 할 것 없이 하얀 칼라에 엷은색 안경, 너무도 잘 어울린다. 야 정민이형 정말 멋있네. 대기업 중역 같네."

"상식아 니가 보니 어떠냐 정민이형?"

"내가 보니 딱 깡패 오야봉 같네. 얼굴도 그렇고."

상식의 말에 웃는 정민 형을 보고 나도 웃었다. 아줌마가 한마디 한다.

"아니 왜들 점잖은 사람 보고 깡패 오야붕이래?"

"어 아니에요 아줌마. 깡패짓도 잘만하면 수입이 괜찮아요. 노가다 오야지보단 나아요."

정민 형은 나의 말에 웃는다. 그리고 자신의 아래위를 훑어본다.

"하얀 옷 이거 뭐 어디 입겠어? 때나 타고. 오랜만에 한번 입어봤어."

"조 사장 어디 갔다 오는 거야?"

"용미리요. 소주나 한 병 줘요."

"조 사장 마누라한테 갔다 온 모양이구만."

용미리, 아니 그렇다면 정민 형 처가 이 세상 사람이 아니지 않는가. 이혼 또는 별거라 생각했던 그의 처가 용미리에 잠들어 있다는 것을 오늘 처음 알았다. 그동안 가끔씩은 흐트러진 모습을 보여주던 정민 형. 이별의 아픔이 있는 줄은 몰랐다.

"정민이형 형수가 돌아가신 지 오래 됐나보지요?"

"응 우리 지은이 낳고 바로 하늘나라로 가버렸어."

"아니 어떻게 애를 낳자마자…."

"하혈을 심하게 했어. 피를 안 받겠대. 수혈을 거부하더라고."

"아니 왜 피를 안 받겠다는 거요?"

이번에는 상식이 물었다. 상식의 말에 술 한 잔을 더 들고 나서 정민이 입을 연다.

"여호와의 증인들은 원래 수혈을 거부한다는구먼."

"아니 그럼 형수가 증인이었다는 거 아니에요?"

나의 말에 고개를 끄덕이는 정민, 다시 입을 연다.

"사람은 다 죽게 생겼는데 수혈은 계속해서 거부하니 미치고 환장하겠더라고. 이틀 넘게 울며불며 우리의 아기를 위해 애원을 한 끝에 수혈을 받겠다고 했는데…. 그때는 이미 늦은 거지. 그렇게 되고 말았어."

"아니 왜 피를 안 받을까? 지금 생각해도 이해가 안 가."

여호와의 증인, 나는 방위병 시절 그들의 투철한 신앙심을 볼 수 있었다. 사단 내 연병장에서 열린 공개 군법 재판. 군 변호인의 간곡한 설득에도 끝내 총 들기를 거부한 빡빡머리의 앳된 모습의 사내. 이해할 수 없는 그의 항변에 우리 모두 그에게 온갖 비난을 퍼부었다.

처갓집에 다녀온다는 학선이 업고 있던 아이를 처에게 주고 전주집으로 들어온다. 미끈한 얼굴에 큰 키는 양복이 잘 어울린다. 학선이 자리에 앉아있는 모습을 한참 쳐다보던 정민 형이 한마디 한다.

"야 너 저번에 종택이랑 왜 싸웠냐? 니들 지금 나이가 몇이냐?"

정민의 말에 학선이 크게 웃는다. 종택과 학선이 둘은 친하면서도 술만 취하면 티격태격 하는 모습을 자주 보여주곤 한다. 나는 그들의 싸움이 궁금해 학선에게 어떻게 된 일이냐며 물었다. 연신 웃고 있던 학선이 입을 뗀다. 며칠 전 충주집에서 깐죽깐죽대며 말꼬리를 잡는 종택과 끝내 주먹다짐으로 번지게 되었다고 한다. 싸움 도중 지나가던 여인에게 종택이 꾸벅 인사를 하더라고. 돌아선 종택에게 더 이상은 차마 주먹을 날릴 수가 없었다며 웃는다.

"웃지만 말고 빨리 얘기해 이 자식아."

정민이 다그친다. 그래도 웃는다. 이어,

"종택이 인사한 여자가 우리 애 엄마야."

학선의 말 끝마디에 우리 모두는 웃었다.

시장통으로 이어지는 골목길을 빠져나오자 길옆으로 앉아있는 최종수를 발견했다. 공연이 시작된 것을 알 수 있다. 나는 그를 한번 놀려주기로 했다. 가던 길을 멈추고 돌아서 그에게 소리를 쳤다.

"어이 최종수 당신 오늘 보니 아주 잘생겼구만!"

그가 히죽 웃는다. 반응을 했다. 의식은 있는 것 같다.

더뎌지는 발걸음, 집은 아직 멀었다. 수많은 세월을 슬픔과 고독으로 보냈을 정민 형. 그의 일그러진 얼굴에선 길고 길었던 애환의 시절이 녹아있었다.

쾌활하고 때로는 단순한 성격을 보여주기도 하는 정민 형, 나는 그가 좋기만 하다. 슬픔을 감출 줄 알고 남들과 더불어 웃으려 하는 그의 모습을 보면 나와 조금은 같다는 생각을 해본다.

삐라왕

오늘은 일요일, 내가 제일 기다리는 날이다. 일어나자마자 유니폼을 입고 축구화 가방을 들고 운동장으로 갔다. 언제나처럼 태춘 형은 라면 한 박스를 들고 운동장을 들어선다. 우리는 일요일 아침식사를 태춘 형이 들고 온 컵라면으로 해결한다.

노동일만 줄곧 해 온 태춘 형, 큰 키에도 겸손함이 남다르다. 축구에 대한 상식이 전혀 없다는 것이 흠이 될 뿐, 어느 누구보다도 축구회에 대한 애정이 깊다.

축구회원들 각자의 목소리는 점점 커지고 축구회 운영에 불만을 토로하는 이들이 부지기수를 이룬다. 이 모든 것이 회원들이 늘어나면서부터의 일이다. 간섭과 위엄을 일삼는 지산 형은 가끔은 회장을 넘어서는 월권행위를 하며 존재감을 과시하는 모습을 보여준다.

축구에 대해서 조금 알고 실력 있는 사람들이 조기축구회를 이끌어주었으면 하는 나의 생각과는 달리 기대에 못 미치는 회원들이 부지기수다. 그들 대부분은 노동일을 하지 않는다. 평회원이었을 때는 몰랐다. 감투를 쓰자 본심을 드러낸다. 어느 정도는 생각했던 일이다. 그러나 도가 넘는다. 때로는 회장을 무시하기도 하는 모습을 보여주기도 한다.

부족한 행정과 상식만을 갖고 온정과 배려만으로는 축구회를 이끌어 가기에는 부족하기만 한 태춘 형이다. 겨울이 되면 수입이 시원찮은 태춘 형. 빈약한 모습의 회장님을 바라보는 축구회원들이 한 마음이 되기보다는 능력 있는 회장님을 원하고 있다는 것을 나는 잘 알고 있다. 나 역시도 그들과 다르지 않다.

오늘 운동이 끝나고 막걸리 한잔씩, 너무도 좋다. 집으로 가던 길에 새로운 회원 서영구를 다시 만났다. 축구회 내에서는 가장 나이가 어리다고 볼 수 있다. 젊은 회원들과 어울려 술 한잔 걸친 거 같다. 서영구, 그는 나에게 우리 조기축구회가 너무 엉망이라고 목소리를 높인다. 나는 서영구에게 통사정을 했다.

"아 이 사람아. 우리 축구회 창단된 지 몇 년이 되지 않아 아직도 위계질서가 잡히지 않았어. 회장, 임원들이 고생을 하는데 새로 들어온 회원들마다 목소리를 높이면 이거 어떻게 해 먹겠나 정말. 나도 우리 조기축구회 엉망이라는 거 잘 아네. 나는 자네 한 사람이라도 우리 축구회를 위해!"

나는 잠시 말을 끊었다. 그리고 다시,

"영구 자네가 좀 이해하고 참아주게."

나의 간절한 애원에 서영구가 웃음을 보인다.

"예, 형님 잘 알았습니다."

서영구는 내게 고개 숙여 인사를 하고 뒤돌아간다. 힘 있게 걸어가는 그의 모습에서 믿을 수 있다는 신뢰감이 생긴다. 어머니가 차려 놓은 저녁을 먹으면서 TV를 틀었다. 뉴스가 끝났다. 이어지는 중국 무협 드라마. 거무튀튀한 얼굴의 주인공, 염라대왕의 모습이 이와 같지 않을까 하는 생각이 든다. '하얀 의복에 멋들어진 검 놀림 그리고 무시무시한 작두.' 지산이 즐겨 본다는 드라마다. 지산은 주인공 포청천이 지위 고하를 가리지 않고 엄정하고 공정한 판결을 내린다고 그를 치하하는 말을 줄곧 해왔다. 드라마가 끝날 무렵이 되자 나는 웃었다. 어이가 없다. '아, 지금까지 축구회에서 지산이 보여준 행동, 엄하면서도 조목조목 꼬치꼬치 말꼬리를 잡던 그가 드라마 주인공 포청천을 흉내낼 줄이야.'

집에서 자전거로 30분 정도 거리에 있는 G동 조그만 공업사에 취직을 했다. 정 씨는 대단한 실력을 보여준다. 파손이 심한 차도 그의 손을 거치면 거의 새것이 될 정도로 탁월한 솜씨를 자랑한다.

정강호 그의 나이 오십대 중반, 고향은 경상도로 13살 때부터 이 일을 해왔다고 한다. 자칭 또라이 협회 회장이라고 남들도 그리 불러주곤 한다. 일을 하면서 가끔은 큰소리로 노래를 부르곤 한다. 그럴 때면 진짜 또라이로 보이기도 한다. 정강호 그가 현장에 없을 때는 사람들이 모여 그의 흉을 보곤 한다. 정강호 그가 아무래도 또라이 끼가 조금은 있는 것 같다고….

정강호는 5공 정권이 들어서자 청와대 민원실을 찾았다고 한다. 어떻게 오게 됐냐는 직원의 질문에 내게 지금 국민들을 위한 좋은 정책이 있는데 각하를 만나서 꼭 말씀을 드려야겠다고 했다. 그렇다면 자필로 쓴 서신을 가져오라는 직원에게 이것은 각하를 직접 뵙고 말씀을 드려야한다고 떼를 쓰자 이를 참다못한 직원은 누군가를 부른다.

잠시 후, 정강호에게 다가온 직원. 대통령 각하는 아무나 만나주지 않으니 정 만나고 싶으면 보안상 눈을 가려야한다고 했다. 들뜬 마음에 정강호는 그리하겠다고 했다. 눈을 가리고 직원을 따라 걷고, 차를 타고, 또다시 걷고…. 이제는 눈을 떠도 된다는 말에 가리고 있던 천을 벗었다.

대통령은 보이지 않고 힘깨나 쓸 듯 한 장정들의 모습만 보였다. 어리둥절해 있는 정강호를 향해,

"당신 여기가 어딘지 알아?"

"아니 나는 대통령을 만나러 왔는데요."

"뭐라고? 야 이 새끼 이거 아직도 정신을 못 차렸네. 야 이 새끼야, 여기는 종로경찰서 2층이야 알겠어?"

정강호는 그날 죽을 만큼 맞았다고 한다. 돌아서 가는 정강호의 모습이 애처로워서일까 경찰 서장은 그의 명함 두 장을 쥐어주며 어려운 일 있으면 연락을 하라고 했다.

한 번은 멀쩡한 사람들을 간첩으로 오인해 전경 1개 중대가 출동을 하기도 했다고 한다. 또 허위신고로 곤욕을 크게 치렀다고 정강호의 친구는 말해줬다. 또라이라는 소문에도 그의 실력은 타의 추종을 불허한다.

정강호 그는 몇 년 전 큰일을 하나 해냈다고 한다. 그의 실력을 익히 알고 있는 지인들의 소개로 군 장교들이 정강호를 찾아왔다. 정강호를 찾아온 장교들 중에는 진급을 앞둔 연대장이 포함돼 있었다. 군용 지프에 올라 그들을 따라간 곳은 최전방 수송대였다. 트럭 한 대가 처참히 부서져있다. 침통한 얼굴의 연대장이 정강호에게 묻는다. 이것을 여기서 고칠 수 있겠냐고. 연대장 말에 정강호는 자신있게 말했다.

"아까 우리 공장에서 대파된 차를 못 보셨습니까? 이 정도는 아무것도 아닙니다."

진급을 앞둔 연대장은 정강호의 말을 믿기로 했다. 작업에 들어가자 수십 명의 장병이 그의 조수로 발탁되었다. 정강호는 보름만에 대파되었던 트럭을 완벽하게 복원을 하였다. 정강호의 실력에 감탄한 연대장은 전 장병을 불러모으고, 정강호에게 그간의 노고를 치하한다며 두툼한 금일봉을 하사했다. 연대장은 자신의 지프차에 정강호와 함께 맥주 두 박스를 실어 보냈다.

자신의 공장 앞에 도착한 정강호는 싣고 온 맥주를 풀어 온 동네 사람들과 나누어 마시고 그 여세를 몰아 스탠드바로 갔다. 마이크를 잡고 노래를 하며 흥에 겨운 나머지 갖고 있던 금일봉을 꺼내 삐라로 모두 날려 보냈다. 스탠드바는 순식간에 난장판으로 손님, 종업원 할 것 없이 돈을 줍느라고 아우성을 친다.

　정강호는 작업 도중 간간히 노래를 부른다. 그가 처음 판소리를 하였을 때, 참으로 재주가 다양한 사람이라고 생각했다. 그러나 그것도 잠시 아주 개판이라는 걸 알았다. 그래도 큰 목소리를 내며 열과 성의를 다하는 모습을 보여준다.

　정 씨와 함께하는 모든 것이 좋기만 하다. 편하다. 난 체를 하지 않고 까다롭지가 않다. 자기가 가지고 있는 기술을 감추려 하지 않는다. 덕분에 나는 많이 배울 수 있다. 자칭 또라이 협회회장 정강호는 나의 스승이랄 수 있다.

살인자

젊은 회원들의 불만은 점점 더 커져가고, 무언가 대책을 세워야하지 않을까 생각을 해본다. 우리 조기축구회 모든 것이 동네 축구에 지나지 않는다. 방법이 전혀 없는 것도 아니다.

오후가 한참 되어서 다시 달동네 분식집 앞을 지날 때 누군가 나를 부르는 소리에 뒤를 돌아봤다. 나를 부른 이는 인철이었다. 나이는 나보다 두세 살 정도 위라 할까.

"어딜 가는 거요 동수 씨, 나랑 냉면이나 한 그릇씩 합시다. 소주도 한 잔 할겸."

장인철 그는 목수일을 하는 걸로 알고 있다. 나하고는 잘 어울리지 않는 편이였다. 마침 배도 출출하고 그가 돈을 낸다는데 마다할 이유가 없었다. 나는 그와 함께 분식집으로 가서 냉면을 시키고 마주 앉았다. 전에 움막집 화재사건이 궁금해 장인철에게 물었다.

"아니 인철 씨, 그날 불날 때 술들을 얼마나 먹었길래 갑술이 빠져나오질 못한 거요. 촛불은 끄고 자야지."

장인철은 촛불이라는 나의 말에 어이없다는 표정으로,

"동수 씨, 그날 우리들이 술 먹고 촛불 켜고 자다 사고가 났다 그러지요, 천만에요 동수 씨. 촛불은 절대 아닙니다."

냉면이 나오고 소주를 갖다 놓는다. 술잔을 몇 번 부딪치고 나서 다시 입을 여는 인철.

"동수 씨, 촛불 때문에 불이 났으면 우리가 그걸 못 빠져나오겠어요? 절대로 촛불이 아니에요. 누군가 밖에서 불을 질렀어요."

"아니 누가 밖에서 불을 질렀다니 도대체 누가 그런 짓을…."

"내가 그걸 알아요. 불은 한 번에 퍼졌어요."

마지막 잔을 들었다. 신중한 표정을 짓는 장인철이 다시 입을 연다.

"난 누군지 알 것 같아요."

촛불은 절대 아니라는 인철과 헤어져 공원으로 갔다. 누군가 움막 밖에서 불을 질렀다는 인철의 말이 사실일까. 장인철 그는 달동네 사람들로부터 크게 인정받지는 못한다.

지난 해 남수 장례식에서 그가 보여준 행동에 나와 성일 형은 크게 실망했다. 장례식이 끝난 후 나와 성일이 장인철을 크게 혼내 주었다.

불이 나기 전 한동안 뜸했던 그가 다시 나타나 영택, 갑술 등과 어울렸지만 동네 사람들 모두 그를 인정하지 않았다. 나는 그의 말에 신빙성을 갖지 않는다. 심심하기보다는 답답해서일 것이다. 언제나처럼 벤치에 앉아 있는 인수 형에게 인사를 하고 옆에 앉았다. 식품공장 일을 하며 겨우 먹고 살 뿐이라고 신세타령을 하는 인수 형.

"밑에서는 지금도 밤늦게까지 화투들 하고 그러나?"

"뭐 언제는 안 해요?"

"참 거 돈들은 어디서 나는지 용해들. 길섭이 남수 하여튼 편한 놈들이여. 마누라는 일 나가고 미안한 것도 모르는 놈들이지. 이눔 새끼들

재원이 죽었을 때 기사들한테 양주 얻어 쳐먹고 그눔 새끼들 편이나 들어주고…."

아니 이게 무슨 소린가. 인수 형은 오래 전에 술과 도박을 끊은 사람 아닌가. 인수 형은 전혀 술 먹은 얼굴이 아니다. 헛소리할 리는 없다. 그렇다면 사실….

"아니 형님 재원이형 후진하던 차에 치여 죽었다고 들었는데요?"

"아니여 기사들한테 맞아 죽은 것이여. 재원이 뭐 형제들이 있어? 마누라는 중환자나 다름없지 뭔 소용 있어. 몸이고 정신이고 어디 정상이여?"

인수 형과 헤어져 공원길을 내려간다. 인수 형의 말이 사실이라면 기사들은 살인자가 아닌가. 사람을 때려죽인 자들은 용서할 수 없는 범죄다. 이를 방관한 자들 또한 결코 그 죄가 가볍지는 않으리라.

때론 무섭게도 보이던 얼굴, 술 한잔에 흥이 나 손뼉을 치며 노래를 부르던 재원 형. 장애가 심한 형수는 지금 어떻게 살고 있는지. 그의 허무한 죽음 뒤에도 남아있는 그 무언가가 더 허무하지 않을까.

동네길로 접어들어 얼마가지 않아 구멍가게 앞에 떠들어대는 이를 발견할 수 있었다. 경호다. 가끔씩 누군가의 빈자리를 메꿔주는 것 같다. 처음 만날 때 공손한 말씨하며 성실한 모습을 보여주던 경호, 너무도 깊은 인상을 남겨주었던 그가 점점 추해져 가는 모습을 보여주는 것이 또 하나의 안타까움으로 자리잡는다.

경호를 지나쳐 조금 걸었다. 오늘따라 달동네가 쓸쓸해 보인다. 그때, 저 멀리 엄숙하고도 조용히 다가오는 모습의 은빛교회 담임 목사. 언제부턴가 아니 오래 전부터 그의 모습을 볼 때면 가슴 속 깊이 마음에 경의를 표한다. 그의 곁을 스쳐 조금 걸었을까. 뒤돌아 본 그의 모습에서 그도 많이 늙었다는 것을 느꼈다. 그래도 얼굴만큼은 평온한 모습을 보여주었다. 그가 진정한 성직자라는 것을 나는 잘 알고 있다.

오래 아주 오래 전 친구 정태의 집을 찾았을 때 아이들의 성화에 못 이겨 은빛교회를 찾았다. 달동네 중턱에서도 좁은 골목길을 더 올라야 은빛교회에 들어설 수 있다.

작고 아담하게만 보이는 실내, 걸음만큼 조용하게만 들리는 그의 목소리는 내가 생각했던 그대로였다. 예배 도중 청년회장을 불러 세운다. 그의 이름을 불러가며 우리 은빛교회가 보다 더 발전하려면 우리 젊은 청년회에서 보다 많은 노력을 해야 한다고 청년회장을 독려한다.

청년회장은 어딘가 모르게 숫기가 많아 보인다. 목사님의 질문에 시원한 답을 내놓지 못한다. 목사님은 웃는다. 그리고 다시 한 번 청년회장 이름을 불러가며 많은 용기가 필요하다며 격려와 함께 다시 한 번 웃음을 보인다. 이에 신도들은 아멘으로 답한다.

전주집을 들어서자 벽 쪽으로 길섭, 상훈, 연수 등이 자리를 하고 있다. 나는 그들 옆자리에 앉았다. 아주머니는 시장에 갔는지 정민 형과 학선 역시 보이지 않는다. 조금 전까지만 해도 무언가를 화제 삼아 떠드는 소리를 들었다. 다시 이야기가 이어진다.

인철과 영택이 빠져나온 것이 용하고 갑술이 몸이 둔하다고 말하면서 나의 눈치를 보는 것 같기도 하다. 지금 이들은 내가 모르는 그 무엇을 알고 있는 듯하다. 아까 만났던 인철의 말이 생각난다. 누군가 바깥에서 불을 질렀다는 이야기. 사실일 것이다. 그리고 그가 의심이 간다.

갑술의 죽음이 비참해서일까, 아니면 오늘따라 그들의 말이 듣기 싫어서일까 이들이 보기 싫다. 한 마디는 해야겠다.

"뭐들 그렇게 떠들어, 이 동네는 사람이 죽어나가도 눈 하나 깜빡하는 사람이 없는 동네야."

나의 말에 연수가 대꾸한다.

"야 너도 뭐 아는 것 같다 야."

웃음을 보이는 연수. 때는 이때다 싶어 넘겨짚기로,

"그 놈밖에 더 있어? 틈만 나면 불질러버린다고…."

"쟤도 다 알고 있구만."

아 이럴 수가. 종택이 틀림없다. 그리고 이들은 전부터 알고 있었고. 종택이 왜 이렇게 엄청난 일을 저지른 것일까. 사건 후 그의 행동에서는 죄의식이라는 것은 전혀 찾아볼 수 없을 만큼 무의미한 삶을 이어가는 모습을 보았다. 인심 좋고 털털하기만 한 성격. 형에 대한 분노보다 이제는 용서할 수 없는 죄를 지고만 것이 슬프다. 몸이 다 망가져 거지꼴을 해가며 얻어먹고 살던 갑술에 대해 말하며 웃고 있는 이들 앞에서는 갑술의 죽음은 그야말로 개죽음이 아닐까.

성호 형이 들어온다. 손에는 봉지를 들고 어디서 술을 먹고 온 것 같다. 나를 보며 악수를 청한다.

"아이구 성호. 술 한 잔 했으면 그냥 집으로 가지 여긴 또 뭐 하러 와."

"형수 막걸리 딱 한 잔만 줘요."

전주집 아줌마는 문밖 의자에, 성호 형과 둘이 남았다. 나는 성호 형에게 노래를 권했다. 알았다며 고개를 끄덕이는 성호. 몇 번을 더 재촉하고 나서야 그의 18번 '사랑의 미로'가 시작되고 흘러간 팝송을 끝으로 공연이 끝났다.

"어여들 들어가. 동수는 가는 길에 성호 형 조금 데려다 줘."

나오지 않으려는 성호 형에게 건너에 있는 슈퍼에서 한 잔하자고 꼬신다. 언제나처럼 끌어내는 데는 힘이 들지 않는다. 슈퍼에서는 사람이 많아 창피하니 위의 구멍가게로, 다시 두 번을 반복하면 그의 집이 코앞이다.

종점을 지나자 움막이 있던 곳으로 눈길이 간다. 구름진 길만 조금 보일 뿐이다. 달동네를 내려다보고 초승달을 바라본다. 슬픈 모습을 하고 있는 초승달이 오늘따라 무섭게만 보인다.

영웅과의 대면

나는 정태와 의논을 끝내고 태춘 형을 만나 연합회 가입을 논의했다. 좋은 생각이라며 회의를 소집하자고 회원 모두를 불러모으고 회의에 들어갔다. 나의 차례가 되어 서울시축구연합회 가입 필요성에 대해 이야기를 했다. 연합회 가입을 하지 않을 경우 우리는 동네 축구 수준을 넘을 수 없다고 짤막하게 회원들에게 호소를 했다. 순서에 의해 지산이 발언권을 얻었다.

"아니 연합회 가입이 꼭 필요합니까? 가입비 내야지, 매달 회비 내야지, 그 돈으로 차라리 소 뼈다귀 사다가 푹 고아서 먹는 게 낫지."

이어 발언권을 얻은 전임 청년 간부 김정식이 지산이 편을 들어가며 열을 올린다.

"연합회 가입을 하지 않으면 어때요. 가입하지 않으면 동네 축구라고 어느 누가 그런 망발을 해?"

순간 나는 얼굴의 뜨거움에 아마도 청년 간부직을 박탈당한 앙갚음이라 생각한다. 때론 힘으로만 모든 것을 해결하려는 그에게는 있을 수 있는 일이리라. 끝이 보이질 않을 것 같은 회의는 진통 끝에 연합회 가입으로 막을 내리고 말았다.

태춘 형이 회장의 권한으로서 융통성을 발휘했다면 쉽게 끝날 일이지만 소수라고 할 수도 없는 반대론자의 우격다짐에 겸손과 배려가 무슨 소용 있을까.

연합회 가입을 위해 회원 각자의 신상명세서 제출이 필요하다. 서류를 가지고 온 회원들 모두 자신의 원 나이보다 두세 살 줄였다고들 말한다. 그렇게도 반대했던 지산 형, 이제야 그 비밀이 밝혀지는데….

연합회 가입이 완료되고 약속대로 모범을 보이던 서영구를 비롯해 많은 회원들의 불만은 어느 정도는 해소가 되었다. 인수 형이 우려했던 대로 길남이 조짐을 보인다. 이집 저집 닥치는 대로 들락거리며 욕을 내뱉는다. 전주집 아주머니가 길남을 향해 쓴소리를 한다.

"길남이 이제 그만 술이 됐으면 올라가면 쓰겠네."

아주머니의 연이은 잔소리에 듣기 싫어하던 길남이 다시 나간다.

"남들은 술 먹으면 잠도 잘 자더만…."

푸념을 하는 아주머니.

"술 먹으면 잠 안 자는 사람 또 있지."

"아니 누구 얘기하는 거야 또?"

"성일이."

"그래 맞다 학선아, 니 말 맞다. 밤새도록 잠 안 자지. 그 다음 날 오전까지는. 나는 성일이 집에서 몇 번 잔 적이 있다. 그때 그는 밤새도록 중얼거리며 수도 없이 들락거리는데 …."

학선이 나에게 기막힌 이야기를 들려준다. 자신의 형과 어머니가 살고 있는 집 옆에서 살고 있던 성일이 대추나무 집으로 이사 간 동기에 대해 말해준다. 술만 취하면 낮이고 밤이고 들락거리는 성일의 행동에 지칠 대로 지친 집주인이 너무도 피곤한 나머지 집을 팔게 되었다고 한다. 성일이 역시 지금의 대추나무집으로 이사를 갈 수밖에 없었다고 한다. 일은 여기에서 그치지 않고 계속된 성일의 횡포에 시달린 대추나무 집주인은 그만 동네를 떠나고 말았다는 웃지 못할 이야기를. 옆에 있던 상식이 한마디 한다.

"성일이형 체구는 조그마한 게 깐죽깐죽 대고 그렇다고 마음대로 할 수는 없지. 오죽하면 집을 팔겠어."

누군가 들어온다. 학선이 놀라는 표정을 짓는다. 고개를 돌려 바라보니 멋진 신사가 눈앞에 서있다. 그는 다름 아닌 유건 형.

"야 유건이 아주 신사가 되어서 왔네. 유건이 여길 찾아오는 걸 보면 이 동네가 좋긴 좋은 모양이네."

이에 지지 않는 유건 형.

"아줌마, 이번엔 내가 기록을 깰게요."

"내일이면 걸치고 있는 옷 없어지는 거 아녀?"

"누가 달라면 벗어주죠."

언제나 볼 때마다 낙천적인 성격은 걱정을 모르는 듯하다. 나보다 늦게 알게 된 학선과는 사립학교 동문이라고 한다.

"넌 인마 선배 보면 인사 좀 확실히 해, 알았어?"

"난 형만 보면 창피해 죽겠어. 우리 학교에 이런 선배는 없었는데."

학선의 말에 웃는다. 우리도 따라 웃었다.

유건 형은 운수업 하는 형 밑에서 일을 한다고 잘난 체를 조금 하는 편이지만 분위기를 파악하고 조성할 줄 안다.

연수가 들어온다. 유건 형을 보고 놀려대기 시작한다. 반말적인 말투에 불편한 심기를 유건 형이 웃어넘기려 애쓴다. 연수를 싫어하는 것은 나와 같다. 연수는 얼마 전 주인아주머니와 크게 한바탕 싸움을 했다. 길섭과 연수의 싸움 도중 참다못한 주인아주머니가 연수를 흔들어댔다고 들었다. 술을 먹다 사소한 말다툼을 벌이는 이들을 보면 싸움을 부추기려는 연수의 말투, 나만 듣기 싫은 게 아니었구나하는 생각이 든다.

정태와 상훈이 들어오면서 연수와 자리를 함께한다. 언제부터인지 셋은 자주 어울리는 것을 볼 수 있었다. 화장실을 따라나선 유건 형이 학선과 함께 중대장님 집으로 가자고 한다.

"아니 중대장이라 했어요?"

"어 김택현 중대장."

"아니 김택현 중대장이라면 하늘2동 달동네 살아있는 전설이 아닌가."

유건 형의 말에 나는 흥분되었다. 달동네 사람들과 나의 방위 동기들로부터 그의 명성은 익히 들어보지 않았는가. 슈퍼마켓에 들러 맥주와 김택현이 좋아한다는 소주를 사서 그의 집으로 향했다.

시장통을 벗어나 노점 끝을 지나 조금 더 걸어 반지하로 된 주택의 열려진 대문을 들어서 방문을 노크했다. 영택이 문을 연다. 안으로는 김택현이 잠옷차림으로 누워있다. 유건 형이 김택현을 향해 경례를 하며 이어지는 구호는 '방빼.' 오랜만에 왔다며 유건 형을 반긴다. 나를 보며 처음 보는 것 같다고 하자, 학선이 나와 정태, 복진이랑 오랜 친구라고 했다. 김택현은 정태라는 말에 의외의 말을 한다.

"아 거 짠돌이라는 친구구만."

놀랐다. 처음 대면하는 나에게, 짠돌이라고 정태에 대해 너무 잘 아는 것처럼 말한다. 우리는 가지고 온 술병을 꺼내고 안주를 풀어 조그만 잔치를 벌였다. 큰 키에 곧은 다리, 군에서 농구선수로 활약했다는 김택현은 천부적인 몸을 갖고 태어난 것 같다.

그에 대한 호기심이 많았던 나는 김택현에게 하늘2동 예비군 중대장 시절 어려움은 없냐고 물었다. 하늘2동 달동네 중대장으로 처음 발령 났을 때 그는 큰 고민을 했다고 한다. 하늘2동 예비군 편성명부를 보던 김택현은 소속 예비군 중 전과자만 무려 24명이라 아연실색하고 난

감하지 않을 수 없었다고 한다. 과연 내가 이들을 통솔할 수 있을까 하는 걱정이 앞장섰다고 했다. 예비군 중대장 생활을 처음 하는 것은 아니다. 그런데 왠지…. 신서고등학교 뒷산 야외교장에 모여드는 예비군을 보니 생각했던 대로 지금까지 보아오던 예비군들과 달리 거친 모습을 유감없이 보여준다.

우려했던 일은 점심시간에 터지고 말았다. 김택현의 귀에 거슬리는 말이 들려온다.

"아 거 중대장 새로 왔다면서? 물이나 좀 떠오지 그래."

올 것이 오고 말았구나. 그래 어디 해보자. 이를 악무는 김택현. 방위병들을 앞세워 물을 떠오고 점심식사 중인 예비군에게 물을 내어 놓는다.

점심시간이 끝나고 모여든 예비군들을 향해,

"예비군 여러분들 어떻게 점심식사들은 잘하셨는지요?"

'네~' 하며 길게 대답을 하는 예비군들에게 다시,

"그런데 아까 저보고 중대장 물 떠오라고 한 사람이 누굽니까? 어디 한번 얼굴이나 좀 봅시다."

김택현의 말이 끝나자 한 예비군이 나선다.

"나요" 하며 손을 든다. 이를 보고 흥분한 김택현.

"그래 너"라고 하며 뛰어나가 땅을 박차며 날아올라 발길질을 했다. 좀 전에 기세등등했던 예비군은 어이쿠 하며 뒤로 보기 좋게 떨어져 나간다. 분을 삭이지 못하는 김택현은 차고 있던 완장을 벗어 땅바닥에 내친다. 이어지는 고함소리,

"여기 너희들 중 전과자가 24명이라는 거 알고 있어. 너희들 전부 다 한꺼번에 상대할 수는 없다. 대신 하나씩만 덤벼. 얼마든지 상대해 줄 테니까."

이를 본 소속 예비군들이 김택현의 곁으로 다가가서,

"중대장님 참으십시오. 저희들이 무슨 일이라도 도울 테니."

이 일이 있은 후부터 소속 예비군 누구하나 말썽을 피운 사람이 없었다고 김택현은 말했다.

04

사랑의 미로

북만주행 열차를 타다

　동네 친구 진섭이 찾아왔다. 진섭이 전국 방방곡곡을 다니면서 장사를 업으로 한다. 얼마 전부터는 중국으로 장사를 다녀오기도 한다고 들었다. 진섭이 가져온 맥주를 한잔씩 들이켰다.

　"어때 중국은 장사할만해?"

　"아직은 모르지. 아는 사람들하고 같이 하고 있는데 전망은 있어 보여. 한국 상품이 중국에서는 꽤 인기가 있어."

　"그래? 어떤 상품들이 잘 팔려?"

　"응, 여자들을 상대로 화장품도 그렇고 고가의 물품들도 잘 팔려. 한국이고 중국이고 여자들은 허영심이 있기 마련이잖아."

　다시 한 번 잔을 부딪치고 잔을 비웠다.

　"야 동수야, 너 장가 안 가냐?"

　"뭐 그게 어디 내 맘대로 돼?"

　"동수 너 돈이 그리 많은 것도 아니잖아. 나이 사십이 다 돼가고."

"아니 어떻게 내 형편을 그리 잘 아셔?"

모처럼 만난 진섭이 웃는다.

"넌 성격이 여전하구나. 그래 좋다. 웃으면서 사는 게 좋지."

"그건 그렇고 동수야 너 중국에 가서 국제결혼 한번 해보는 것이 어떠냐?"

"진섭아 지금 국제결혼이라 했냐?"

"그래, 동수야. 나 중국에 조선족들을 많이 알고 있어. 한국에 있는 노총각들 돈 없는 사람들은 결혼하기 힘들어. 돈 없는 남자들 요즘 여자들은 쳐다도 안 봐. 동수 너도 잘 알 텐데 뭐."

진섭이 돌아갔다. 중국은 물가가 싸다며 비용은 그리 많이 들지 않을 것이라고 했다. 많은 생각 끝에 여권을 만들어 진섭과 동행을 했다.

인천에서 배를 타고 밤을 거치면서 다음 날 오전나절에 대련항에 도착을 했다. 비자를 받기 위한 여행객들로 인해 출입국 사무실은 그야말로 난리통이다.

두 시간 훨씬 더 지난 후에야 비좁은 출입국장을 빠져나올 수 있었다. 길 건너편으로는 큼직큼직한 건물들이 지어지고 있다. 대륙에 개혁 바람이 불어오는 것을 실감할 수 있었다. 저녁 해질 무렵 우리는 북만주행 특급 야간열차에 몸을 실었다.

다음 날 새벽이 지나고 아침이 되어서 장춘에 도착했다. 차창 밖으로는 장사꾼들의 호객소리가 들려온다. 열차 내에서 세면을 끝내고 준비해 온 음식으로 간단한 아침식사를 하였다. 신호음을 내고나서 열차는 다시 북만주를 향해 달린다. 끝없이 펼쳐지는 논과 들, 끝이 없어 보이는 밭이 구릉을 넘어 이어지는 것을 볼 수 있다. 이따금씩 모습을 나타내는 허름하고도 큰 건물과 굵고 길게 솟아오른 굴뚝을 보노라면 대륙인의 힘을 보여주는 것이리라. 가도 가도 산은 보이지 않는다. 끝없는 벌판, 대륙이라는 것을 실감할 수 있다.

북만주행 특급열차는 정오에 이르러 하얼빈에 도착을 했다. 하얼빈이라 하니 유명한 독립투사 안중근이 생각났다. 바로 이곳이 민중의 자긍심을 일깨워준 역사의 장소가 아닌가. 안중근 열사, 그는 어디쯤에서 총을 쏘았을까 궁금하지 않을 수 없다.

열차는 다시 출발을 해 큰 강을 건넌다. 진섭이 송화강이라고 말해준다. 백두산에서 발원해 만주 대륙을 거쳐 흑룡강으로 합류하는 큰 강이라고 진섭은 말한다. 이제는 산도 조금씩 보이기 시작한다. 몇 시간만 더 가면 목적지에 도착할 수 있다고 했고, 다시 한 번 송화강을 건너서야 목적지 가목사에 도착할 수 있었다.

가목사는 흑룡강성 내에서는 네 번째로 큰 도시라고 한다. 역을 빠져나오자 날은 어느새 컴컴해졌다. 우리를 마중 나온 조선족은 나이가 우리와 비슷해 보인다. 진섭이 오래 전부터 알고 지내던 친구라고 했다. 그들은 무척 반가워하는 모습을 보여준다. 이어서 나를 소개한다. 그의 이름은 정인규라 했다.

우리는 마중 나온 정인규와 함께 한 시간은 더 걸려 그의 집에 도착했다. 마을은 조선족들만이 모여 살고 있다고 했다. 우리의 60년대 수준이랄까 마을은 그렇게 형성이 돼 있었다.

다음 날 아침 해가 비추는 창문가, 새하얀 광목 커튼, 어설픈 봉황새 문양…. 아, 나 어린 시절 고향집 방문 앞에 걸린 그것과 너무 흡사하다. 붉은색과 청색으로만 이루어진 커다란 광목 커튼, 나무로 만든 작은 성냥곽하며 모든 것이 나 어릴 적 보던 것과 너무도 똑같다. 진섭은 아직 깨어나지 않았다. 그에게 방해가 되지 않을까 조용히 방문을 닫았다. 어젯밤 마을에 들어섰을 때의 개구리 울음소리가 생각났다. 나는 마을을 한번 돌아보기로 했다. 식품가게에 들러온 것인지 정인규의 손에는 찬거리가 가득하다.

"아, 백 동무 일어났오? 어디 동네 산보 가는 거요?"

나는 그렇다고 대답을 했다. 어제 처음 만난 정인규로부터 동무란 말을 들었을 때 조금 놀랐다. 개혁 개방을 한다지만 지금 이곳은 아직까지 공산주의 사회라는 것을 깨달았다.

동네를 둘러보던 나는 어린 시절이 생각나기 시작했다. 싸리나무와 수수대로 만들어진 담장은 지난날의 향수를 불러일으킨다고나 할까, 아니면 젖어든다는 말을 해야 할까. 나 어릴 적 동네의 모습이 지금 내 눈앞에서 그대로 재현됐다. 아침 조반을 마치고 진섭과 다시 한 번 동네를 둘러보기로 하였다. 그동안 장사하느라 중국을 드나들던 진섭도 조선족 마을은 처음이라고 말한다. 진섭이 역시 나와 똑같은 생각을 하고 있었고 우리는 같은 말을 하며 같은 길을 걸었다.

지난 날 우리네 시골 사람들처럼 욕심 없고 순박한 모습을 보여주는 조선족 동포들, 그들과 우리는 같은 민족이라는 것에 더더욱 친근감이 든다.

오후가 되어서 맞선 장소로 나가기 위해 나와 진섭은 정인규를 따라 그의 친척집으로 가는 버스를 탔다. 버스는 좀처럼 출발을 하지 않는다. 그래도 아무도 불평을 하지 않는다. 시간이 정해져 있지 않은 것이다. 한참을 기다려 몇몇 사람을 더 태우고 차는 출발을 한다. 중간에 검문소를 거치고 한참을 더 달려간 끝에 정인규의 친척집에 도착을 했다.

정인규는 우리에게 자신의 사촌형 내외를 소개한다. 진섭과 나는 사촌형 내외에게 깍듯한 인사를 했다.

"먼데서 오느라고 고생 많으셨겠습니다."

"아, 아닙니다. 뵙게 돼서 반갑습니다."

"저는 중학교에서 선생질을 하는 정인섭이라 합니다."

진섭과 나는 그에게 통성명을 하였다. 정인섭은 나를 쳐다보고 말했다,

"한국에서는 무슨 사업을 하고 계십니까?"

정인섭의 말에 조금 당황했다. 아니 진섭이 나에 대하여 과장되게 이야기를 한 것이 아닐까. 머뭇거리는 나를 대신해 회사에서 간부급으로 일하고 있다고 진섭이 말한다. '선생질, 간부'란 생소하며 어울리지 않는 말들이 나와 달리 이들은 으레 들어보던 것 같다. 드디어 맞선 상대가 들어온다.

어머니로 보이는 중년의 여인과 젊디젊은 아가씨가 자리에 앉는다. 나는 자리에서 일어나 중년의 여인에게 큰 절을 했고,

"아니 내 이 큰 절을 다 받고."

중년의 여인은 만족한 듯한 웃음을 보인다. 옆에 앉아 미소를 보이는 그의 딸 역시 싫어하는 기색은 보이질 않는다.

나는 맞선녀와 함께 택시를 타고 공원으로 갔다. 우리는 걸으면서 때로는 앉아서 많은 이야기를 나누었다. 그녀의 이름은 홍화, 나이는 25세, 2남 2녀의 막내딸이라고 했다. 대도시 천진에서 일을 하고 있고 지금은 잠시 쉬려고 집으로 돌아왔다가 나를 만나게 되었다고 했다. 서울에 있는 아가씨들과 별반 다르지 않게 세련된 모습은 도시생활을 오래 했다는 것을 알 수 있다.

그녀와의 데이트가 끝나고 정인규의 사촌집에 나를 데려다 준 홍화와 헤어지고 우리들은 정인섭과 그의 처와 마주했다. 신랑 되는 사람이 나이가 있는데 색시감이 너무 어리지 않느냐고 정인섭의 처가 한마디 한다.

정인규는 일없다고 나중에 애가 생기면 그만이라고 그대로 밀어붙이자고 나선다. 나는 정인규의 말에 동의를 했다. 홍화가 너무도 좋았다. 어눌한 그녀의 말은 순진하게만 들려오는 것 같다. 아담한 몸매에 예쁜 얼굴, 귀염성까지 더한 그녀의 모든 것이 좋아만 보였다.

잠시 떨어져 있던 진섭이 함께하자 영계 잡았다고 나는 웃었다. 그리고 조선족들의 흉내를 냈다.

"진섭이 동무 너무 고맙소, 참말 고맙소."

나의 말에 진섭이 크게 웃는다.

"백 동무, 앞으로 잘 해보시오."

하면서 나의 어깨를 두드린다. 나도 크게 웃었다.

다음 날 저녁 홍화와 약혼식을 올리게 되었다. 약혼식 장소로는 정인섭의 집에서 멀리 떨어지지 않은 곳에 위치한 음식점으로 결정을 했다. 홍화와 어머니 그리고 오빠 언니 외삼촌이, 우리 측에서는 정인규와 그의 사촌형 내외와 다수의 조선족들이 참석을 하였다.

모두 즐거움으로 약혼식 분위기가 무르익어가자 나와 진섭에게 오늘같이 좋은 날은 노래를 하며 즐겨야 한다며 한곡을 청한다. 나의 독창에 이어 진섭과의 합창이 끝나자 조선족 사내들은 모두 하나 되어 답례로 합창을 부르기 시작했다.

'장백산 피 흘린 민족의 동지~.'

나와 진섭이 듣기에는 섬뜩한 구절. 같은 조선족이라 하나 오늘 처음으로 만난 사람도 있을 텐데 어떻게 이렇게도 한 마음으로 단합이 되어 우렁차고도 힘에 찬 노래를….

'아~ 아 김일성 김일성 장군~.'

그들의 노래가 끝났다. 나와 진섭은 박수를 치지 않았다. 6·25를 일으킨 장본인이랄 수 있는 김일성에게 어찌 경의를 표현할 수 있을까.

어안이 벙벙한 우리의 모습에 당황한 것일까 조선족 한 사내가 우리에게 조심스럽게 말을 건넨다.

"저 우리들이 뭐 불편하게 해드린 게 있습니까?"

"아, 아닙니다."

나는 황급히 그의 말을 막았다. 나는 국제결혼 서류 준비를 위해 귀국 비행기에 올랐다. 진섭과 함께 북만주 여행 중, 언어 소통에 많은 어려움이 있었다.

귀국길은 여객기를 타기로 했다. 마음은 오직 홍화 생각뿐, 잠시 후 비행기가 고도를 잡아 안전한 운항에 들어가자 어제 있었던 약혼식에서의 일들이 생각나기 시작했다. 처음 보았을 때 조금은 어수룩해 보이던 홍화의 큰오빠가 술 한 잔에 처음 보는 조선족들과 하나가 되어 힘차게 노래하던 모습. 잠시 짧은 시간을 함께 했던 조선족들의 상반된 모습을 보았다고나 할까. 동포들을 굶어 죽게 내버려두는 북한 정권과 김일성에게 욕을 하던 이들이 어제는 처음 만난 조선족들과 장백산 노래를 하나같이 힘차게 부르는 것이 조금은 이해할 수 없는 행동이 아닐까 싶다.

천년만년 살고지고

신붓감이 나이가 너무 어리다고 걱정을 하는 식구들을 뒤로 하고 나는 다시 중국으로 향했다. 나를 반겨주는 홍화, 그녀는 전보다도 더욱 세련된 모습을 보여준다. 홍화는 자신의 집이 너무 비좁다고 나를 이모부 집으로 안내했다.

도심지에서 한참을 벗어나 그녀의 이모부가 살고 있는 마을에 도착을 했다. 소학교와 중학교가 들어서 있는 규모가 큰 조선족 마을이라고 홍화는 말해주었다. 동네 한가운데로 나있는 길은 꽤나 넓게 보인다. 홍화의 이모부 집에 도착을 해서 그녀의 어머니와 이모부에게 인사를 하였다. 거구라 할 정도의 큰 키, 늠름한 모습의 홍화의 이모부 최원영 그는 장사 같은 모습을 보여주고 있다.

나는 그의 집에서 홍화와 함께 기거하게 되었다. 밤이면 홍화와 달콤한 사랑을 꿈꾸며 천년만년 살고지고 마음속으로 노래를 부르곤 하였다.

행복하고 즐거운 나날 속에도 결혼 수속은 늦어지기만 했다. 홍화의 언니와 동시에 진행되는 결혼 수속은 복잡하기만 하였다. 우리는 새로이 호적을 만들어서 수속을 밟아야 했다. 원호적은 한국 사람과의 결혼을 위해 언니가 가지고 있다고 홍화는 말했다.

한국 남자와 결혼을 한 중국 신부는 양부모를 한국으로 초청할 수 있다고 했다. 신부의 부모를 대신해 신분증과 호적을 바꿔 부모와는 전혀 상관없는 이들이 한국으로 가기도 한다고 했다. 부모를 대체하는 일에 있어서는 상상할 수 없는 많은 금액이 오간다고 했다. 한국으로 가면 누구나 큰돈을 벌어올 수 있다는 인식 때문이었다. 홍화는 중국 내 모든 조선족들은 한국으로 가지 못해 안달을 한다고 했다. 어머니와 사이가 좋지 않아 외지에서 생활하는 아버지를 대신해 한국으로 가려는 이모부 역시 한국으로 떠날 날만을 기다리고 있다고 한다.

국제결혼 수속을 준비 중이던 홍화의 작은오빠로부터 생각지 않았던 일이 생겼다. 북경에 상주하는 한국 대사관에서 점점 더 까다로운 서류를 요구하고 있다고 했다. 보다 못한 홍화의 큰오빠가 자신의 한족 친구를 한번 찾아가 보겠다고 길을 나선다. 답답한 마음을 달래보려 동네를 한번 둘러보기로 했다. 이백 호가 넘는 마을이라고 최원영이 말했다.

동네 구석구석 하나하나가 어린 시절의 향수가 묻어나 있는 것을 볼 수 있다. 얕은 돌담길을 돌아 토마토가 잘 익어가는 기와집 앞을 지날 때 누군가 나를 부르는 소리가 났다.

"한국 양반 잠깐 들어오시오."

얼마 전 최원영의 집에서 만났던 사내로 볼 때마다 풀이 죽어있는 모습을 볼 수 있다. 얼마 전 한국에서 불법체류자 단속반에 붙들려 중국으로 되돌아오고 말았다는 소문은 동네에 널리 퍼져 있었다. 나를 안으로 들인다. 넉넉지 않은 살림에도 방안은 비교적 깨끗해 보인다. 그의 아내에게 계란후라이에 토마토를 썰어놓은 안주와 피주(맥주)를 내어

놓으라고 했다. 우리는 통성명을 하고 건배를 제의하는 그와 함께 잔을 비웠다. 그렇지 않아도 나를 한번 찾아가 보기로 마음먹었다고 한다.

김만제 그는 지금 자신의 처지가 너무도 힘들고 어렵다며 내게 호소를 한다. 그는 나의 큰형과 동갑의 나이다. 그는 한국으로 가기 위해 많은 돈을 빚져서 빚을 갚지 못하면 지금 이 집을 내놓아야 한다고 하소연을 한다. 옆에 앉아있던 김만제의 처는 끝내 눈물을 보이며 돌아앉는다.

"백 선생 나를 좀 도와줄 수 있겠소?"

"네, 제가 도울 수 있는 일이라면 한번 해보겠습니다."

"지금 백 선생 사는 곳에서 청주라는 데가 멉니까?"

"아~ 아닙니다. 그리 멀지 않습니다."

"백 선생 내가 편지를 써주면 청주에 살고 있는 사촌형에게 좀 전해줄 수 있겠습니까?"

나는 흔쾌히 수락을 했다. 몹시 좋아하는 내외의 모습을 보며 김만제의 집을 나섰다. 나를 바래다준다며 김만제가 따라 나선다. 조금 걷자 김만제의 푸념이,

"내 한국 가서 한 달 조금 넘어 쫓겨 오다 보니 동네에서는 웃음거리 되고 지금 우리 어머니는 나하고 말도 안 하고 있네."

나는 김만제의 말에 웃었다. 웃어도 괜찮을 것 같다는 생각에 그를 쳐다보았다. 나의 웃는 모습에 그도 웃는다.

"형님 됐습니다. 이제 그만 들어가세요."

"아~ 백 선생 고맙소. 참말 고맙소."

일이 잘 될 것 같다는 홍화의 큰오빠. 나는 그와 함께 그의 한족 친구를 찾아갔다. 한족 친구의 집은 군인 요양소에 자리 잡고 있었다.

커다란 덩치에 검은 안경을 쓰고 있는 그의 성씨는 위 씨라 했다. 월남전에서 부상을 당해 앞을 보지 못한다고 한다. 그의 계급은 영관급이라고 큰오빠는 말한다. 지금 이곳에서는 국제결혼에 관한 서류를 만들

수 없고, 이곳에서 삼백 리가량 떨어져 있는 소도시 길음현에서는 가능하다고 한다.

다음 날 우리는 그의 차를 이용해 길음현으로 갔다. 군 요양소를 떠난 지 얼마 지나지 않아 주유소에 들렀다. 불친절한 주유소 여직원들에게 화가 단단히 난 위 씨가 차에서 내린다. 그는 다시 한 번 주유소 여직원들을 향해 큰소리를 친다. 이에 여직원들이 계속해서 쫑알댄다. 화가 난 위 씨는 핸드폰을 열어 어디론가 전화를 한다. 통화가 끝난 위 씨는 직원들을 향해 한마디 더 내뱉고 나서야 차에 오른다. 중간 중간 쉬어가며 비포장길을 서너 시간 달렸을까. 이제 곧 길음현에 도착한다고 큰오빠는 말한다.

큰 고개를 넘어서자 강 건너로 길음현이 보인다. 맞은편에서 고개를 올라오던 중형 트럭이 경적을 울려댄다. 그리고는 우리를 향해 많은 사람들이 소리를 치며 환호한다. 현역 신분의 영관급 장교인 위 씨의 힘이 대단하며, 중국내에서는 군인들의 권력이 막강하다고 큰오빠는 말해준다. 마중을 나온 이들은 차를 돌리고 우리는 앞서가는 차를 따라갔다.

좀처럼 보기 힘든 맑은 강을 건너 아담해 보이는 길음현에 도착을 했다. 기다리다 못해서 마중을 나왔다는 이들은 위 씨와 함께 우리들을 반겨주었다. 우리들은 위 씨와 함께 마중을 나왔던 친구들과 저녁을 먹고 뒤풀이는 나이트클럽으로 갔다. 쭉쭉 뻗어있는 큰 키의 여종업원들, 처음 만난 위 씨 친구들의 배려 속에 우리들은 즐거운 시간을 보낼 수 있었다. 숙소로 들어온 큰오빠는 결혼수속에 아무 문제가 없을 것이라고 했다. 친구 위 씨는 모든 관공서에 연줄이 닿아있어서 빠를 것이라며 확신을 한다.

다시 들른 주유소, 여직원들이 보이지 않는다. 위 씨의 힘이 대단하다는 걸 바뀐 남자 직원들이 말해준다. 위 씨와 담소를 나누며 웃음을 잃지 않는 큰오빠는 일반인들이 국제결혼 수속을 밟으려면 요즘 같아서는 많은 기일이 걸릴 것이라고 웃음을 보인다.

위 씨와 헤어져 돌아가는 버스 안, 어제 위 씨가 하던 말이 생각났다. 나는 중국 내에 많은 친구들을 가지고 있다. 우리 친구들은 의리가 남다르다. 친구를 위해서는 무엇이든지 목숨도 바칠 수 있다던 위 씨. 그 세력이 만만치 않음을 어제 보여주었다. 중국인들 친구간의 의리가 대단하다고 조선족들은 너나할 것 없이 내게 말해주었다.

무자비한 폭력을 일삼으며 의리를 앞세워 총질을 해대던 중국 영화, 나는 항상 그 격을 낮추어 보았다. 그는 세를 과시하려는 듯이 내게 물었다. 한국에 있는 당신 친구들 중에 친구를 위해 목숨을 바칠 수 있는 친구가 있는가라고. 내가 보았던 중국 영화와 위 씨의 말을 조금은 이해가 가기도 한다.

홍화와 그녀의 부모를 대신할 조선족들과 같이 길음현을 다시 찾아 호적과 신분증을 만들어 1단계 수속 준비를 마칠 수 있었다. 2차 수속과 결혼식 등에 쓸 비용을 마련하러 김만제의 서신을 들고 귀국길에 올랐다.

의문의 죽음

소식을 기다리고 있을 김만제를 생각해 서둘러야겠다고 생각했다. 청주행 고속버스를 타고 김만제가 적어준 주소로 그의 사촌형을 찾아가는 것은 그리 어렵지 않았다. 김만제의 사촌형과 마주하자 일이 잘될 것이라는 생각을 했다. 이어 강남 서초동 아파트에 살고 있는 김만제의 사촌동생에게 편지와 함께 김만제의 딱한 사정을 말해주었다. 김만제의 사촌형과 동생 역시 중국에 있는 형을 돕겠다고 했다.

반겨주는 홍화와 함께 택시를 타고 공항을 빠져나갔다. 우리는 곧장 한국대사관으로 가기로 했다. 각국 대사관들이 밀집해 있는 북경에 있는 한국대사관. 대사관 정문 옆으로 자리한 업무공관 앞에는 많은 사람들이 줄을 서서 기다리고 있었다. 나도 줄을 섰다. 대사관 업무 공관을 나서는 사람들은 실망과 허탈함을 연발한다. 전보다 까다로워졌다는 얘기를 많이 들었지만 이건 좀 심한 것이 아닌가 싶다. 좀처럼 서류심사에 통과하는 이들이 보이지 않는다.

공관 출구를 다시 보았다. 그때 한 남자가 종이 한 장을 들고 나온다. 그와 함께 수속을 밟고 있는 여자가 만면에 웃음을 띠면서 남자의 곁으로 온다.

"아 이제 됐다, 빨리 가자."

그동안의 힘들었을 두 남녀의 모습을 읽을 수가 있었다.

한참을 기다려 나의 순서가 왔다. 나만은 한 번에 통과될 것이라는 기대와 달리 불합격을 받았다. 홍화와 나는 크게 실망하고 하는 수 없이 북만주로 돌아가야만 했다. 국제결혼 수속이 힘들다 하나 홍화와 함께하는 밤 열차 여행은 마냥 좋기만 할 뿐이다. 그녀와 나를 실은 열차는 밤하늘을 가르며 머나먼 북만주를 향해 달려만 간다.

무척이나 좋아하고 있을 김만제 내외를 생각하며 그들의 집으로 갔다. 예상대로 나를 무척 반긴다. 인절미 떡을 해놓고 가득 차려진 상은 김만제의 형편을 생각하니 조금은 미안한 마음이 앞선다. 셀 수 없을 만큼 '참말 고맙소.'를 연발하는 김만제에게 형이라 부르며 즐거운 시간을 보내고 많은 이야기 했다. 도중에 나는 지금 이곳 조선족 마을이 북한의 모습과 닮은 것 같다고 생각했다.

"형님 여기 아이들이 학교에 가는 모습이 TV에서 보았던 북한 학생들의 모습하고 많이 닮은 것 같아요. 붉은 넥타이도 그렇고."

"같은 공산국가인 중국의 영향을 받는 건 당연하지."

"지금 북한에선 굶어죽는 사람들이 많다지요."

"많기만 해? 얼마나 어렵게 사는데 지금. 북조선에서 정치를 잘 못하고 있어. 인민들이 굶어 죽어가고 있는데 그게 말이 되는 소리야?"

"아니 형님 김일성이 어떻게 갑자기 죽었는지 좀 이상해요."

김만제의 처가 나선다.

"김일성은 화병으로 죽었지요."

"아니 화병이라니요, 형수님?"

김영삼 대통령과 회담을 앞두고 갑작스런 죽음을 맞이한 김일성, 김만제의 처는 김일성의 죽음에 대하여 놀라운 이야기를 했다. 어느 날 할아버지 김일성을 찾아온 손자, 김일성은 손자에게 지금은 모든 인민이 잘사는 시대가 되었다고 자신의 업적을 자랑했다고 한다. 김일성에게 반문을 하는 손자,

"할아버지 지금 할아버지께서 하신 말씀이 사실일까요. 할아버지 말씀대로 지금 모든 인민들이 정말로 잘 살고 있을까요?"

손자로부터 뜻밖의 말을 들은 김일성은 손자에게 그게 무슨 소리냐고.

"할아버지 지금 모든 당 간부들은 할아버지의 눈과 귀를 가리고 있습니다. 지금 제 말을 못 믿으시겠거든 오늘 밤 아무도 몰래 저와 같이 잠행을 나가시면 알 겁니다."

그날 밤 손자와 함께 잠행에 들어간 김일성. 가가호호 방문 끝에 아, '손자의 말이 사실일 줄이야.' 김일성의 방문이 예정된 곳은 수일 전부터 길을 닦고 정비를 하고 각 가정에서는 TV, 냉장고를 전시해 놓는다고 김만제의 처는 말했다.

"형님, 김일성이 인물이 아주 잘났던데요?"

"아 잘나기만 해 이 사람아?"

김만제의 처가 다시 나선다.

"김일성의 어머니가 아주 인물이 좋습니다. 김일성이 어머니를 많이 닮았습니다."

김만제의 처는 자신들의 집에 김일성 어머니의 사진이 있다며 건넌방으로 갔다.

잠시 후 김만제의 처는 그리 크지 않아 보이는 책 한권을 내 앞에 내어 놓는다. 책자 첫 장을 넘기자 의자에 앉아있는 여인의 모습은 넉넉하고도 온화한 모습으로 부잣집 마나님의 풍채와 차분함을 더한 여인의 모습은 가히 절세가인이 따로 없을 정도였다.

미비한 서류를 보완하여 북경으로 떠날 채비를 마치고 난 뒤 생각지도 않았던 큰일이 벌어지고 말았다. 도심지로 나들이를 갔던 홍화가 실종이 되고 말았다. 그녀의 집안에서는 난리가 났다. 어머니와 언니 오빠들은 사방으로 수소문을 했으나 그 어디에서도 홍화의 소식은 들을 수 없었다고 한다. 삼사일이 지나도록 홍화가 돌아오기만을 기다리던 나는 김만제의 집을 찾았다. 나의 이야기를 모두 들은 부부는 우리 동네에서 이런 일은 없었다고 두 내외는 내 마음같이 안타까워한다.

이삼일 지났을까. 이번에는 김만제가 나를 찾았다. 한국에서 사촌형한테 연락이 오는데 지금 한국에서 큰일이 일어났다는 소식이다. 사촌형이 초청했던 중국교포 조카가 공사현장에서 사고를 당해 병원 중환자실에 입원을 하고 있어서 지금은 초청을 할 수 없다고 한다.

그날 김만제와 함께 많은 술을 마셨다. 우리는 어깨동무를 하고 노래를 부르며 조선족 마을을 휩쓸고 다녔다. 다음 날 홍화의 이모부가 나를 질책한다. 온 동네 사람들이 어떻게 한국 사람이 저렇게 술에 취해 노래를 부르고 다니느냐고 흉을 보았다고 한다. 하지만 끝내는 웃음을 보이는 이모부. 홍화의 실종 이후 처음과는 달리 나의 마음이 조금은 안정이 된 것일까 아니면 포기할 때가 된 것일까.

홍화의 큰오빠는 이렇게 마냥 기다릴 게 아니라 자신과 함께 북경에 있는 한국대사관으로 수속을 밟으러 가자고 했다. 그러다 보면 홍화가 돌아올지 모른다며 나를 재촉한다. 나는 홍화 오빠의 말에 동의를 하였다. 우리는 이틀이 지나서야 북경역에 도착할 수 있었다. 오늘도 많은 사람들이 대사관 공관 앞에 줄을 서있다. 대부분 동북삼성에서 이틀 이상 또는 사흘만에 도착한 조선족과 한국인들이 대다수를 이루고 있다. 여기저기서 결혼수속이 힘들고 까다롭다며 불평불만을 늘어놓는다. 위장 국제결혼을 막기 위함이라지만 심하다는 생각이 든다. 공관을 나선 사십대 후반의 남자가 들고 있던 서류를 땅바닥에 내던지며 분을 삭이지 못한다.

나의 차례가 되었다. 이번에는 완벽할 줄로만 알고 자신을 했는데 또다시 불합격을 했다. 나와 같이 공관을 나서는 이가 나를 보며 고등 고시 패스보다 더 어렵다고 푸념한다.

숙소로 돌아와 이모부에게 홍화는 아직 소식이 없는지 전화를 걸었다. 전화를 받은 이모부는 아직 소식이 없다고 했다. 결혼 수속은 더 이상 해봐야 아무 소용이 없었다. 나는 큰오빠에게 천진항까지만 바래다 달라고 했다. 갖고 있던 돈 모두 홍화에게 맡긴 나는 비행기를 탈 여비가 부족했다. 북경을 떠나기 전날 밤 우리는 이별주로 나는 맥주 그리고 홍화의 큰오빠는 백주를(중국의 조선족들은 고량주를 빼주 또는 흰 술이라 부른다) 마셨다.

술이 어느 정도 되었을까 큰오빠는 홍화의 실종에 관해 입을 연다. 전에 홍화를 좋아하던 한족 남자가 홍화를 납치한 것 같다고 한다. 큰 오빠의 뜻밖의 말에 나는 어이가 없었다. 나는 그에게 반문을 했다.

"아니 납치라니요, 그게 가능한 일입니까?"

"네 동수 씨, 우리 중국에서는 흔히 있는 일이라 할 수 있지요. 여자가 너무 예뻐도 안 되지요. 나도 결혼하기 전 아주 예쁜 여자를 사귄 적 있었지요. 뒤를 생각해서 내가 걷어 치웠어요. 우리 모두 홍화를 좋아했던 한족 놈의 소행이라 생각해요."

"아니 그럼 그 놈을 찾으면 될 거 아니요?"

"아이고 동수 씨, 이 넓은 중국 천지에서 어떻게 그 놈을 찾아요."

다음 날 아침 일찍 우리는 천진행 버스를 탔다. 어제 큰오빠가 했던 말이, 매제라 한번 불러보지 못하고 헤어지게 되어 섭섭하다는 그의 말이 진심이라 믿는다. 그리고 홍화의 실종은 계획된 것이 아니라 믿는다.

탈북자

천진 당고항에 도착하자 인천행 당일 배편이 기다리고 있다. 배표를 구하고 남은 여비를 큰오빠 손에 쥐어주었다. 굳어있는 그의 어깨를 두드리고 돌아서 출국장으로 가보니 바닥으로만 되어있는 객실은 승객들로 초만원을 이루었다. 인천에서 대련항을 오가는 여객선보다 한참 낙후된 배라는 것을 알 수 있다. 짐을 많이 실은 사람이 보였다. 장사꾼이라는 것을 알 수 있다. 그는 아까부터 맞은편 젊은 중국인 승객들을 주시하고 있다. 가끔씩 고개를 돌리며 여행객들의 모습을 보는 중년 남자의 표정은 무언가 불만이 가득한 걸 알 수 있다.

나와 함께 출구 쪽 복도 앞에 서있는 삼십대 초반의 남자는 그간 중국 여행을 하며 생각과는 달리 큰돈을 쓰고 말았다. 이곳에서 무언가 할 수 있을까 시장을 알아볼 겸 여행을 하게 되었다고 한다. 말과는 달리 비싼 물가, 불편한 교통, 돈으로만 이뤄지는 행정, 중국사회를 향해 비난을 하는 그의 모습에서 그가 그동안 중국 여행을 하며 많은 고생을 했다는 것을 알 수 있었다. 모여 있는 사람들 거의 여행 중 불편했던 점을 화제로 삼는다.

큰소리가 들린다. 심상치 않게 보이던 그가 분노의 목소리로,

"너희들 한국엔 뭐 하러 가는 거야, 벌어먹으려면 니들 나라에서 벌어먹어."

장사꾼으로 보이는 중년의 남자는 맞은편 젊은 중국인들을 향해 큰소리를 지른다. 조선족으로 보이는 젊은 승객들이 아무런 대꾸를 하지 않는다.

"아니 저 아저씨가 왜 젊은 사람들한테 큰소리 치는 거지요. 조선족들 같은데."

"지금 중국에서 당하고 가는 거예요. 많이 당한 거 같아요."

"아니 그래도 그렇지 저럴 필요가 있나요?"

"아니에요. 저건 풀어야 돼요."

나는 단호한 입장의 삼십대 남자에게 더 이상 심기를 건드리지 않기로 했다.

다음 날 역시 배낭여행을 다녀온 것이라 짐작되는 삼십대 미만의 청년 역시 길림성 여행 도중 조선족들과의 원치 않는 싸움에 휘말려 파출소로 끌려가 많은 돈의 벌금을 내고 풀려날 수 있다고 한다. 일방적으로 조선족의 편을 들었다며 얼마 전 있었던 파출소 직원들의 행동을 맹비난하며 욕을 해댄다.

돌아가는 귀국선, 만족치 못한 여행객들의 불평불만이 가득함을 확인할 수 있었다. 나 역시 그들과 다를 바 없이 불행을 안고서 돌아갈 뿐이다. 소식을 기다리는 가족들한테는 아직 수속이 끝나지 않았다고 둘러댔다. 의문이 가는 홍화의 실종, 소식이 없는 그녀가 나를 배반하지 않았을 것이리라. 함께했던 짧은 나날 그리고 깊은 밤은 너무 좋았다. 홍화를 믿고 싶을 뿐이다. 그리고 나에게 소식을 전해 올 것이라고….

그동안 중국을 오가며 많은 나날을 허비한 나는 새로운 직장을 찾아야만 했다. 그나마 기술직이라 취직은 그리 어렵지 않게 했다. 그 점이 나를 더 나태하게 만드는 원인이 아닐까. 내 마음에 차지 않고 힘들면 바로 그만두기 일쑤인 나의 직장 관념, 결혼이 늦어지는 것은 당연지사다. 끈기 없는 사회생활에 그것도 모자라 다 된 죽에 아니 다 된 혼사에 코를 빠트려 일을 망치다니! 이런 나에게 누가 복을 내릴 것인가. 벌은 당연한 일이다.

전주집은 오늘따라 손님이 없다. 주인아주머니가 아무래도 명절을 타는 거 같다고 한다. 조용하기만 한 전주집. 마치 시간이 멈춰있는 것만 같다.

나는 또다시 홍화 생각을 한다. 언제쯤 그녀에게서 소식이 올까 기다리고 있는 가족들에게 거짓말은 한계가 있는 것 같아 갑자기 마음이 착잡해온다.

"아니 집에 요즘 무슨 일 있어?"

"어 아니요."

"그래, 내가 보기엔 무슨 걱정거리 있는 사람처럼 보이네."

이때 한 여인이 전주집 앞을 스친다. 주인아주머니가 여인을 불러 세워 무언가 이야기를 한다. 한참 후에 들어온 전주집 아주머니,

"남수 마누라, 그새 얼굴이 확 폈네 그려."

아니 남수 마누라라면 볼 때마다 벌레 씹은 표정을 짓던 여자 아닌가.

"밤낮 놀면서 마누라한테나 큰소리치고 잘됐지 뭐. 있는 사람이나 편히 살게 하지. 그래도 마누라 하나는 잘 얻었지 남수. 죽기 전에 처갓집을 찾아갔다며, 남수는 결코 나쁜 사람은 아니라며 오히려 남수가 고맙다고 하네."

일을 거의 가지 않던 남수, 한때는 일 잘한다고 소문이 났던 그는 많은 아이들을 두고 있다. 그러한 그가 일을 가지 않는 데에는 무언가 장

애가 있을 거라 생각했다. 남들과 달리 화투도 그리 크게 치지는 않은 것으로 기억된다.

전에 약속을 어겼다며 갑술에게 호되게 당하고, 작은 일에도 크게 화를 잘 내던 남수, 전의 모습과는 달리 온화한 성격으로 변화되었던 죽기 전의 그의 모습에서 답을 찾을 수 있지 않을까.

퇴근 시간이 되어 하나둘씩 모습들을 나타낸다. 정민 형과 상식이 들어오면서 전주집은 만원이 되었다. 한잔 두잔 술에 시간이 흐르고 어느덧 내가 좋아하는 분위기가 조성되었다. 취기가 오른 정민 형이 기분 좋아 보인다. 이북 사투리를 써가며 우리들을 웃긴다. 주인아저씨가 문을 열고 들어오자 동무 칭호를 하며 농담을 해대기 시작한다. 듣고 있던 주인아저씨는 혀를 찬다.

"아이고 저거 나이를 어디로 먹었을까."

주인아저씨 말에 개의치 않는 정민. 나는 그를 탈북자로 둔갑시켰다. 그럴듯한 이북 사투리에 진지한 표정을 짓는 정민 형, 탈북자로서 손색이 없어 보인다.

때마침 중년의 나이를 넘긴 남자가 들어온다. 그의 이름은 윤석진. 이어 동생 석호가 들어온다. 정민 형의 공연이 이어진다. 동생과 함께 잔을 들고난 윤석진, 이 사람이 정말 탈북자여 하면서 표정 하나 변하지 않는 정민 형을 바라본다.

투박한 얼굴에 검게 그을린 모습은 내가 보아도 탈북자의 모습 그대로다. 북한의 실정에 대해 실지로 겪은 양 철저히 묘사를 한다. 정민 형의 말에 맞장구를 치며 몇 번 더 탈북자가 맞냐며 묻던 윤석진은 동생과 함께 전주집을 나섰다.

시간이 되어 우리는 각자의 집으로 향했다. 고개를 넘어 야트막한 언덕길을 지나 마을버스 종점을 지날 때 언덕 아래 움막을 주시하는 그의 눈빛은 분노로 이글거렸다. 나는 종택에게 아는 체를 하고 가던 길을 재촉했다.

재회

오늘은 형사라는 사람이 화투판에 앉아 고리를 다 뜯고 있다. 뻔하지 않는가. 나의 의형제 강 형사가 아직까지 거주지를 마련하지 못한 것이다. 친구의 집 또는 여관, 사우나를 찾곤 한 그인데. 전주집 아줌마는 가끔은 나한테 한 마디씩 한다.

"동수가 천기하고 의형제면 방을 하나 얻어주던가 아니면 집에서 재우던가 해야지."

나는 그때마다 나의 형편이 어렵다며 전주집 아주머니에게 통사정을 하곤 했다. 나의 간절한 호소에 감동한 전주집 아주머니는 늘 웃음으로 답해주었다.

경륜장이 문을 여는 날이면 달동네 저녁에는 진풍경이 벌어지곤 한다. 지난 날 고교 야구경기가 생각난다.

'패자부활전.'

경륜장에서 돈을 잃고 못 다 한 승부를 가리려 가로등불 아래 모여 밤

늦도록 화투를 친다. 오늘 역시 젊디젊은 동네 유지들과 정민 형, 그리고 몇몇이 모여 패자부활전을 치른다. 강 형사를 확인하고 전주집으로 들어섰다. 오랜만에 보는 영일 형한테 인사를 했다.

"동수, 한잔 한 것 같은데 그냥 집으로 가지 여긴 뭐 하러 와. 내일 일 갈 사람이."

"아 네, 시야기요."

"시야기라고?"

"네 마무리는 해야지요."

나의 말에 영일 형이 웃는다.

"일 갔다 오시나 봐요 형님?"

"어, 어떻게 동수는 하는 일 잘되고?"

"요즘 잘되는 사람 있어요? 잘되면 간첩이지 그게 뭐."

또다시 웃는 영일 형, 가방을 들고 일어선다.

"동수 시야기 빨리 하고 들어가게나."

영일 형은 언제 보아도 노동자답지 않은 인품을 보여준다. 술 취한 모습은 한 번도 본적 없을 정도다. 언제나 쾌활하고도 자신에 찬 모습을 우리에게 보여준다.

나는 얼마 전 영일 형과 크게 논쟁을 벌인 적 있다. 달동네 재개발에 관한 일로 그와 입씨름을 했다. 나는 지금 살고 있는 동네의 예를 들며 달동네 재개발이 되면 집주인과 세입자 모두 이익이 된다는 나의 주장과는 달리 영일 형은 달동네 재개발이 이루어진다면 달동네 세입자와 집주인들은 지금의 소득으로서는 새로 지은 아파트에서는 살 수가 없다며 강력히 반대했다. 우리 모두 이곳 달동네, 정든 고향과도 같은 곳을 떠나야 한다던 영일 형. 시간이 지나면서 그의 주장이 옳을 수도 있다고 생각된다.

나는 마무리를 하고나서 못다한 승부를 가지려는 현장을 한번 보고 나서 집으로 발걸음을 옮겼다. 강천기는 얼마 안 있으면 방을 얻게 될 것이라고 내게 말했다. 작은아버지가 형제들에게 어려움에 처한 자신을 도우라고 했다고 한다. 조금 있으면 좋은 소식이 올 거라고 며칠 전 내게 말한 적이 있다.

오늘은 일요일, 조기축구회에 나가지 않았다. 축구 열기는 점차 식어가고 있는 걸 알 수 있다. 나뿐만이 아니라 달동네 회원 대부분이 흥미를 잃어가고 있다. 전 회장 덕호 형도 잘 나오지 않는다. 오늘도 연임을 하지 못한 덕호 형이 아쉬울 뿐이다. 자신의 희생 없이 남을 즐겁게 할 수는 없는 일이리라. 태춘 형에 대한 아쉬움이 채 가시기도 전에 이제는 덕호 형이 전혀 예상하지 못한 일은 아니지만 이미 예정돼 있던 일이 빨리 온 것일 뿐이다.

전화가 온다. 조기축구 회원일 것이라며 수화기를 들었다. 뜻밖의 목소리다. 홍화 아닌가? 순간 나는 흥분을 감추지 못했다. 지금 어디 있냐고 물었다.

"동수 씨, 나 지금 한국에 와 있어요."

틀림없는 홍화다. 서울에서 그리 멀지 않은 근거리에 있는 부천 전철역 근처에서 살고 있다고 말한다. 나는 무조건 만나자고 했다. 홍화 그녀도 동의한다. 전화 수화기를 내려놓았다. 믿어지지 않는다. 어떻게 한국에 올 수 있었을까. 나는 몹시 궁금하지 않을 수 없다. 그것도 잠시, 홍화가 실종이 되고 난 후 나는 그녀를 한시도 잊은 적 없다. 홍화가 너무도 보고 싶었다. 너무도 귀여웠던 홍화 아닌가. 때로는 어린 강아지 같은 모습을 보여주던 그녀가 너무도 좋았다.

전에 중국에서 홍화를 만나고 돌아와 전주집에서 조금 떨어진 분식집 아주머니에게 홍화 이야기를 한 적 있다. 맞선을 본 여자가 귀엽다고 했다. 분식집 아주머니는 적은 나이가 아니다. 나이도 어리고 귀엽다는 나의 말에 자신은 조금 걱정이 된다고 하면서 나이는 모르겠으나 귀엽다는 말이 마음에 걸린다고 진지한 표정으로 걱정을 해주던 분식집 아주머니다.

후에 내가 국제결혼에 실패한 걸 알고 안쓰러운 마음을 보여주던 분식집 아주머니. 당시에 나는 그녀에게 푹 빠져있었다. 그녀와 꿈같은 밤을 보내며 마음속으로는 천년만년 살고지고 노래를 부르지 않았는가.

이틀 뒤 홍화와 만날 약속장소로 갔다. 내리던 비는 잠시 그치고 그리 크지 않은 역에서는 팝송이 울려 퍼진다. 잔잔하면서도 감미로운 음악이 고음으로 치달을 때 조그마한 광장 건너편으로 홍화가 모습을 나타낸다. 그녀가 가까이 오고 나서야 실감이 난다. 전혀 변하지 않은 모습. 나는 그녀를 데리고 인근 커피숍으로 갔다. 나를 보며 미소를 짓는 그녀와 달리 나는 심적인 부담이 되었다.

어제 어머니를 만나 홍화를 만나러 간다고 말했다. 어머니는 깜짝 놀랐다. 나와 얘기 끝에 믿을 수 없다는 것이다. 그녀를 끝까지 믿을 수 없다고 했다. 어머니는 나와 생각이 다르지 않았다. 모든 것이 실패로 끝나 중국을 떠나올 때 나를 배신하지는 않았을 것이고 계획된 일은 절대 아니었을 것이라고 홍화를 믿지 않았는가.

나는 그녀에게 어떻게 한국에 올 수 있었는지 물었다. 홍화는 한국에 온 다른 여자들처럼 한국 사람과 결혼을 해서 초청을 받아 한국에 올 수 있었다고 한다. 이제 두 달이 다 되어 간다고 했다. 아니 그렇다면 결혼을 한 것이 아닌가. 그렇다면 왜 나한테 전화를 한 것인가? 나는 홍화에게 지금의 환경을 물어보았다.

지금 같이 살고 있는 남자는 결혼 전에는 몰랐는데 한국에 와서 보니 술을 너무 좋아하고 나중에는 폭력을 쓰더라고 한다. 더는 같이 살지 못할 것 같아 내게 연락을 한 것이다.

나는 재차 물었다. 큰오빠한테 납치라고 들었는데 어떻게 풀려날 수 있었는지 물었다. 홍화는 대답 대신 자신의 손목을 보여준다. 엷은 칼

자국 몇 가닥이 선명하게 드러나 보인다. 이렇게 하지 않았으면 지금도 못 나왔을 거라는 엄청난 이야기를 늘어놓는다. 믿지 않을 수 없다. 믿고 안 믿고를 떠나 현실 아닌 꿈에서조차 홍화를 그리워하지 않았는가. 지금의 내 심정으로서는 지난 일이 무슨 상관 있을까.

당장이라도 집을 나와 나하고 함께하고 싶다는 그녀다. 나와 끝까지 함께 하겠다는 홍화에게 나는 마음을 모두 빼앗겨버렸다.

얼마 후 또다시 만난 그녀는 한국으로 오기 위해 친구에게 많은 돈을 빌렸다고 한다. 지금도 빚 독촉에 시달리고 있다고 하소연을 한다. 안타까운 그녀의 모습에 바닥이 난 주식을 모두 처분하여 그녀의 손에 쥐어주었다. 몹시 좋아하는 홍화의 모습을 보며 어서 빨리 돈을 부치라고 했다. 돌아서 가는 그녀를 보고 헤어졌다.

나의 수중에는 돈이 얼마 남지 않았다. 형의 도움을 받아 월세방을 얻었다. 집을 나온 홍화와의 첫날 저녁, 나를 보고 한국 막걸리가 좋다며 사오라고 한다. 그녀와 동시에 잔을 들어 한잔씩 마셨다. 그리고 또 한잔. 어느 순간 그녀가 취기가 오르는 것을 느낄 수 있었다. 그녀가 나를 바라본다. 그리고 잠시 후 입을 여는 홍화.

"자기 중국에서 나를 좋아하는 남자가 있다는 거 알지요?"

"그래. 홍화가 얘기했잖아."

"그래요. 그 사람 말고 또 뭐가 있어요."

순간 아찔한 느낌이 들었다. 설마. 홍화는 어느 순간 나의 표정을 확인한다. 그리고 당연하다는 듯,

"그래요, 아이가 있어요. 아들."

아~ 아니었으면. 너무도 충격적인 말 아닌가.

"동수 씨 나 아들 있어요. 나 자기 사랑해요. 자기한테 거짓말 할 수 없어서 고백하는 거예요. 자기 나한테 실망했어요."

흥분한 나는 표정을 감추려 애를 썼다. 아~ 차라리 얘기를 안 했으

면. 사실이라 해도 안 했더라면 좋았을 텐데….

다음 날 출근하는 나의 마음은 온통 홍화가 했던 말로 가득 찼다. 아들의 아빠는 한족으로 홍화의 당시 나이는 16, 그는 17세였다고 한다. 그녀는 납치를 당하다시피 그의 집에 갇혀있었다고 한다. 중국 사회에서는 흔히 일어날 수 있는 일이라고 홍화의 큰오빠와 많은 사람들로부터 들은 이야기다. 그녀와 중국에서 마지막으로 헤어졌을 때 어떻게 납치된 것이냐고 어제 홍화에게 물었다. 더는 묻지 말라는 그녀의 애원에 더 이상 물을 수 없었다. 너무도 그리웠던 홍화와의 재회 첫날밤은 실망으로 막을 내렸다. 그러나 앞으로는 희망을, 아니 행복만을 꿈꾸면서 살아갈 수 있지 않을까 하는 기대감이 생겨났다.

이틀이 지났다. 공장에서 돌아온 나는 부엌문을 두드렸다. 안에서는 인기척이 없다. 문을 잠그지는 않았다. 부엌문을 들어서고 방문을 열었다. 홍화는 자고 있는 것 같다. 방을 들어서자 방바닥에는 소주병들이 흩어져 있다. 많이 마신 걸 알 수 있다.

이틀 정도 되었을까 또다시 반복되는 홍화의 행동. 나는 그녀에게 도대체 무슨 일이 있어서 그러느냐고 물었다. 홍화는 중국에 두고 온 아들 생각이 나서 못 견디겠다고 한다. 지금 자신의 아들은 아빠의 작은아버지가 키우고 있다고 한다. 아이가 너무 안쓰럽고 보고 싶어서 여권을 만들어서 한번 가보고 싶다고 한다. 나는 한국에 온지 얼마나 된다고 그러냐고 말했다. 한번만 보고 오면 마음이 놓여 다시는 찾지 않을 수 있다고 내게 애원을 한다. 나는 하고 싶은 대로 하라고 했다. 사진을 찍고 구청을 찾아가서 드디어 여권을 만들어 내게 보여준다.

그로부터 며칠 지나지 않아 홍화의 어머니가 찾아왔다. 나는 너무도 반가웠다. 그녀의 어머니는 지금 언니의 집에 얹혀산다고 불편을 호소한다. 나는 홍화의 어머니에게 근처에 있는 싸구려 월세방을 얻어주었다. 어머니가 무척 좋아한다.

그것도 잠시, 그녀의 어머니는 홍화에게 왜 집에서 노느냐고 다그치기 시작한다. 나는 의아했다. 왜 그렇게 일하기를 종용하는 것일까. 얼마 안 있어서 그 이유를 알게 되었다. 홍화가 한국으로 시집오면서 많은 돈을 빚져서 그 돈을 갚아야 한다고 한다. 그래서 어머니는 자신에게 일하기를 재촉한다고 홍화가 말해주었다.

홍화는 어머니의 성화에 못 이겨 집에서 그리 멀지 않은 봉제공장에 취직을 하고 말았다. 그러나 그것도 이틀이나 다녔을까 그만두고 말았다.

오늘은 홍화의 친구가 찾아왔다. 그의 이름은 윤아, 나이는 홍화와 동갑내기다. 중국 대도시 객지에서 만난 같은 조선족 출신의 친구란다. 친구 윤아 역시 한국 사람과 결혼을 했다고 한다. 친구 윤아는 많은 이야기 끝에 남편의 폭력에 시달리고 있다고 고백한다. 시간이 되어 윤아가 돌아갔다. 홍화는 윤아 역시 17살 때 아들을 낳았다고 내게 말한다.

다음 날 식당에서 돌아온 나는 어제의 일들을 생각해본다. '친구 윤아 역시 한국 사람과 결혼 전에 아이를 낳았다고.'

홍화는 마치 흔히 있는 일처럼 말하지 않았는가. 어제 홍화와 친구 윤아의 일들을 생각하니 참으로 기가 막힌다. 홍화 친구 윤아 역시 한국 사람한테는 처녀라 한 것이 아닌가. 어쩌면 어린 것들이, 아니 어른들이 시킨 것이 아닐는지. 홍화와 윤아 그들의 힘만으로는 어림없는 일이 아닐까.

전에 중국에서 홍화를 처음 만나고 그녀의 이모집에서 보았던 잡지책이 생각난다. 연변 조선족 자치구에서 발행된 것이라 짐작해본다. 내용인 즉, 조선족 모두 15, 16세 이상만 되면 결혼을 한다기에 그때 나는 믿지 않았다. 아니 믿을 수 없었다. 그러나 어제 윤아의 일을 통해 조선족 사회의 그 실상을 확인할 수 있지 않았는가. 그렇다면 한국으로 시집 오는 조선족 여인들은 거의 모두들 애가 한둘 또는 그 이상이라고 보아야하지 않을까. 그럼 조선족 모두에게 참으로 믿지 못할 일이 이미 벌어지고 있다는 사실에 그저 놀라울 뿐이다.

홍화가 일을 그만두자 그녀의 어머니가 성화를 한다. 모녀는 내 앞에서 다투기도 한다. 내가 없을 때 논쟁을 하였으면 좋으련만. 홍화의 어머니는 가끔 어이없이 짜증을 내곤 한다. 한국 음식이 입에 맞지 않는다고, 또는 한국의 물가가 비싸다고. 불평하기가 이루 말할 수 없을 정도다. 이 말 한마디만 마나님께 드리고 싶은 말이 있다.

'로마에 가면 로마법을 따르라.'

지켜지지 않는 약속

오늘은 홍화가 외출을 하였다. 나에게 저녁상을 차려주는 예비 장모님에게 세상 돌아가는 이야기를 들려드렸다. 나의 말에 거룩하신 장모님께서는 눈을 흘기며 코웃음을 친다. 외출에서 돌아온 홍화는 일자리를 구했다고 한다. 서울에서 멀지 않은 지방에 있는 고급 식당이라고 돈도 많이 벌 수 있다고 한다. 홍화의 어머니도 좋아한다. 그녀는 다음 날 떠났다.

홍화는 중국에서 빚진 돈을 갚을 때까지만 있다 오겠다고 했고 어머니도 방을 정리하고 홍화의 언니에게로 갔다. 일주일에 한번쯤은 집으로 돌아오겠다던 홍화. 한 달이 다되어서 집으로 돌아왔다. 떠날 때와는 달리 무척 세련된 모습으로 변해있었다. 달라진 홍화의 모습에서는 예전의 순수함이라고는 전혀 찾아볼 수가 없었다. 나는 그녀가 음식점에서 일한다는 것을 느낄 수가 없었다.

우려 했던 대로 내가 감당하기에는 어려운 일이 너무도 빨리 오고야 말았다. 그날 나는 오랜만에 돌아온 그녀와 크게 다투었다. 살림이 몇

개 부서지고 끝판에는 손찌검까지 했다. 눈물을 보이며 자신의 자존심을 다 버리고 일을 한다는 홍화의 말에 나는 모든 것을 용서하겠다고 했다. 곧 돌아온다는 그녀의 말에 가지고 있던 월급봉투를 건네며 달랬다.

홍화는 그날 밤 늦었다며 택시를 타고 가서 빨리 돌아오겠다고 했다. 나는 그녀를 믿기로 했다. 홍화가 떠난 지 며칠 지났다. 홍화는 과연 돌아올 것인가. 불안하면서도 속이 타들어간다. 믿지 못하지만 믿고 싶은 마음뿐이다. 그날 내가 너무한 것일까. 모른 체 했더라면…. 그러나 알고 있는 이상에야 하루에 어떻게 많은 돈을 벌 수 있을까. 뻔하지 않은가. 나의 다그침에 순순히 모든 것을 인정한 그녀. 미심쩍어 홍화가 없는 사이 핸드백을 열어본 나의 행동에 굳이 죄의식을 가질 필요가 없었다.

경기가 좋지 않음에도 주식은 너무도 많이 오른다. 나의 마음은 더욱 허탈하기만 하다. 공장에서 돌아와 집으로 들어선 순간 한가닥 희망의 불빛, 홍화의 어머니가 와있다. 홍화였으면 좋았을 텐데. 아마도 홍화와 싸운 흔적을 찾으러 온 것이라는 생각이 든다. 저녁을 먹고 난 후 나는 홍화의 어머니에게 지금 홍화는 술을 팔고 있는 데에서 일을 하는데 그곳에 오래 있으면 안 된다고 했다. 홍화의 어머니는 식당에서 술을 파는 것은 당연한 일이라고 했다. 홍화가 일을 다니고부터 어머니에게 많은 돈을 준 것으로 알고 있다. 장모에게 더 이상 무슨 말이 필요할까 싶어 그만두기로 했다.

홍화를 처음 만나고 나서 조선족 마을에서 만났던 동포들의 모습이 생각난다. 한쪽 손을 잘 쓰지 못하는 아내를 한국에 보내려고 애쓰는 남편과 그의 식구들 모두. 이유는 말할 것도 없이 한국에 가면 큰돈을 벌어올 수 있다는 것이다. 중국 사회에서는 상상도 못할 거금을 한국에서는 손에 쥘 수 있다고 한다. 나는 중국 조선족 마을에서 많은 날을 보냈다. 나에게 한국 생활에 대해 물으러 오는 사람들이 많이 있었다. 한국으로의 출국을 앞둔 사람도 있었다.

한번은 추수를 하고 있던 홍화의 이모부와 잠시 쉬며 대화 도중 일 년 농사 소득이 얼마나 되냐고 물었다. 홍화의 이모부는 모든 것을 제하고 그 당시 한국 돈으로 이백만 원 조금 넘고, 중국에서는 큰 수입이라며 자랑을 했다. 나는 홍화의 이모부에게 한국에서는 막노동 한 달 정도만 해도 벌 수 있는 돈이라 하자 크게 놀라는 걸 보았다. 추수를 앞둔 며칠 전 홍화의 이모는 지금의 조선족들의 실상을 이야기 했다.

불과 몇 년 전 한국과 수교를 하기 이전만 해도 조선족 사회에서는 여자가 남자의 손만 잡혀도 그 여자는 처음에 손잡은 남자 아니면 시집을 못 갈 정도로 정조 관념이 대단했다고 한다. 한중 수교 이후 조선족 사회는 한국 바람이 불어 성이 문란해졌다고 한다.

홍화의 어머니가 아침상을 차려준다. 아침밥을 다 먹고 나서 출근을 하며 소액권 수표 2장을 홍화의 어머니에게 건넸다. 홍화도 집에 없는데 어떻게 내가 그 돈을 받을 수 있겠냐고 한사코 거절을 한다. 나는 TV 위에 지폐를 놓아두고 집을 나섰다.

퇴근 시간이 되어가자 사장은 짜증을 내기 시작한다. 전 정권을 향해 IMF를 거론하며 비난을 한다. 어디 우리 사장뿐이겠는가. 일이 끝나고, 아니 시간이 되어 공장 문을 나섰다. 몹시 궁금해진다.

늘상 달동네 대폿집으로 향하던 발걸음 대신 집으로 향했다. 창문 틈에 놓여있는 열쇠를 찾아 부엌문을 열었다. 방문을 열고 TV 위를 쳐다봤다. 없다. TV 위에는 그 어느 것도 보이지 않는다. 아, 홍화가 돌아온 것이다. 방 한가운데 차려진 저녁상에는 순대도 놓여있었다. 잘 먹지 않는 순대였지만 나는 맛있게 먹었다. 아니 맛있게 먹으려 했다는 말이 옳지 않을까. 홍화는 꼭 올 것이라고 믿었다. 밤이 깊어 갈수록 더 기다려지는 홍화. 꼭 돌아올 것이리라.

그러나 간절한 기다림 속에 안타깝게도 시간이 가고 날이 갈수록 돌아온다는 약속은 지켜지지 않았다.

05

삶과 죽음의 경계

꿈에 본 아들

유건 형을 김택현의 집에 남겨두고 나와 학선이 일어섰다. 오늘따라 학선의 발걸음이 휘청거린다. 요즘 들어 학선을 볼 때마다 모래시계가 생각나곤 한다. 한알 한알 떨어져 내리는 모래시계 가루처럼…

젊은 회원과 말다툼 이후 운동장에는 나오지 않은지 오래됐다. 사양화 되어가는 직업 탓일까, 대폿집에 누워있는 모습을 자주 볼 수 있다.

언덕길을 조금 오르자 멀리서 조용하리만치 은밀히 다가오는 물체. 다름 아닌 하늘교회 담임 목사다. 언제 보아도 엄숙한 성직자의 모습을 보여준다. 때로는 고독하고도 쓸쓸해 보이는 뒷모습. 하지만 그의 표정만큼은 늘 평온해 보인다.

하늘교회 담임 목사가 스쳐 지나가자 학선이 입을 연다.

"동수야, 우리 술 끊고 교회나 가자."

나는 학선의 말에 웃었다. 철규의 집을 지나자 그가 생각났다.

"학선아 요즘 철규가 안 보인다. 뭐 시립병원이라도 간 거냐?"

"아니 왜 하필이면 시립병원이야? 좋은 대학병원 놔두고."

"아 철규가 뭐 돈 있어? 시립병원이라도 가야지."

"철규 요즘 사람 됐어."

"아니 철규가 사람이 되다니 그게 무슨 소리야?"

"철규 요즘 교회 다녀."

"그래. 그게 정말이야?"

오래 됐다는 학선의 말이 믿어지지 않는다.

오늘 역시 기대를 저버리지 않는 서영구, 믿음이 가기에 충분하다. 말이 없는 그가 젊은 동료들로부터의 입지가 약화되지 않을까 걱정을 조금 해본다. 목소리 작은 사람은 크게 주목받지 못한다. '중이 싫으면 절을 떠난다'고 개인적인 행동을 하며 목소리를 높이던 사람이 싫어서일까. 축구회를 조용히 떠나간 사람들이 너무도 아쉽다.

운동이 모두 끝나고 학교 정문 건너편 가게로 갔다. 막걸리 파티가 모두 끝나고 회장을 비롯한 몇몇 회원과 함께 공원에서 족구를 하는데….

벤치에 앉아 간간히 환호를 보내는 태춘 형이 몹시 피곤해 보인다. 게슴츠레한 눈빛에 입가에는 침이 감돈다.

"회장님 무척 피곤해 보이시네요."

"음, 동수 좀 피곤허네."

나의 말에 언제나 늘 웃음으로 답해주는 태춘 형, 나의 의견을 모두 들어주는 태춘 형이 좋을 뿐이다.

유건 형은 늘 축구화를 신고 다닌다. 한심하다는 듯 전주집 아줌마가 유건을 보며,

"유건씨 그래도 어떻게 양복하고 시계는 그대로 있고 용하네."

"아 글쎄 자고 일어났더니 누가 구두를 가져간 거예요."

"아이고 중대장 집에 술 먹는 사람들은 죄다 모인다는데 그래가지고

중대장 그 양반 일이나 하겠어, 어디?"

"아니 형 축구화는 어디서 났어?"

"어 병식이가 줬어. 야 동수야, 나도 니 축구회 가입이나 하자."

"아이고 유건 형 그냥 술이나 드세요. 무슨 공을 찬다고."

길남이 들어온다. 아줌마의 짜증이 시작되고 길남이 나가자 유건 형이 나에게 묻는다.

"동수야 누구냐? 나는 처음 보는데?"

"네 길남이라 해요. 이 동네 온지 한 이 년 될까? 반은 망가진 거 같아요."

나의 말에 웃는 유건 형이 잔을 비운다.

"그러고 보니 내가 아는 놈들 많이 죽었네. 다 이것 때문이야."

술병을 들어 나에게 한잔 따라준다. 정호 형이 들어오며 유건 형을 보고 반가워한다.

"유건이형 언제 왔어?"

"어 며칠 됐어. 어떻게 일은 많이 하구?"

"어 꾸준히는 하고 있어. 노가다는 뭐 겨울 되면 놀 것이고. 아니 근데 신발이 그게 뭐야 축구화를 다 신고?"

"나 내일부터 공차기로 했어."

"아이고 또 술 먹고 어따 잃어버렸구만. 아, 유건이형 여긴 뭐 하러 와. 갈 때는 완전히 상거지가 되어 가면서. 아니면 조금 놀다 가던지 좀."

나는 유건 형과 함께 김택현의 집으로 갔다. 유건 형이 슈퍼에서 술과 안주를 사서 나에게 건네준다. 나는 김택현에게 인사를 하는데 영택 형은 보이지 않는다.

"아니 유건이 어디서 잤어?"

"네 성운이형네서도 자고 여인숙에서도 자고 그랬어요."

"아 이 사람아 여인숙에서 잘려면 여기서 자지, 방 넓은데."

"영택이는 어디 갔어요?"

"응 여동생한테 갔다 온다고."

"어 돈 뜯으러 갔구만."

가지고 간 술을 거의 다 비웠을 때 김택현은 며칠 전 영택과 있었던 일을 이야기한다.

꿈에 영택이 아이와 함께하는 모습을 자주 보았다고. 꿈이라고 넘어가기에는 예사롭지 않았다고 한다. 영택이 결혼 안 한 걸로 알고 있는데 꿈에 아들로 보이는 어린아이와 함께한 영택의 모습을 보고 혹시 숨겨놓은 아들이 있는 것이 아닐까 하는 생각에 그와 마주앉아,

"야 영택아 너 내가 묻는 말에 숨김없이 솔직하게 대답해줄 수 있겠냐?"

"네 대장님, 말씀하세요."

"야 영택아 너 아들 있지?"

김택현의 말에 영택이 깜짝 놀라는 표정을 짓더라고,

"너 틀림없이 아들 있다. 내가 6·25 때 노량진 전투 때 전투기 사격에 팔을 다쳐 죽다가 살아났을 때도 비슷한 꿈을 꾸었다. 너 내 꿈이 보통 꿈이 아니다. 야 영택아, 너 아들 있냐 없냐?"

"네 대장님, 있습니다."

"그래, 솔직해서 좋다. 어떻게 얻은 아들이냐?"

"네 죽은 남수가 자기 마누라 고향친구를 나한테 소개했습니다."

"그럼 왜 헤어졌냐?"

말을 잇지 못하는 영택. 김택현은 담배 한 개피를 꺼내 손수 불을 붙여 영택에게 건네준다. 자기도 담배 한 대를 입에 물고 재차 불을 붙인다.

"영택아 무슨 사연이 있었길래 헤어진 것이냐?"

"네 대장님 말씀드리겠습니다. 저는 한번 관계를 맺은 여자는 두 번 다시 보기 싫습니다."

"아니 영택아 그게 무슨 소리냐. 한번 사랑을 나누었으면 여자가 더

욱 이뻐 보이고 정이 들고 그러는 거지. 아 권태기라면 모를까 그게 말이 되는 소리냐."

"네 대장님, 죄송합니다."

평소에 말이 없고 자신을 어렵게 대하든 영택이 거짓으로 말하는 거같지는 않다고 말해준다.

"너 때문에 처갓집에도 못 간다며 남수한테 욕도 많이 먹었다고. 맞아도 할 말 없지. 남수가 얼마나 마음고생 했겠어. 나 원 참 팔자치고는."

마지막 남아있던 술잔을 모두 비우자 김택현은 성일이 때문에 피곤해서 못 살겠다고,

"아이, 성일이 새끼는 어떻게 된 놈이 시간관념이 없어. 12시고 1시고 잘만하면 와서 중대장님 김성일이라요. 문 좀 째까 열어주쇼. 아 이거 쬐끄만 거 때려죽일 수도 없고 이거. 나 이러다 노이로제 걸리겠어."

유건 형은 이곳에서 자고 가겠다고 하고 김택현은 나에게 잘 가라고 한다. 나는 그들에게 인사를 하고 방을 나왔다.

달동네를 벗어나자 팔자라는 김택현의 말이 생각난다. 영택의 말이 사실일까. 사실이라 해도 어느 누가 쉽게 믿을 수 있는 일인가. 영택으로 인해 처갓집에 갈 수 없었던 남수가 그간 마음고생이 심했을 거다. 물론 영택의 팔자로 인한 여인의 고통은 말할 수 없을 것이고….

홀아비 팔자

전주집에는 일을 끝내고 들어온 진영과 상식이 자리를 같이하고 있다. 나는 그들에게 아는 체를 하고 옆자리에 앉고 누워있는 학선을 깨웠다.

"야 일어나 인마. 젊은 놈이 이게 뭐하는 짓이야. 주인아줌마, 얘 왜 그냥 놔둬요? 내쫓든가 하지."

"에이 학선이도 이제 좀 일어나, 남들이 욕해."

일어나며 투덜거리는 학선,

"동수 이 썩을 새끼 나를 욕먹이려고 작정을 하는구나."

옆에 있던 진영과 상식이 웃는다. 학선이 역시 유머가 있다. 모자라는 학력을 검정고시로 대체할 만큼 급한 성격에도 두뇌가 좋다는 것을 나는 알 수 있다.

오랜만에 만난 진영은 오래 전 가족한테 신체장애를 입었다고 했다. 큰 키에 조금은 굽어보이는 상체, 침울한 표정, 웃음을 모르고 조용하고 온순한 성격의 진영은 최종수와는 친하게 지낸다.

남자답게 강인한 인상, 튼튼해 보이는 상체의 진영을 볼 때마다 아쉬움이 남곤 했다. 주인아주머니는 '진영이 나한테는 나쁜년이고, 최종수는 좋은 사람'이라고 하자 우리 모두 웃었다. 아줌마는 전에 진영에게 돈을 받은 줄 모르고 다시 한 번 재촉한 것이 문제가 되었다고 한다. 학선이 나선다,

"최종수는 재롱이나 떨지 진영이는 좋은 사람임엔 틀림없어."

길섭이 들어오며 급보를 알린다. 병원에 실려간 태춘이 가망이 없다는 진단을 받고 집으로 되돌아오고 말았다고 한다. 길섭 형이 태춘이 간암 말기란 말에 모두 놀란다.

"어머나 세상에 아니 태춘이가 그걸 몰랐다는 거야?"

"간은 통증을 모른대요. 다 죽게 돼서나 알지."

살기 틀렸다는 길용의 말에 '아니 이럴 수가.' 며칠 전만 해도 멀쩡한 사람이 다 죽게 되었다는 것이 믿어지지 않을 뿐이다.

나와 학선은 태춘 형의 집 대문을 들어서자 끊임없이 들려오는 고통 소리에 통증이 심한 것을 알 수가 있다. 인사불성이 된지는 오래다. 형수에게 인사를 하고 돌아섰다. 누가 태춘 형이 공원에서 피곤에 지친 모습을 보았다고 하니, 이건 너무 허무하다는 생각이 든다. 학선이 몇 번이나 믿을 수 없다는 말을 되풀이한다.

태춘 형을 보고온 후 삼일만에 그가 영영 이 세상을 떠났다고 길섭으로부터 소식을 들은 순간 나의 마음은 허탈하기만 했다. 유난히도 큰 키에 허리를 구부리고 머리가 땅에 닿을 정도로 겸손했던 사람이다. 일요일 아침이면 라면 박스를 메고 달동네를 오르는 그의 모습에서는 남을 배려할 줄 아는 마음이 묻어나는 것을 나는 볼 수 있었다.

하늘2동 조기축구회장 김태춘의 장례식.

성서구 축구 연합회 소속 회장의 서거는 처음 있는 일이라며 연합회

에서는 많은 지원을 아끼지 않았다. 평상시 언행이나 품행이 남달랐던 태춘 형, 겸손함마저 갖춘 그의 모습은 동네 사람들로부터 존경을 받기에 충분하고도 남음이 있다. 성서구 연합회 회장을 비롯해 달동네 축구 회원들과 많은 조문객들이 김태춘의 죽음을 애도했다.

장례식 내내 애절한 모정을 보여주던 어머니는 헤어지는 우리에게 몇 번이고 고마움을 표시한다. 태춘 형 장례식이 끝나고 며칠 후, 김택현의 집으로 갔다. 학선이 방문할 때는 술을 사가야 환영을 받는다며 나를 슈퍼로 밀어 넣는다.

김택현의 집에 다다르자 봉지는 자기가 들고 들어가겠다는 학선이다. 나는 그에게 선심을 썼다. 부엌에는 소주병과 막걸리병이 즐비하다. 앞선 학선에 이어 방으로 들어섰다. 유건 형이 보이지 않는다. 김택현에 이어 영택 형에게 인사를 하고 나와 학선이 자리에 앉자 김택현은 기다렸다는 듯,

"아니, 축구회장이 죽었다고?"

"네 돌아가셨습니다."

"아 거 안 됐네. 아직 젊은 나인데. 나도 몇 번 봤는데 그 사람 아주 점잖던데. 아니 그래 간암 말기 될 때까지 그걸 몰랐어. 그래~"

김택현은 태춘의 죽음을 무척 애석해한다.

술잔이 분주히 돌아가고 나는 유건 형에 대해 물었다. 끝내는 거지 꼴을 해서 돌아갔다고 한심하다는 듯 김택현은 말한다.

"아니 유건 형 그 사람은 배운 것도 좀 있고 인물도 괜찮은데 혼자 살고 그러지 여기는 뭐 하러 그렇게 오는지. 오면 좀 놀고 얼른 가던가. 홀아비 팔자라는 거 유건 그 사람 두고 하는 말 같아."

모두에게 잔을 들라는 김택현, 잠시 후 잔을 내려놓은 그는 군 시절 홀아비 별명을 가진 동료의 이야기를 한다.

그의 이름은 박수동, 나이는 김택현보다 세 살 정도 많았다고 한다.

결혼한 지 한 달 조금 넘어 꽃 같은 색시를 두고 인민군에 끌려오게 되었다. 김택현과 함께 반공포로가 되어 보병장교학교를 거치면서 마침내 육군 장교로 임관을 했다.

박수동 고향이 그리 멀지 않다고 한다. 고향에는 사랑하는 아내가 있다면서 통일이 되길 어느 누구보다도 기다리고 있었다. 때론 남보다는 굼뜨는 행동을 하는 그에게 홀아비라는 별명이 붙었다. 구멍이 나고 헤진 옷을 손수 꿰매는 꼼꼼함을 보인다. 하루는 그를 보고 김택현이 말했다.

"아니 박 소위 애들, 시키면 될 것을 그걸 뭐 손수 꿰매고 그래."

"아 애들 시키는 것이 내가 하는 것만큼 하겠나. 내가 해야 마음이 놓이지."

"나 원 참, 홀아비 팔자라고 당신을 두고 하는 말이구만."

박수동은 빙긋이 웃으며 하던 일을 한다. 그는 얼마 후 강원도 최전방 수색대로 발령이 났다. 화창한 날씨에 경계근무에 나선 박수동은 평상시보다 조금 더 북쪽으로 그리고 다시 조금 더 북으로….

어느 순간 평온해 오는 마음 그리고 전혀 낯설어 보이지 않는 이곳. 언젠가 한 번 와본 듯한 곳. 조그마한 내를 건너자 이곳이 자신의 고향 같은 생각에 북으로 끌리는 발길은 멈출 수 없었다.

'아 이럴 수가. 지금 이곳은 내 고향이 아닌가. 그렇다면 나의 집은, 옥순이는!' 흥분한 박수동은 한달음에 달려가 그의 고향집을 찾았다. '아 내 집이 맞다.'

그때에 만삭의 여인이 문을 열고 나온다. '아 옥순이 내가 꿈에도 그렇게 애타게 찾던 나의 색시 아닌가.' 반가움도 잠시, 박수동을 향해 큰소리를 치는 그의 아내. '당신이 어떻게 여길 온 거냐' 고. 여기는 지금 당신이 올 데가 못되니 어서 빨리 돌아가야지 당신 여기서 붙들리면 죽는다. 빨리 가야 된다. 나는 지금 인민군 장교와 살고 있으니 빨리 돌아가라고 소리를 친다. 다급한 목소리에 빨리 돌아가기를 반복하는 아내를 두고 박수동은 돌아오고 말았다고 한다.

참으로 믿지 못할 이야기를 훗날 동기들로부터 들을 수 있었다. 이 일이 있고 난 후, 입소문을 탄 그의 행적은 보안대에도 알려지게 되었다. 박수동은 보안대에 불려 다니며 숱한 곤욕을 치렀다.

술을 다 비우고 나자 영택 형이 상을 치운다. 담배를 입에 무는 김택현은 어제 달동네 만년 홀아비 성운이 왔었는데 술이 어느 정도 되자 신세타령을 하더란다.

"형님 다른 건 몰라도 술 먹은 다음 날 콩나물국이나 시원하게 끓여주는 마누라라도 있었으면 좋겠어요."

말이 끝나자 소리 없이 웃는 김택현.

"성운이 그 동생도 참 안 됐어. 애들 조그만 했을 때부터 지금까지 고생하고…. 사람 온순하지 점잖고 아마 산동네 그런 사람 몇 안 될 거야."

김택현의 집을 나와 언덕길을 내려오고 다시 오른다. 학선이 자신의 집 근처에 이르자 들어가서 차라도 한잔 하자기에 나는 늦었다며 사양했다.

학선과 헤어지고 얇은 오르막을 오르면서 생각을 해본다. 일을 하지 않고 있는 학선의 집을 방문하는 것은 조금은 부담이 가지 않을까. 학선이 아이도 제법 컸다. 사양길에 접어들었다는 직업이라지만 그가 좀 더 노력하는 모습을 보여주어야 하지 않을까.

고개를 다 오르고 내리막으로 접어들자 김택현의 이야기가 생각났다. 언제나 그의 이야기는 재미있었다. 그러나 오늘 박수동의 이야기는 어찌 재미있다 하리오. 기구한 운명의 홀아비 팔자도 안 됐는데 그것도 모자라 혹독한 곤욕을 치루기까지 하다니…. 그의 모든 것이 전쟁과 분단으로 이어진 현실이기에 애석할 뿐이다.

죄와 벌

　헤어지던 나에게 집으로 가자던 학선, 내가 그의 마음을 모르리. 조그마한 가게를 접은 뒤부터는 학선은 거의 일을 하지 않았다. 한잔 술에 취해 대폿집에 누워있는 학선, 그를 보노라면 갖고 있는 모래시계처럼 종말을 향해 빨리도 가는 것 같다.

　나는 전에 학선에게 인생을 모래시계에 비유하며 한알 한알에 시간이 가고 날이 가고 달이 가듯이 한잔 한잔 술에 자신도 모르게 폐인이 될 수 있다고 했다. 학선이 내 말이 맞다고 한다. 그러나 그게 끝이었다. 부모님의 잔소리를 나보다도 더 싫어하는 그에게 더 이상의 얘기는 쌓은 우정에 금이 갈 뿐이리라. 아니 너나 잘 하라고 하지 않았을까 싶다.

　나 역시 학선과 크게 다르지 않을 것이란 생각도 해본다. 자의든 타의든 끈기 없는 나의 직장 관념, 틈만 나면 의미 없는 달동네 나들이…. 모래시계는 학선에게만 존재하는 것이 아니리라. 나 역시도 나도 모르게 모래시계가 잠재되어 나의 인생도 종말로 재촉하고 있는 것은 아닌지.

성호 형은 막걸리 한잔을 시켜놓고 감상에 젖는 듯 담배는 생으로 타고 있다. 나는 주인아주머니의 눈치를 피해가며 성호 형에게 노래를 신청했다. 알았다며 뜸을 들이는 성호 형, 나는 그를 재촉하기 시작했다.

"성호 형 구수한 목소리, 아 한 번 뽑아봐요!"

알았다는 성호 형, 잠시 후 전주집 전속가수 윤성호의 18번이 시작되고 나는 그의 옆에서 흥을 돋운다.

"성호 형 술이 많이 된 것 같다. 오늘따라 가사가 많이 틀리네."

이어지는 성호 형의 팝송 소리에 주인아줌마가 짜증을 낸다.

"아니 동수는 왜 성호만 들어오면 노래를 시키구 그래."

전화벨이 울린다.

"아줌마, 전화 왔어요."

상식이 일러준다.

"알아, 말 안 해도 알아."

내 옆을 지나치는 아줌마는 나의 등짝을 한 대 후려친다. 나는 엄살을 떨었다.

"아이고 나 죽네, 동네 사람들 노인네가 사람 치네요."

상식이 나름 손가락으로 가리키며 웃는다.

"아니 성호 집안은 노래 못하다 죽은 귀신이 있나. 그렇게나 노랠 하는지 원."

상훈에 이어 복진이 들어온다. 복진이 그때의 일이 조금 미안해서일까 먼저 아는 체를 한다. 나 역시 지난 일을 문제 삼은 적이 없다. 많은 이들이 알고 있을 것이다. 그러나 어느 누구한테 말한 적 없다. 복진에게 조차 내색한 적도 없다. 그렇다고 그와 다시 친해진 것도 아니다. 마음으로는 지금도 멀어져 있다.

아침 뉴스 시간.

동지나해에서 조업 중이던 여수선적의 동양호 침몰, 전원 사망이라는 안타까운 소식이 전해진다. 축구회 후배 재춘에게 배를 타는 일이 힘들고 위험하다는 이야기를 전에 들은 적이 있다. 학선이도 얼마 전에 배를 한번 타야겠다고 말한 적 있다.

재춘이 전에 나 같은 사람은 배를 못 타니 안 타는 게 낫다고 했다. 나는 그때 틀린 말이 아니라고 생각했다. 재춘이 나에게 뱃일을 잘하는 사람은 선수금을 주고 원하면 집으로 직접 찾아와 아무리 멀더라도 돈을 전해준다고 했다. 돈을 받고 일을 안 나오는 사람은 도망을 가거나 숨더라도 어떻게 해서라도 꼭 찾아낸다고 했다. 재춘은 선수금이 뱃사람들에겐 인어꼬리에 잡힌 격이라고 말했다.

오후가 되자, 정 씨의 노랫소리가 크게 들린다. 그의 컨디션이 만점이라는 걸 알 수 있다. 정강호, 나는 그가 화내는 걸 본 적이 없다. 흔한 성질 한번 부리는 걸 못 봤다. 우람할 정도의 탄탄한 체격에도 자신은 부드러운 남자라며 가끔은 우리를 웃기곤 한다.

몇 년 전, 자신이 직접 공장을 운영할 때 야밤에 그의 공장을 침입한 도둑을 붙잡아 도둑이 들고 온 마대를 통째로 빼앗아 버렸다고 했다. 우리 모두 웃으면서 그의 얘기를 듣고 그에게 강도라고 말했다. 칭찬에 약한 모습을 보이는 그를 보면 어린애 같다는 생각이 든다.

충주집, 학선이 주인 내외와 무언가 이야기를 하는 것 같다. 내가 문을 열고 들어가자 놀라운 소식을 전한다. 주인아저씨는 종택이 배를 타다 그만 사고를 당했다고 한다. 아주머니는 나에게 뉴스를 못 봤냐고 했다. 종택이 누나는 지금 울고불고 난리가 아니란다. 학선이 말이 없다. 아, 오늘 아침 뉴스가 그럼 종택의 일이 아닌가. 영택이 엊그제 시립병원으로 실려 가고, 종택마저… 형제 모두가 비참하다는 생각을 해본다. 나는 막걸리를 한 병 시켰다. 학선에게 한잔을 따른다.

"동수야 술맛이나 나겠냐."

"그래, 너하고는 꽤 친했지. 속상할 텐데 한잔 들어."

용식이 들어온다. 자리에 앉자마자 종택의 이야기를 한다. 오늘 정오 뉴스에 종택의 이름이 나오자 깜짝 놀랐다고 말한다. 영택의 누나가 조금 전에 현장으로 내려갔다고 한다. 죽은 자만 불쌍한 거라고 다들 한마디씩 내뱉는다. 정민 형이 들어온나.

"아니 어떻게 오늘은 여기 다 모였어?"

주인아저씨가 정민에게 오늘 뉴스 봤냐고 묻는다.

"아 동양호 사건, 오다가 보았어. 종택이 이름도 거기 있던만. 배는 타지 말아야 해. 풍랑 잘못 맞으면 다 죽는 거야. 아줌마 탁배기 하나."

많이 마셨다. 오늘은 큰길로 가야겠다는 생각이 들었다. 종택이 죄를 받은 것이라는 생각이 든다. 나는 또다시 갑술의 죽음이 아무도 알아주지 않는 아니 알려고도 하지 않는 허무한 죽음이라고 생각한다.

종택의 우발적인 행동이라 볼 수 없다. 그렇다면 계획적인 범죄라면 그럴 수도 있다는 생각이 든다. 형에 대한 실망과 분노 끝에 벌인 경솔한 행동이라지만 타인의 생명을 앗아간 용서 못할 죄악이 아닌가. 종택이 죄값을 치른 것인가. 안타깝기만 했던 갑술의 죽음 뒤에 이제는 또다시 종택의 죽음이 안타까울 뿐이다.

달동네에 없어도 되었을 일이다. 벌써 내가 아는 사람들이 목숨을 잃은 것이 수도 없을 정도다. 친구들과 동생 형뻘 되는 사람들. 이제는 몸이 예전 같지 않은 이가 부지기수를 이루지 않는가. 다시 한 번 이곳 환경이 문제란 생각뿐이다. 마음만큼 발걸음이 무겁다. 집은 아직 멀지 않았는가.

전속가수

해가 바뀌고 많은 노력에도 불구하고 회원들의 신임을 얻지 못한 덕호 형이 그만 회장직을 내려놓았다. 우리 모두 바라던 능력 있는 회장은 얻지 못했다. 신임 회장은 가면 갈수록 실망만 가득할 뿐이다.

나의 모든 의견을 들어주던 태춘 형만을 생각해서일까, 아니면 보다 더 재력 있는 회장을 원해서일까. 회원 하나하나 꼼꼼히 챙기려는 덕호 형의 모습은 크게 부각되지 못했다. 태춘의 죽음과 함께 추락한 나의 위상. 나에게는 오직 그만 보일 뿐이었다. 나는 그의 업적을 기리기 위해 그가 평소에 걷던 골목길을 태춘로라 부르자고 했다. 전주집에 있던 사람들 모두 나의 말에 웃었다. 어느 누구 하나 반대를 하는 이가 없었다. 찬성 또한 없었다.

오랜만에 전주집을 찾은 나는 주인아주머니로부터 성운 형이 얼마 전에 돌아가셨다는 말을 들었다. 성운 형은 아직 돌아가실 나이가 아니지 않는가. 만날 때마다 우리들에게 큰형 같은 모습을 보여주던 성운이

형~. 그의 죽음이 믿어지지 않을 뿐이다.

처음 보는 나에게 깊은 애정을 보여주던 성운 형, 나는 그를 만나기 전 아이들을 홀로 키우는 영수 형에게 공장에서 버려진 TV 한 대를 갖다 주었다. 마치 자신의 일처럼 고마워하던 성운 형은 가게에서 술과 안주를 손수 챙겨 나왔다. 몇 번이고 고마움을 표시하던 성운 형. 지닌 인품과 성격은 여인과도 같아 마치 그의 손길이 이를 말해주는 걸 느꼈다.

수많은 세월을 고독 속에 지내온 성운 형을 잘 알고 있는 전주집 아주머니는 시장 좌판에서 술에 취해 잠을 자다 내리는 비를 맞고 죽음을 맞이한 영수 형, 아저씨는 참으로 안 됐다고 몇 번이나 애도를 한다.

오늘도 달동네에서 친구들이 자고 있던 학선에게 술 먹을 시간이라며 흔들었다. 아니 벌써 시간이 되었냐며 좋아하는 학선을 보며 웃었다. 술 한 병을 시켜 한잔씩 들었다. 상식이 들어오고 이어 들어오는 정민 형은 기분이 무척 좋아 보인다.

"조 사장 어떻게 면접이 잘됐어?"

정민 형은 대답 대신 웃는다. 그리고 입을 연다.

"먼저 간 마누라가 불쌍한 나에게 선물을 줬네요."

"아이고 조 사장, 마누라한테 고맙다고 해야겠네."

아줌마의 말에 정민 형이 웃는다. 나도 친구들과 함께 잘됐다며 축하를 했다. 일찍 들어가야 한다며 정민이 자리를 뜬다. 시장에 들려온 성호 형이 지금 이 시간에는 술이 취해있는 것이 당연한 일. 또한 전주집 아주머니의 잔소리 역시 너무도 당연하다. 대폿잔을 내미는 전주집 아줌마, 빨리 먹고 가라며 성호를 재촉한다. 주인아주머니의 눈치를 보던 나도 성호 형을 재촉했다. 시간이 조금 흘러 성호 형의 공연이 시작됐다. 가요에 이어 팝송이 거의 끝날 무렵 전주집 문 앞에는 정호의 모습이 보인다. 전주집 전속가수 성호의 노래가 끝나자 그의 동생 정호가 들어오며,

"아 우리 형 노래 순 엉터리야. 그게 무슨 팝송이야."

정호의 말에 아줌마가 웃는다. 정호 형 역시 한 잔은 하고 온 것 같다.

"그럼 어디 이번에는 정호가 한번 해봐."

주인아주머니의 말에 힘을 얻은 것일까 옆에 있던 소주병을 움켜쥔다. 정호는 좀 전에 형이 불렀던 팝송을 리바이벌한다. 멋들어진 폼을 잡으며 가볍게 한 곡이 이어지고 '그린 그린 그린'을 열창한다. 정호의 노래가 끝남과 동시에 박수와 환호가 이어진다.

정호 그는 노래뿐 아니라 글을 아주 잘 쓴다. 전주집 간판과 메뉴판 모두가 그의 작품이다. 지난 날 무더운 여름밤을 새워가며 듣던 정호 형의 '젊은 날 러브스토리'는 너무도 재미있었다.

자신의 신분이 학교 선생이라며 밤 열차에서 우연히 만난 과수원집 딸, 당시 여고생이었던 소녀에게 온갖 거짓으로 일관했던 정호 형의 러브스토리. 끝내는 망신으로 끝이 났다는 그의 말에 우리 모두는 밤이 새도록 웃어댔다. 정호, 그의 지난 시절 이야기는 아직도 나의 기억에서 잊히지를 않는다.

정호는 성호 못지않게 인정이 남다르다. 가끔씩 어물전을 들러 물 좋은 생선을 사다가 깻잎과 함께 술좌석에 내놓곤 한다. 형제는 의좋은 모습으로 집으로 돌아갔다.

길남이 들어오며 욕을 내뱉는다. 나는 얼른 그를 향해 고개 숙여 인사를 했다.

"어 그래, 동수 너 오랜만이다."

길남은 깍듯이 인사를 하는 나에게는 시비를 하지 않는다. 옆좌석에서 티격태격하던 길남을 향해 아주머니가 한마디 한다.

"길남이 오늘은 좋은 날인데 오늘 만큼은 그냥 넘어가지?"

더는 안 된다는 것을 안 것인지 길남이 나가버린다. 처음 보던 길남을 향해 감탄을 하던 인수 형의 말이 생각났다. 달동네에 멀쩡히 들어왔다 몇 년 되지 않아 망가져간 사람 수없이 보았다던 말이….

인수 형의 말 예언이라도 된 듯 길남이 짧은 기간 동안 많은 것을 잃어버린 모습을 보여주었다. 그리고 앞으로 더 많은 것을 잃을 것을 나는 안타까운 마음으로 상상을 해본다. 거기에는 이곳 환경이 크게 한몫을 하고 있다는 것이다. 모두 내일을 기약 없이 하루를 즐길 순 있다.

06

어지러운 사회상
– 달동네 2세들

국가 부도 사태

여름이 지나고 계절은 가을의 문턱에 이르렀을 때 큰 난리가 터지고 말았다.

IMF 국제금융위기.

6·25 이후 최대의 국난이라고 한다. 예상보다 피해가 어마어마했다. 많은 공장들이 문을 닫았다. 그나마 남아있던 공장에서는 구조조정으로 인한 대량의 해고자가 양산되었다. 우리 공장이라고 예외는 없었다. 가장 많은 임금을 받던 하 씨와 정강호가 그만두었다. 일거리가 줄어든 탓에 봉급이 많이 깎였다. 퇴근 후 들리는 전주집에는 전보다 많은 사람들로 붐빈다. 오늘도 모두 IMF에 관한 이야기들 뿐이다. 정민 형은 외국의 예를 들며 IMF로 인해 우리의 생활은 점점 더 어려워질 것이라고 했다.

드디어 정권이 바뀌었다. 새로운 정부가 들어섰다. 취임연사에서 죄없는 국민들을 고통 속으로 몰아넣었다며 울먹이던 대통령. 전 국민의 단합만이 IMF를 빨리 극복할 수 있는 길이라며 전 국민에 고통 분담을 호소한다.

달동네에도 큰 변화가 일었다. 갑자기 어디서들 나타난 것일까. 많은 젊은이들이 전주집 주위로 몰려들기 시작했다. 친구들이 말해준다. 오이 당수와 두부 당수 아들이라고 많이 듣던 별명들…. 아니 그렇다면 달동네 2세들 아닌가.

덕호 형이 골목길을 들어선다. 나와 학선이 덕호에게 인사를 하며,

"아니 왜들 나와 있어? 들어가서 한잔들 하지 않고."

"안에가 꽉 찼어요."

"그래? 장사 잘되는 데는 여기뿐이구만."

우리는 충주집으로 갔다. 방안은 노인들이 화투놀이를 할 뿐 홀은 비어있다.

"어떻게 동수 자네는 잘리지 않고 잘 붙어있네?"

"아 네, 이게 모두 큰형님 덕분입니다."

"하 이사람 참 말은 재미나게 해."

언제 먹어도 맛있는 순두부, 술안주로는 그만이다.

"학선이 자네는 매일같이 전주집에 누워 있더만. 젊은 사람이 그럼 쓰겠는가? 운동장에도 좀 나와야지. IMF로 가면 갈수록 더 어렵다 하던데."

작은 가게를 운영하는 덕호 형은 태춘 형 못지않은 열정과 겸손을 우리 모두에게 보여주었다. 시간이 지나면서 그의 존재를 확인할 수 있었다. 덕호 형이 처음 회장직을 맡았을 때는 몰랐다. 나의 모든 것을 들어주던 태춘 형의 모습만 보아서일까. 그를 연임시키지 못한 것이 아쉽다.

오늘은 오전 작업만 했다. 사장은 지금 이 상태가 계속 유지된다면 우리도 더는 버티기 어려울 거라며 한숨을 짓는다. 재료 모두를 수입해서 쓰고 있어 달러가 비싸 가격이 맞지 않는다고 한다. IMF 금융위기

는 단지 달러 외화가 부족해서 온 것이다. 우리의 산업 기반은 잘돼 있어 빨리 벗어날 수 있다고 방송에서는 한가닥 희망을 주지 않는가. 대통령도 말하지 않았는가. 우리 모두 고통을 분담해야 한다고….

집에 일찍 들어가기도 그렇고 해서 달동네에나 가보자는 생각에 버스정류장으로 갔다. 국영업체 큰 건물 옆을 지날 때 무리 지어 모여 있는 사람들을 발견했다. 무얼 하는 사람들이고 무엇 때문에 모여 있는 것일까 궁금하지 않을 수 없었다. 나는 좀 더 가까이 가보기로 했다. 가까이 가보니 생각했던 것보다는 많은 사람들이 운집해있다. 근접한 곳에서 바라본 그들의 모습은 하나같이 준수할 정도로 인물들이 잘나 보인다. 입고 있는 옷들은 흔히 말하는 골든 스타일이라 할까. 삼삼오오 모여서 얘기들을 나누곤 한다. 어딘가 모르게 여유 있어 보이는 그들을 바라보고 있을 때 누군가 왔다하며 모두 한 곳을 주시한다.

철제로 만들어진 연단 위에 작달막한 키에 볼품 없을 정도의 한 사나이가 마이크를 들고 외친다. 카랑카랑한 목소리로 동지들을 외쳐댄다. 조금은 섬뜩한 느낌이 들어 내가 있을 자리가 못되는 곳이 아닌가 생각되었다. 나는 서둘러 그 자리를 벗어났다.

전주집 안팎으로는 많은 사람들과 젊디젊은 청춘들까지 가세해 북새통을 이룬다. 비좁은 전주집 안으로 나는 학선이 옆에 겨우 자리를 마련할 수 있었다.

"전주집은 IMF 특수 효과를 누리는구만."

나의 말에 학선이 웃는다.

"야 학선아. 이제 우리도 젊은 애들한테 밀려나게 생겼다."

학선이 나의 말에 다시 웃는다.

IMF 이후 갑자기 모여든 젊은 청춘들. 나는 그들을 거의 모른다. 그래도 친구들은 많이들 알고 있다. 2세들이다. 어디서 무얼 하다 나타났을까 궁금하지 않을 수 없다. 거의 대부분의 1세들은 이 세상 사람이 아니다. 그래도 그들 대부분은 내가 알아볼 수 있었던 사람들 아닌가. 지금 이곳의 판이 바뀐 느낌이랄까. 갑자기 바뀌어버린 환경이 조금은 혼란스러울 정도다.

그렇다고 새로운 모습으로 변화되어 발전한 모습은 전혀 아닌 이곳 환경 아닌가. 나는 이곳에 다시 적응을 해야 될 것 같은 생각이 다 든다. 있다면 가난이고 없다면 희망뿐인 언제나 빈약해 보이는 이곳. 그래도 나는 싫지는 않다.

오늘은 일이 거의 없다시피 했다. 수리비는 오르고 가진 돈들은 다 바닥이 나고 너나 할 것 없이 망가진 상태 그대로 거리를 다닌다. 그전 같으면 창피해서라도 빨리 해결할 일인데…. 어제 집회 현장에서 보았던 엘리트 근로자들의 모습이 생생하게 떠오른다. 번듯한 얼굴에 부티나는 옷차림 등 부족할 거 하나 없어 보이는 여유 있는 모습.

어제 달동네에서 보았던 사람들의 모습과는 너무도 대조적이다. 언제나 허름하고 남루해 보이는 달동네 근로자의 모습, 언제나 보던 모습이 어제는 더 초라해 보이면서 측은하기까지 했다. 부러울 거 하나 없어 보이는 여유 있는 자들의 모습을 보아서일까. 어제 달동네 사람들한테는 연민의 정을 느낄 수 있었다.

IMF, 전 국민의 고통이 아닌가. 그리고 모두가 힘을 합쳐 극복해야 할 일이다. 새로운 정부도 힘을 많이 쏟고 있는 것 같다. 대통령도 나서 너나 할 거 없이 이 위기를 벗어나자고 연일 호소하는 모습을 보여준다. 어제의 집회현장을 목격했을 때. 여유 있어 보이던 노동자, 아니 노동자라 하기에는 조금은 부유해 보이는 그들의 모습. 그들의 요구 조건은 무엇인지. 지금은 국가비상사태라 할 IMF 앞에서는 명분이 그리 크지 않을 것이란 생각이 든다.

오늘 전주집은 정민 형을 중심으로 집중토론이 벌어졌다. IMF로 인해 누가 가장 많이 피해를 입을까, 비참한 생활을 하는 이는 누구일까.

부도난 공장 사장이 불쌍하다, 쫓겨난 근로자일 것이라는 등등. 학선이 나서며 막걸리 값 없는 자신이 제일 불쌍하다는 말에 정태가 소리를 버럭 지른다.

"야 인마, 너는 원래부터 놀았잖아."

정태의 말에 모두 웃는다. 정민이 나서 사태를 수습하고 이어지는 그의 말, 내가 볼 때 가장 비참한 사람들은 장사하는 이들이라고 말한다. 이 사람들은 지금 가게 권리금이고 뭐고 다 날리게 생겼고 갖고 있는 가게를 남에게 넘길 수도 없고 그렇다고 가게 문을 닫을 수도 없는 노릇이라고 한다. 회사 또는 공장에서 쫓겨난 근로자들은 그나마 퇴직금이라도 몇 푼 받을 수 있지 않은가.

때마침 청호가 들어온다. 우리들의 이야기를 들은 것 같다.

"뭐가 어째? 누가 불쌍해 인마. 노가다 해먹는 우리가 불쌍하지."

정민이 청호를 바라보며,

"그래, 네 말이 맞다."

김청호는 술을 먹으면 으레 주사를 부리는 인물이다. 험한 얼굴에다 늘 짜증이 묻어있다. 탄탄해 보이는 체격, 직업으로 단련된 엄청난 손목 힘, 달동네 약자들은 모두 그의 밥이라 할 정도다. 강자에게는 약삭빠른 면모를 보일만큼 지능적인 행동을 보여주기도 한다.

몇 년 전 청호와 큰 싸움을 벌인 성렬이 부상으로 인해 심한 장애를 입은 것을 나는 잘 알고 있다. 큰 사건임에도 동네 사람들로부터 주목받지 못했다. 아니 대수롭지 않은 일이라고 외면했는지도 모른다. 동네 사람들로부터 평판이 좋지 않던 성렬에겐 너무도 당연한 일이 아닐까.

김청호가 들어올 때는 긴장하지 않을 수 없다. 분위기 또한 저하된다. 그나마 전주집에 자주 오지 않는 것이 편할 뿐이다. 더 이상의 토론은 없었다.

전주집을 나서자 티격태격하는 삼십대 초반의 2세들, 가끔은 거친 모습을 보여주기도 한다.

"아니 애들이 점점 많아지네."

"그러게 쟤들은 창피한 것도 모르나 저렇게 모여 어울리다보면 망가지기 십상인데."

학선이 날 보며 웃는다. 날보고 하는 말 같다. 이번에는 내가 웃었다.

학선이와 헤어지고 오늘은 공원 산길로 가다가 조금 전 보았던 2세들 생각에 달동네를 한번 내려다본다. 앞으로 그들의 일이 궁금해진다.

달동네 2세, 그리고 그들의 친구들이 어떻게 변해갈까. 지나온 이곳의 환경을 보면 불을 보듯 뻔한 일이란 생각도 든다. 나의 지난 시절부터 지금까지 무의미하고도 희망 없이, 아니 노력 없는 부끄러운 생활을 2세들도 하지 않을까. 놀기는 좋은 곳이다. 눈치 볼 사람이 어디 있겠는가. 여러 사람들이 함께하는 것이 심심하지는 않다. 그러나 이곳에 발을 들여놓는 것 자체가 타락의 길로 들어서는 것과 진배없지 않은가.

아직 늦지 않았다지만 이곳을 떠나기가, 아니 발을 끊기가 쉽지는 않다. 어떻게 해야만 보다 더 나은 미래를 바라볼 수 있을까. 다시 한번 내려다본 달동네에 짙은 어두움이 드리우는 것만 같다.

달동네, 이제는 S동과 M동에서도 많은 사람들이 찾아온다. 화투와 윷놀이는 거의 매일이다시피 판이 벌어지곤 한다. 이곳 달동네에만 재개발이 늦어지는 것 같다. 전주집을 비롯해 인근에 있는 대폿집 모두 장사가 잘된다.

오늘은 충주집에 모두 모여 있다. 모두 웃고 난리들이다. 이유인 즉, 어제 S동에 사는 승만과 학선이 한판 붙었다고 한다. 승만이 밑에 깔린 학선을 보고 길섭과 천기가 싸움을 말리는 척하면서 승만과 학선의 자세를 바꾸어 놓았다고 한다. 그것도 잠시 승만의 힘에 눌린 학선이 또다시 밑으로 깔리고 말았다. 길섭 형이 여러 번 뒤집어도 소용이 없었다고 했다.

"야 학선아, 너 그렇게도 힘이 없냐?"

길섭의 말에 주인아저씨도 한마디 한다.

"학선이 매일 술만 먹는 놈이 뭐가 힘이 있겠어. 비실비실해가지고."

"야 거, 승만이가 아 이건 분명히 내가 학선이를 올라타고 있었는데 이상하다고 했겠다."

지산의 말에 모두 웃는다. 아 내가 그걸 보았으면…, 나는 그 장면을 보지 못한 것을 너무너무 아쉬워했다.

천기도 한몫을 했다며 옆에 있던 2세를 칭찬한다. 까칠한 얼굴의 강천기, 그는 IMF가 터지자 다니던 직장을 나와 노동일을 하고 있다고 한다. 어렸을 적 부모를 따라 이곳 달동네에 정착을 하게 되었다. 강천기는 이곳 달동네가 그에게는 고향이나 다름없다. 아버지는 돌아가시고 어머니는 달동네를 떠난 지 오래되었다. 객지 생활 끝에 찾아온 고향이다. 어렵게 생활하는 피붙이 형한테는 아무런 도움도 받을 수 없었다고 한다. 강천기는 친구집 또는 산에서 텐트를 치고 생활을 한다. 처음과는 달리 그가 좋아지기 시작했다.

하루는 그를 놀려줘야겠다고 마음먹었다. 전화를 했다.

"강천기 씨죠?"

"아, 네 그런데요?"

"서초경찰서 강력 3반 백 경장입니다. 강천기 씨, 산에서 텐트를 치고 노숙을 하고 계신다면서요?"

"아, 네 그런데요?"

"강천기 씨, 산에서 노숙을 한다는 것은 불법이란 거 아시죠? 강천기 씨 자진철거 하시겠습니까, 아니면 우리가 강제철거를 할까요?"

나의 공갈에 다급해진 천기는 자진철거를 하겠다고 했다. 나는 그가 크게 놀랄까봐 그를 안정시키기로 했다.

"강천기 씨 지금 당장은 갈 데가 없으시죠?"

"아, 네."

"강천기 씨 지금 사정이 딱하신 거 같은데 그럼 우리가 조금 넉넉하게 시간을 드리죠. 강천기 씨 쉬고 싶을 때까지 당신 마음대로 쉬쇼."

"아 혹시 정비하는 형 아니세요?"

"아 아닙니다. 제가 뭐 시시하게 정비하는 사람 아닙니다."

"아 맞네, 그 형이네."

배를 타러 가겠다는 학선에게 전주집 아주머니는 필요한 돈 있으면 자신이 빌려주겠다며 가지 말라고 말렸다. 종택처럼 되면 어떡하냐고 학선은 내게 말했다. 또다시 종택의 죽음이 허무하다는 생각이 든다. 방화 살인 이후 죄의식이 전혀 없어 보이던 종택, 자신의 행동이 엄청난 일이라는 것을 그는 진정 몰랐을까. 단순한 성격에도 인심, 씀씀이, 쾌활한 성격, 모든 것이 좋은 사람이라 생각했는데. 너무나도 아쉽게 그에게는 부족한 것이 있음을 모르고 있다. 나는 그것이 무엇인지 알고도 남음이 있는데….

시간이 지나면서 IMF 사태, 그 위력을 실감할 수 있었다. 전주집 안으로는 달동네 유지들로 만원이 되었다.

정민 형은 술이 조금 되었다. 오늘은 노동자들의 과격한 시위부터 성토를 한다. 나는 오늘 사회자가 되어 정민을 부추긴다. 조금씩 목소리를 높여가던 정민, 정부에 대해 엄정한 대처를 주문한다. 지금은 IMF 시대라며 정부에서는 노동자들의 요구 조건을 모두 들어주어서는 외국인 투자가 들어올 수 없다고 열변을 토한다. 그 어느 때보다도 힘주어 말하는 정민 형이다. 그 어느 경제 전문가 못지않다. 정민 형은 아마도 신문을 많이 읽지 않았을까.

전화벨이 울린다.

"네 감사합니다, 서초경찰서 강력3반 강형삽니다. 무엇을 도와드릴까요?"

능숙한 달변의 강천기, 이제는 제법 형사 티가 난다. 때로는 나에게도 거만한 모습으로 엄포를 놓기도 한다.

나는 우리 공장 천정과 바닥 보수공사에 강 형사를 소개했다. 우리 사장은 천기의 일하는 모습에 너무도 만족한다. 모든 공사가 끝나자 사장은 강 형사를 칭찬한다. 자칭 강 형사라 일컫는 사람, 무얼 해도 먹고 사는 데에는 아무런 지장이 없을 것이다. 우리 강 형사를 사장이 칭찬하자 나는 기분이 좋았다. 내가 보아도 천기는 일을 잘하는 것 같다. 거의 쉬지 않고 열과 성의를 다하는 모습을 보여준다.

천기와 나는 전주집에 앉아있던 학선을 불러냈다. 우리는 저녁을 먹으면서 술 한 잔을 곁들였다. 나는 학선에게 오늘 공장 사장이 했던 말을 들려주었다. 이야기를 듣고 난 학선이 천기를 대견스럽게 바라본다. 잠시 후 취기가 오른 천기는 형사로 변신해 학선을 압박한다.

"왜 일을 안 하는 거야? 당신 언제까지 이렇게 살 거야?"

학선이 웃는다. 나도 따라 웃었다.

"야 조용히 해 이 새끼야. 이 썩을 새끼 같으니라구. 너나 잘해. 겨우 삼일 일하고 큰소리를 쳐."

학선의 말에 지지 않는 천기다. 강력반 형사로서의 면모를 유감없이 보여준다.

오늘은 사우나에서 잔다는 천기와 나는 헤어져 집으로 가고 학선은 다시 전주집으로 갔다. 처음 만나 다소 험한 모습을 보이던 천기가 멋있어 보인다. 진지한 모습으로 일에 열중하던 그를 보면 매력적이라 할까. 나는 그가 점점 좋아진다.

오늘 역시 운동장에는 영근 형이 먼저 와있다. 그가 나를 보며 소리친다.

"야, 백가야 지금이 시간이 몇 신데 이제 나오냐."

나는 영근 형에게 다가가 경례를 한다.

"백가 요즘 군기가 완전히 빠졌구만."

"네, 이병 백동수 앞으로 시정하겠습니다."

"좋아, 쉬어."

오영근 그는 처음 예상과는 달리 꾸준히 운동장을 찾는다. 간혹 티격태격하며 불만을 터뜨리는 회원들을 보면 왜들 그러는지 모르겠다던 영근 형이다. 영근은 나름대로 단체생활에 많은 협조를 해준다. 그래도 타고난 성질에 가끔은 술이 취해 분을 참지 못해 웃통을 벗곤 한다. 그것도 그때뿐이다.

오영근은 공수부대 출신이다. 그는 나의 처음 생각과는 다르게 축구 동호회 단체생활에 있어 타의 모범이 되어주고 있다. 자신의 존재감을 부각시키려는 듯 단체생활의 틀을 벗어난 행동을 하는 이들을 볼 때면, 단체생활 한번 해보지 않은 사람들이라 생각해본 적 있다. 축구회를 이끌어 갈 사람이라 감투를 씌워주면 오히려 그들 스스로 질서를 흐트러트리곤 한다. 거기에는 자신들이 남보다 우월하다는 안일한 사고방식이랄까. 아니면 버러지만도 못한 노동자라 무시한다는 편견을 가지고 있는 것이 아닌지.

큰 덩치의 영근, 전 회장 태춘 형과 더불어 때때로 겸손한 면을 보여주기도 한다. 많은 기간 군 단체생활을 했던 오영근은 군 생활 막바지에 큰 실수를 하고 말았다고 한다. 끝내 군 생활 마지막을 남한산성군 형무소에서 끝내게 되었다.

남한산성군 형무소는 무척 힘든 곳이고 악명 높은 곳이다. 이곳을 거쳐나간 사람들은 오래 살지 못한다는 말을 수도 없이 들었다. 그리고 그것이 사실이라는 것을 목격하기도 한다.

오래 전 인근 G동에 살던 육군 중사 출신의 서민영은 중사 계급장을 달고, 등에는 커다란 백을 메고 몇날며칠 동안 공원을 서성이는 모습을 나는 보았다. 얼마 후 나는 그가 남한산성군 형무소를 나왔다는 이야기를 친구 재길로부터 들을 수 있었다.

G동은 전에는 유명 연예인들이 많이 살 정도로 부유한 동네로 널리 알려져 있었다. 친구 재길을 통해 서민영을 알게 되었다. 서민영은 술버릇이 안 좋다. 술이 취하면 모두 그를 멀리한다. 당시 방위병 생활을 하던 나는 민영 형이 그리 싫지 않았다. 돈 없는 나에게 가끔씩 술을 사줬다.

서민영과 나는 술을 먹고 그의 집에서 잔 적이 있다. 욕조가 딸린 화장실하며, 저녁상에 차려진 반찬은 우리 집과는 비교가 되지 않을 정도다. 민영 형 집에서 잠을 잔 사람은 내가 유일하지 않을까.

어느 날 안타까운 일이 벌어지고 말았다. 술에 취해 잠이 들은 민영 형이 그만 세상을 떠나고 말았다. 나는 그의 죽음이 남한산성군 형무소에서 많은 고생을 한 것이라 짐작한다. 서민영의 목 밑에 남아있는 상처가 이를 증명하지 않을까. 그리고 커다란 백을 메고 공원을 서성이던 이유를 알았다.

의형제

쌀쌀하고 점점 추워지는 것이 겨울로 접어들었다는 것을 알 수 있다. 축구가 끝나고 전주집에 모여 막걸리 파티를 열었다. 술이 어느 정도 되어 전주집을 나왔다. 주차장 앞에서 축구회에 대해 이야기를 나누던 영근은 자신의 집까지 데려다 달라고 부탁을 한다. 나는 영근 형의 말에 의아했다. 초겨울이라 하지만 아직 시간이 얼마 되지 않은 훤한 대낮이라 할 수 있지 않은가. 다시 한 번 내게 부탁을 하는 영근이 농담을 하는 것 같지는 않다. 나는 그의 뜻대로 하기로 했다.

전주집에서 영근의 집은 그리 멀지 않은 곳에 자리하고 있다. 시장통으로 이어진 길 끝에 층수가 얼마 되지 않는 연립으로 보이는 주택가다. 나는 영근의 집 앞까지 바래다주었다.

시장길을 되돌아 전주집으로 향했다. 영근 형이 술이 많이 약해진 것이라고 생각해본다. 사십대 중반의 영근이 결코 많은 나이라고 생각지 않는다. 절대 아니라고 말하고 싶다. 그러나 그의 친구들은 이미 오래 전 세상을 떠난 이가 부지기수를 이루지 않는가. 그들 모두 노동자라는 것은 두말할 것도 없고, 원인이야 술이라는 것은 너도나도 잘 알고 있는 일이다.

전주집에는 없다. 예상했던 대로 충주집에 있는 학선을 발견할 수 있었다. 학선과 함께하는 술자리는 편안함과 웃음이 있어 좋다. 학선이 자리를 함께하자 덕연 형이 들어온다. 나를 보고 오랜만이라고 하며 우리들 옆으로 앉는다. 나는 덕연 형에게 잔을 권했다. 덕연 형 역시 예전만 못하다는 것이 옆에서 바라본 그의 얼굴에서 읽을 수 있었다.

충주집을 나와 학선과 함께 달동네를 오른다. 눈이 조금씩 내린다. 어느 정도 달동네를 올랐을까 학선이 입을 연다.

"동수야 이제 겨울이 본격적으로 시작되는구나. 벌어 놓은 돈은 없고."

학선이 술이 조금 취해서일까, 어느 때보다도 목소리가 낮아진다. 다시 입을 여는 학선이,

"동수야 너는 걱정 없겠다. 기술직 직장생활을 하니."

"좋기는 뭐가 좋으냐. 조금만 수틀리면 때려치우는데. 꾸준히 해야 돈도 되는 것이지."

"그래도 여름이고 겨울이고 크게 걱정하지는 않잖아. 동수 너 돈 떨어지면 바로 취직하면 되잖아."

나는 학선의 말에 웃었다. 눈을 맞으며 웃었다. 눈을 맞으며 걷는 학선의 모습이 오늘만큼은 쓸쓸해 보인다. 우산을 가져가라는 학선을 뒤로 하고 집으로 향했다. 언덕길을 내려가자 충주집에서 보았던 덕연 형 생각이 난다.

오래 전 성운 형과 함께했던 시절의 덕연 형. 구정 전 날로 기억된다. 따뜻한 깡통 연탄 테이블의 아늑한 대폿집, 말끔한 모습으로 함께했던 성운 형과 덕연, 너무도 다정하고 화기애애한 분위기다. 나는 그때 그 시절 두 사람의 모습을 잊을 수 없다. 초라한 모습의 덕연 형은 날

이 가면 갈수록 더 초라해질 수밖에 없다는 생각에 안타까워서일까, 동정심이 들어서일까, 지난 날 덕연 형의 모습이 그리워진다. 조그만 언덕길을 앞두고 눈발이 굵어지기 시작한다.

이삼 일 지났을까. 달동네를 찾았을 때 길섭 형으로부터 축구회 간부직을 맡고 있는 윤 사장이 그동안 축구회 운동용품 창고로 쓰고 있던 곳을 비워달라고 했다. 축구회 운동용품 창고는 원래부터 윤 사장이 쓰지 않고 있던 곳을 우리가 손수 보수를 해서 쓰던 곳이다. 윤 사장 그로서는 크게 필요 없는 곳이다. 전주집에서 그리 멀리 떨어져 있지 않다. 이유인즉, 일부 술 취한 회원들이 가게 근처에 얼씬거리는 것이 싫어서라는 것이다.

윤 사장 그는 나보다도 한참 어린 나이다. 그의 행동이 나는 마음에 들지 않는다. 처음에는 안 그랬다. 그 역시 감투를 씌워주자 자신의 존재감을 드러내려 애쓰는 모습을 볼 수 있었다. 나를 비롯한 달동네 축구회원들을 대하는 태도가 우리보다는 우위에 있다는 것을 보여주려는 윤 사장의 행동과 말투에서 묻어나는 것을 볼 수 있었다.

때로는 안사람한테 가게를 맡기고 동네 사람들과 함께 일을 나가기도 하는 그가 보여주는 행동, 말투를 볼 때 윤 사장 그는 꼭 그렇게 해야만 했을까. 달동네 노동자들보다 못한 이들이 그 어디 흔하겠는가. 그들과 더불어 살며 겸손을 보인다면 존경을 받을 사람인데. 모든 면에서 우리보다는 능력 있어 보이는 그가 나는 참으로 안타깝다는 생각을 하기도 했다.

이번 일만은 그냥 넘어갈 수 없다는 생각이 들었다. 나는 윤 사장에게 압박을 가하기 시작했다. 눈치 빠른 그는 알아채기 시작했다.

그로부터 며칠 후, 술좌석에서 나와 말다툼 끝에 나에게 '지금 나를 갈구고 있는데 내가 그걸 모를 줄 아냐고.' 대들기 시작했다. 윤 사장은 핏대를 올리며 분을 삭이지 못했다. 그 일이 있은 후 얼마 지나지 않아 황당하고도 어이없는 일이 일어났다. 윤 사장은 나의 압박을 견뎌내지 못한 것일까, 아니면 나의 존재를 무시할 수 없었을까. 윤 사장이 연수와 의형제를 맺어 동맹군을 얻었다고 축구회 감독으로 있는 재춘이 소식을 전해온다.

재춘은 전적으로 나의 힘에 의해 간부직에 올랐다. 재춘은 축구에 대한 상식이 그리 밝지 못하다. 축구에 관한 모든 것을 나에게 묻곤 한다. 그는 나와 달동네, 나의 친구들을 모두 알고 있을 정도로 이곳에서 오래 살았다. 내가 축구회를 창단한다고 하자 반가움에 찾아온 동생이다. 그를 임원으로 선임한 것은 축구동호회 질서를 바로잡기 위한 불가피한 조치였다. 임원진들을 무시하고 회원들을 모아 분란을 일으키는 전직임원들의 반란이랄 수 있는 행동을 잠재우기 위한 방편으로 그를 임원으로 임명할 수밖에 없었다.

재춘은 강한 카리스마를 연출해가며 회원들을 통솔해가는 모습을 유감없이 보여주었다. 나의 예상대로 재춘의 간부직 기용은 성공을 거둘 수 있었다. 이 모든 것이 나의 의견을 모두 들어주던 태춘 형이 있었기에 가능했던 일이 아닌가.

윤 사장 그도 재춘이 앞에서는 난 체를 거의 하지 못한다. 윤 사장 그가 취한 행동에 대해 나는 웃을 수밖에 없었다. 나의 압박을 견디기에는 혼자만의 힘으로 이겨낼 수 없었을 것이리라. 윤 사장과 의형제가 돼버린 연수는 남으로부터 내면적으로 존경을 받기에는 크게 부족하다는 것을 나는 누구보다도 잘 알고 있다. 그래도 남들은 외적이나마 그를 칭송하기도 한다.

약삭빠른 행동을 하는 윤 사장 그가 괘씸하다 생각하면서도 한편으로는 자세를 낮춰 남들과 더불어 살아갈 수 있는 진실한 마음이, 아니 조금은 거짓이라 해도 상업하는 사람의 입장에서 달동네 사람들을 바라보았으면 했다. 때로는 넉넉해 보이기도 하는 그의 모습을 보면 그런

면에서 아깝다는 생각도 해본다.

　오전은 그래도 반짝했었다. 일이 없으니 몸이 편하다. 그러나 심심하다. 전주집으로 전화를 했다. 목소리를 잔뜩 깔고 강천기를 바꿔달라고 하자 덕근이 녀석 그냥 천기를 바꿔주면 될 것을 어디냐고 묻는다. 나는 덕근이 녀석에게 강천기 씨와 의형제를 맺은 사이라고 하고 조용히 수화기를 들고 있었다.

　"야 천기야, 전화받아봐. 너하고 의형제 맺은 사람이 누구냐?"

　"아 그런 사람 있어. 넌 몰라도 돼."

　난 그날부로 강 형사와 결의형제를 맺고 말았다.

별판을 술과 바꾸다

한겨울이 되자 김택현의 집에는 많은 사람들이 모여든다고 학선이 내게 말했다. 그리고 요즘에는 짜증을 잘 내고 다니던 공장을 때려치운 지 오래되었다고 한다. 언제나 그렇듯이 전주집에는 사람들로 꽉 찼다. 충주집에 있던 학선을 불러내어 중대장 집을 가보자고 했다.

김택현의 집 안팎으로는 많은 연탄재가 깔려있다. 누워있는 김택현 외에는 아무도 보이질 않는다. 부엌에는 빈 소주병과 일회용 부탄가스통이 수북하게 쌓여있다. 김택현은 조금 전에 태섭이 다녀갔는데 태섭이 몸이 그전 같지 않다고 걱정을 한다. 나는 태섭이라는 말에 웃음이 나오려는 것을 참았다. 가지고 온 봉지를 풀어 그가 좋아하는 소주를 내놓았다. 김택현 중대장은 오늘 역시 안주를 그리 많이 먹지 않는다.

술 몇 잔이 돌자 담배를 입에 무는 김택현이 나에게 창문을 조금 열어 놓으라고 한다. 잠시 후 김택현은 병식을 거론하며 짜증을 내기 시작한다. 학선의 말이 맞다는 것을 알았다. 전에 유건 형도 말한 적 있다. 아내와 이혼 후부터 성질이 안 좋아졌다고 한다. 김택현은 어제 병식이 찾아와 술이 취해 자신을 원망하더라고 했다. 예비군 중대장 시절 소대장을 시켜 달라 했는데 중대장님께서 저를 외면한 것이 지금도 서운하다며 처음에는 병식의 말이 농담이려니 했는데 병식이 계속해서 그때 일이 서운하다며 하소연을 하더란다.

다시 술 한 모금을 마시고 난 김택현. 군대에서 유능한 지휘관들은 술 좋아하는 부하한테는 중요한 보직을 맡기지 않는다며 병식을 예로 들었다. 김택현 자신이 병식을 소대장 시켰으면 무지하게 고생을 했을 것이라고 한다.

"병식이 술만 먹으면 횡설수설 할 때가 한두 번 아닌데 내가 미쳤다고 그 놈을 소대장 시켜?"

어느새 흥분된 김택현. 군에 있을 때 선배의 이야기를 들려준다. 농구부를 그만두고 경기도 연천에서 중대장으로 근무할 당시, 같은 대대의 선배 김성식에게는 술푸대라는 별명이 있었다. 김택현은 그와 처음 만났을 적 그의 집을 찾은 적이 있었다고 한다. 둘째아들이라고 애가 무척 재롱을 부리기에 김택현은 아이에게 아빠의 이름을 물었다. 발음이 정확치 않은 아이는 후대를 외쳤다. 다시 한 번 아빠의 이름을 묻자 돌아오는 대답 역시 후대다. 어린아이의 말을 이해 못하는 김택현에게 김성식의 처가 말하기를,

"술푸대래요, 아빠가 술푸대래요."

김택현은 아이의 말에 웃고 말았다. 김성식 그가 술을 좋아한다는 말은 여러 사람으로부터 들었다. 한번은 돈이 떨어지고 외상값이 밀려 있고, 술은 더 먹고 싶고, 돈은 구할 수 없고, 술을 자제할 수도 없어서 그만 사단장 지프차에 붙은 별판을 떼다 술을 바꿔 먹었다고 한다. 이를 알고 격노한 사단장은 김성식을 감방에 쳐넣었다. 망신은 망신대로 숱한 고생을 하고 감방에서 돌아온 김성식에게 중책을 맡기지 않았다

고 한다.

김택현은 김성식과 같이 근무할 당시, 새로 부임한 신임 장교들과의 회식이 끝나고 인근 당구장으로 갔다. 그때 전방지역 부대에는 비상령이 발동되었다. 한창 당구 게임을 즐기고 있을 때, 갑자기 헌병들이 들이닥쳤다. 그 중에서 계급이 높아 보이는 헌병 중사가 다가와,

"아니 장교님들, 지금 때가 어느 땐데 당구를 치고 있는 거요?"

김택현과 김성식을 훑어보던 그는 신임장교들에게 장교 신분증을 요구한다. 이제 막 부임한 신임장교들한테는 신분증이 없을 수밖에 없다. 무리한 요구를 하는 헌병들의 횡포에 참지 못한 김택현이 들고 있던 당구대로 헌병 중사의 하이바를 내리쳤다. 헌병이 쓰고 있던 하이바는 쪼개졌다. 지원을 받은 헌병대원들에게서 사단 헌병대로, 그리고 며칠 후 군단 헌병대로, 마침내 계급장을 떼어내고 일반병들과 같이 수감되었다.

군단 헌병대 주번 사령이 아침 점호를 받는다. 온몸에 힘을 잔뜩 준 주번 사령이 김성식을 확인하고 어이없다는 듯,

"야 이게 누구야, 김성식 아냐? 사단장 지프차에서 별판 떼다 술 바꿔먹은 놈. 니가 아직도 정신을 못 차렸구나? 이 한심한 인간. 그래 옆에 있는 놈은 김택현이고, 헌병 중사 하이바 때려 부순 놈. 지금이 때가 어느 땐데. 니놈들 아무래도 군복 벗어야 될 것 같다."

군대생활에 그렇지 않아도 불만이 많은 김택현이 화가 치민 끝에 주번 사령을 향해 소리를 친다.

"군복을 벗기던지 옷을 벗기던지 당신 마음대로 해."

"허, 그래 김택현. 내가 니 새끼 소원대로 해주지."

주번 사령이 돌아가고 나자 김성식이 난리를 친다. 김택현을 질책하기 시작한다.

"아 이 사람아. 왜 그런 말을 하구 그래. 아이고 이제 나가기는 다 틀

렸구나."

수도 없이 이제는 다 틀렸다고 내뱉는 그에게 미안하다는 말밖에 할 수밖에 없었다.

김택현과 김성식이 군단 헌병대에 수감이 되고 나서부터 헌병대 정문 앞에서는 여인의 곡소리와 아이들 울음소리로 진동을 하기 시작했다. 아이 하나는 업고 둘은 손을 잡고 모두 같이 하나가 되어 낮이고 밤이고 울부짖는다. 남편을 향한 여인의 애절한 곡소리에 감동을 한 것일까, 아니면 아이들의 부정을 외면할 수 없는 동정심이었을까. 엄하디 엄한 군법에도 눈물은 있었다. 김택현과 김성식은 석방이 되었다.

나와 학선이 상을 치우고 나서 김택현의 집을 나섰다. 학선이 다리가 많이도 후들거린다. 이제는 늦은 것이 아닌가 하는 생각이 든다. 또 다시 모래시계가 생각난다. 많이 쌓여있을 것이리라.

미래의 주역

달동네에 큰 변화가 일었다. 달동네에서 그리 멀지 않은 곳에 경륜 장이 생기고 말았다. 하나 둘씩 찾아가던 곳이 이제는 너나 할 것 없이 즐겨 찾는 명소로 자리를 잡았다. 경륜 경기가 열리는 날에는 동네엔 사람들이 거의 없을 정도로 모두 경륜 재미에 푹 빠져들 있다.

미래의 주역이라 할 젊은이들은 점점 늘어나고 있다. 그들 모두라 할 정 도로 처음과는 달리 점점 거칠어져가는 모습을 보여주곤 한다. 물론 술이 많이 되었을 때다. 친구들 대다수가 공공일을 주업으로 하고 있다. '원님 덕에 나팔을 분다.'고 평소 일을 하지 않았던 사람들도 공공일을 나간다.

정민 형은 직장생활에 아무런 지장 없이 꾸준하게 가끔은 젊은 애들 과 어울려 화투를 친다. 술에 취해 투전판으로 달려드는 정민은 젊은이 들의 적수가 되지 못한다. 가진 돈 모두 털리고 나서야 일어난다. 쾌활 한 성격이라 어제의 일에 대해서는 후회를 모른다. 나는 화투판에서 생 활비 모두 잃었다며 눈물을 흘리는 사람을 달동네에서만 여럿 보았다.

오래 전 일을 끝내고 목로주점을 들른 나는 몹시도 슬피 울고 있는 연수를 보았다. 나는 깜짝 놀라 옆에 있던 친구들에게 물었다.

"아니 연수한테 도대체 무슨 일이 있기에 저렇게 울고 있냐?"

나에게 알 거 없다며 모두 나를 외면한다. 나는 그때의 일이 무척 궁금했었다. 수 년이 지나서야 궁금증이 풀렸다. 나와 동종의 직업을 가진 진호 형으로부터 그날에 있었던 일을 알게 되었다. 나는 어이가 없었다. 나는 도박을 잘 안다. 어렸을 적에 심할 정도로 화투를 하지 않았는가. 판돈 마련을 위해 나는 온갖 못된 짓을 하고 다녔다. 크나큰 허탈감도 맛보았다.

도박은 병적인 요소도 있지만 무서운 독소도 있는 것이다. 행복했던 가정이 모두 파괴될 수도 있는 일 아닌가. 도박으로 인해 모든 것을 잃고 거기에 추한 모습을 얻어 자신마저 잃어버릴 수 있다.

술이 어느 정도들 되었다. 조정민이 오늘은 미국대통령 부시를 맹비난한다. 부시는 지금 정치를 잘못하고 있다. 만약 클린턴이 평양에 갔으면 북한 미사일 문제가 쉽게 해결될 수 있었다며 열변한다. 클린턴을 가지 못하게 만든 미합중국 대통령 부시를 향해 강도 높게 비난을 한다. 나는 조정민을 북한문제 전문가라고 치켜세웠다. 정민은 나의 말에 언제나 힘을 얻는다. 나는 그를 더욱 부추겼다.

정민 형의 목소리가 높아지자 언제나처럼 학선이 웃는다. 앞뒤 말에 순서가 조금 바뀌었을 뿐 조정민은 여느 해설자 못지않은 전문성을 보여주고 있다. 검열을 거치지 않은 그의 직설적인 화법은 오늘도 나의 가슴에 감동으로 이어진다.

조금 있으려니 2세들이 들어오기 시작한다. 나와 학선이 자리에서 일어났다. 언덕을 오르면서 나는 학선에게 말을 걸었다.

"학선아 우리 이제 젊은 애들한테 밀려나게 생겼다."

"동수야, 버틸 때까지 버텨. 내가 있잖아."

나는 학선의 말에 웃었다. 학선과 헤어져 조금 더 걷자 내리막이 나온다. 그 옛날 김택현 중대장을 처음 보았을 때 힘찬 발걸음 소리를 내며 걸어 내려오던 김택현을 처음 보았던 장소가 아닌가. 달동네 영웅이라 할 김택현. 그도 이제는 한물갔다. 그렇다면 이곳의 영웅은, 아니 주역은 2세들이 아닐까 하는 생각을 하면서 나는 웃었다.

　오늘 역시 일이 별로 없다. 점심시간이 지나가고 오후가 조금 지나자 한가하기만 하다. 어제 학선이 했던 말이 생각난다. 다시 한 번 웃어본다. IMF 사태가 터지기 전까지만 해도 우리들이 가장 어리다고 생각하지 않았는가. IMF가 달동네에도 큰 변화를 주었다. 생각지도 않았던 2세들의 등장, 아니 그 전부터 2세들이 전주집을 가끔씩은 찾곤 했다. 그 수가 한둘일 정도이고 지금처럼 그룹을 형성하지는 않았다.

　전에 축구회를 만들기 전 직장 간의 친선을 도모하기 위해 시합을 주선할 때 나는 부족한 선수들을 모집하기 위해 많은 어려움을 겪어야 했다. 지금의 2세들과 그들의 친구들을 볼 때면 서로 편을 나누어 공을 찬다 해도 풍족한 인원이라는 생각을 할 때가 한두 번이 아니었다.

　내가 달동네를 즐겨 찾는 것은 여러 가지 이유가 있다. 친구도 친구거니와 지금 살고 있는 동네와는 달리 나를 알아볼 수 있는 사람들이 없다는 것이 나의 마음을 편하게 해준다. 이곳 달동네를 찾아오는 이들 중에는 나와 같은 생각을 하는 이가 많을 것이리라. 이곳 달동네를 찾기 시작한 2세 친구들 역시 우리와 같은 마음일 것이다.

　모여 있는 2세들의 모습에서는 아무것도 느낄 수 없다. 있다면 하루하루를 재미있게 보낼 수 있다는 것이 아닐까 나는 생각해본다. 그들도 이미 성인이 된지 오래다. 부족할 것 하나 없는 사람으로서 사회의 구성원이 된지 오래된 이들이다. IMF 사태가 일어나지 않았다면 지금 이렇게 아까운 젊음을 허비하지 않을 것이리라.

　낮과 밤이 따로 없을 정도로 형성되어 있는 달동네의 음주 문화. 너도 나도 많은 인원이 모여드니 자연스럽고 편안하게 아무 거리낌 없이 자유분방한 모습들을 보여주는 것이라고 인수 형이 전에 하던 말이 다시 생각난다. 달동네에 들어와 얼마 되지 않아 폐인 된 사람 여럿 보았다. IMF, 오래갈 것이라 사람들은 말한다.

몇 년이 흘러가면 달동네에 어떠한 변화가 있을까. 나 또한 어떻게 변해있을까. 다가올 미래만이 답을 알 수 있을 것이다.

퇴근길이 일렀다. 길 건너 정류장에는 낯선 인물이 서 있는데 그는 다름 아닌 또라이 협회장 정강호가 아닌가. 나는 그를 보고 크게 외쳤다.

"회장님!"

"어 그래 백동수, 오랜만이다."

나는 정강호와 함께 정류장 옆에 있는 호프집으로 갔다. 정강호는 얼마 전까지 지방에서 일을 했다고 한다. 이곳 G동에서 일을 하려고 했는데 여의치 않다고 한다. 정강호와 많은 이야기 끝에,

"어이 백동수."

"네 회장님, 말씀하십시오."

"나도 이제 나이를 먹을 만큼 먹어서 회장직을 내놓을까 하는데, 어떻게 백동수 자네가 한번 회장직을 맡아보는 게 어떻겠어?"

"아니 제가요, 아 미쳤어요?"

정강호는 나의 대답에 실망한 것일까 나를 노려본다. 그리고 맥주를 한 모금 마시고 나서 나에게 큰소리를 친다.

"미치다니 이 사람 백동수. 내가 그냥 한번 해본 소리네. 하찮은 또라이 협회 회장이라지만 그래도 협회장의 장자가 들어간 자린데 누가 그걸 쉽게 내놓나."

아뿔싸. 내가 그만 실수를. 그냥 받을걸!

헤어지던 정강호는 부산에 가서 배를 타야겠다고 한다. 이후 그를 보았다는 말은 어디에서도 들을 수 없었다.

07
황혼을 준비하는
달동네

어머니가 보고 있다

　이제는 달동네뿐만 아니라 온 지역이 경륜장에 빠져 즐겁게 지내는 것을 알 수 있다. 경륜장이 생기고 나서 인근 지역이 광범위할 정도로 경륜 피해가 일파만파로 이어진다. 누군가는 정부에서 주관하는 합법적인 도박장이라고 비판을 하곤 한다. 왜 정부에서는 이런 일을 벌인 것인가. 나로서는 좀처럼 이해가 가질 않는다.

　오늘도 경륜경기가 있던 날, 전봇대 등불 밑에서는 패자부활전이 시작되었다. 화장실에 다녀오고 좌석에 앉은 나는 용식에게 물었다.

　"왜 요즘 타짜가 화투를 안 해?"

　나의 말에 어이없다는 표정으로 나를 바라보는 용식.

　"하면 뭘 해."

　"아니 하면 뭐 하다니 몇 푼이라도 벌어야 할 거 아냐?"

　옆에 있던 학선이 웃는다.

　"아니 따면 뭘 할 거야. 다시 뺏기는데. 이놈 저놈 다 달라고. 따야

본전인데 그걸 뭘 달려들어."

용식의 말에 나는 웃었다. 학선도 웃었다. 우리는 용식이 타짜라는 것을 잘 알고 있다. 화투판을 보면 그의 손이 근질근질 할 것이라 짐작을 해본다. 용식은 공공일로 직업을 바꾼 지는 오래됐다. 화투를 하지 않아도 생계는 걱정하지 않아도 된다.

영주 형이 들어온다. 캬바레를 다녀오는 듯싶다. 언제 보아도 동년배 친구들과는 달리 젊게 보이는 외모에 내적인 면에서도 세상을 훤히 들여다보는 사회관, 품위 있어 보이는 행동, 이북 사투리가 섞인 강한 언어…. 오늘도 그는 두목과도 같은 카리스마를 연출한다. 우리의 생각대로 캬바레를 다녀오는 길이라고 한다. 잠시 후 계산을 끝으로 전주집을 나선다. 언제나 절제된 마음으로 절도 있는 모습을 보여주는 형이다.

학선과 달동네를 한참 올랐다. 멀리 보이는 평상에는 누군가가 누워 있는 모습이 보인다. 가까이 가보니 성호 형이 구멍가게 평상 앞에 누워있다. 성호 형이 술이 많이 된 것이라는 생각에 우리는 빨리 집으로 들어가라고 했다. 알았다며 일어나는 성호 형, 담배를 꺼낸다. 지독한 골초라는 것은 동네 사람 모두 아는 일이다. 몸이 너무 말랐다. 건강을 잊어버린 것인가, 아니 잃어버렸다는 말이 옳지 않을까.

집으로 향하는 성호 형을 보고 나와 학선은 걸음을 옮겼다. 나는 학선에게 말을 건넸다.

"성호 형 옛날에는 참 멋있었는데 이제는 당뇨가 심해 노인네가 다 되어가는 것 같아. 이제는 폐인이 된 것 같아."

"나는 안 그러냐, 동수야. 나도 밤낮으로 술이나 찾고 애 엄마 보기 미안할 뿐이다."

"알긴 아는구나? 그런 놈이 노력은 않고."

"이런 썩을 새끼. 그래, 니 말 맞다. 할 말 없다. 들어가라 동수야."

집으로 내려가는 학선을 보고 길을 다시 오른다. 학선이 이제는 몸이 더 부실해져 가는 것을 알 수 있다. 힘든 일을 하기에는 어려울 것이라고 생각한다. 이제는 늦은 것이 아닐까. 학선에게 많은 문제가 있지 않을까. 그건 내가 이미 알고 있는 일이 아닌가. 내가 알고 있다면 학선의 잘못된 점을 내가 고칠 수도 없는 일이 아닌가.

다 큰 아들을 사랑으로 감싸려는 그의 어머니, 언제 보아도 무미건조한 표정의 후덕한 마음을 가진 그의 아내가 학선을 이끌어가기에는 역부족일 것이리라. 조금 피곤해도 여우하고는 살아갈 수 있다 하지 않는가.

오늘도 많이 마셨다. 갈 길은 아직 멀고, 술은 취하고, 그래도 기분은 좋다. 강 형사는 방을 얻었다. 재개발을 앞둔 달동네라 그리 많은 돈을 들이지 않고 전세를 얻을 수 있었다고 한다. 몹시 좋아하는 천기는 술이 취해 있을 때면 찾아오는 사람들한테 여기는 내 집이라며 큰소리를 친다. 전화라도 오면 전보다 큰 목소리로 강 형사라고 외치곤 한다.

천기가 술을 먹지 않았을 때에 그의 모습은 언제나 단정하고 깔끔하다. 몸에 힘을 줄 때면 외관상 형사로서 크게 부족해 보이지 않는다. 나와 동네 사람들이 형사라고 불러주면 언제나 점잖은 경찰관의 모습을 보여주곤 한다.

우리들은 천기의 집을 찾을 때면 모두들 강 형사라고 크게 외치곤 한다. 우리들의 목소리를 뻔히 알면서도 술만 취하면 으레 누구냐고 큰소리를 친다. 이웃에 사는 사람들이 조금은 피곤할 것이라 생각해본다.

IMF 이후 거의 일을 하지 못한 상식. 전의 깔끔하고도 어느 누구보다도 준수해 보이던 모습은 이제 보이지 않은지 오래됐다. 상식이 가지고 있는 시계는 너무도 빨리 지나가는 것만 같다. 지나온 달동네 환경에서 보았듯이 안타까운 청춘들이 망가져 가는 것을 수도 없이 보아온 나는 상식의 앞날이 순탄치 않을 것이라고 느꼈다. 너무 좋은 사람이었기에 그가 안쓰럽다. 세월이 가면 그도 그 누구처럼 되지 않을까.

충주집을 나와 여인숙으로 향하는 상식, 몸이 무거워 보인다. 김택현의 집을 들리기에는 늦은 시간이란 생각을 한다. 밤길을 걷기엔 더 없이 좋은 날씨다. 나는 공원길을 걷기로 했다. 운동을 나온 사람들이 몇몇 있을 뿐 공원은 한적해 보인다. 내려다본 달동네는 조용하게만 보인다. 오늘도 달빛은 그늘진 달동네를 비추고 있다.

아무래도 일자리를 한번 옮겨야겠다고 생각했다. 지금 다니고 있는 곳보다는 조금 멀리 떨어진 곳에서 사람을 구한다고 한다. 지금 다니고 있는 공장보다는 일거리가 많고 작업 환경 또한 좋다고 들었다. 오후 시간이 되어 사장에게 그만 두겠다고 했다. 내 실력을 잘 아는 사장은 붙잡지 않는다.

서울을 조금 벗어난 곳에 위치한 공장은 규모가 그리 크지 않다. 사장님은 무척 어려 보인다. 실력은 대단한 정도다. 알맞은 키에 얼굴도 미남이라 할 정도로 잘생겼다. 나하고는 대화를 많이 하지 않는다. 오후가 좀 지났다 싶으면 어김없이 찾아오는 무리들 거의가 사장보다는 연배의 사람들이 대다수다. 그들 역시 나하고는 거의 말을 하지 않는다. 그래도 젊은 사장과 그들 무리는 많은 대화가 오고간다.

일을 한지 며칠이 지났다. 그들의 대화 내용은 주로 도박에 관한 이야기 아니면 경주마에 관한 이야기다. 언제나 많은 이야기가 오고간다. 때로는 아쉽다는 이야기를 진지하게 이어가는 모습들을 보여준다. 나하고는 전혀 상관없는 일이고, 그들과 전혀 대화가 없다 해도 과언이 아니다.

어느 정도는 예견했던 일이지만 학선의 처가 집을 나가고 말았다고 한다. 올 것이 오고야 말았다. 당사자는 크게 개의치 않는다. 가진 것 없어도 언제나 여유만만 하다고나 할까. 학선의 어머니가 아이와 모든 집안일을 돌봐주고 있다.

오늘은 천기의 집으로 닭과 야채, 갖은 양념을 준비해 갔다. 물론 사전에 천기에게 전화를 했다. 천기의 집에서 그리 멀지 않은 학선에게 전화를 했다. 얼마 후 대문을 두드리는 학선,

"야 강 형사, 문 좀 열어."

"누구야?"

"빨랑 문이나 열어 새끼야"

우리는 푹 삶은 닭에 술을 곁들여 만찬을 즐겼다. 취기가 오른 학선과 천기는 오늘도 티격태격한다. 오늘도 천기는 형사를 흉내내며 학선을 놀려댄다. 가끔씩 한 대 얻어맞는 천기다. 그래도 좀처럼 포기하지 않고 끊임없이 학선을 놀려댄다.

어느 정도 시간이 흘러 천기 꼴 보기 싫다며 학선이 일어선다. 학선이 대문을 나설 때까지 약을 올리는 천기. 학선이 돌아가고 나서 나와 마주앉은 천기는 지나간 일들을 이야기 한다. 자신이 어렸을 적 술만 취하면 어머니를 괴롭히던 아버지에 지친 어머니가 그만 집을 나가게 되었다고 말한다. 전에 친구 복진에게 들었던 일이지만 나는 모른 체 듣기만 하기로 했다.

천기는 잠시 후 깜짝 놀랄 이야기를 늘어놓는다. 어머니가 집을 나가고 몇 년 후 천기는 그만 큰 사건을 저지르고 말았다고 한다. 일간신문 사회면에 대서특필 될 정도로 엄청난 사건이었다. 당시 어린 나이로서는 상상도 못할 큰 범죄를 저질렀다고 한다.

"형님, 나한테 실망하셨지요?"

"아냐, 솔직하게 얘기하는 자네가 나를 믿는다는 게 좋아. 어렸을 적 환경에 의해 저지른 일인데 뭘. 누구보다도 자네를 믿을 수 있어."

"동수 형님, 나를 이렇게 이해해주시니 정말 고맙습니다. 형님 사건에 대해 알고 싶으세요?"

"아냐 됐어, 자네의 슬픈 과거 이미 지나간 일이야. 내가 알아 뭐하겠어."

"네 그럼 그 일은 말 안 하겠습니다. 저는 그 일로 인해 서울에서 멀지 않은 지방 소년원 충의대로 가게 되었습니다."

소년원 충의대, 나는 많이 들어봤다. 천기는 그곳에서는 못다한 공부도 할 수 있었다고 한다. 그리고 충의대 행사 때는 맨 앞에서 지휘봉을 들었다고 한다. 충의대에서 많은 교육을 받은 재소자들은 드디어 가족들을 초청하여 공연 퍼레이드를 하게 되었다. 언제나처럼 충의대 맨 앞에서 지휘봉을 든 강천기. 천기는 사열대 관중석 어디에선가 보고 계실 어머니를 생각하여 너무 긴장을 한 나머지 그만 지휘봉을 떨어트리고 말았다고 한다. 천기는 수많은 연습에서도 한 번도 지휘봉을 떨어트린 적이 없었다. 순간 얼마나 당황했는지 모를 정도였다고 한다. 천기가 지휘봉을 떨어트리고 나서 당황하는 모습을 보이자 사회자의 음성이 들려왔다. 저 멀리서 보고 계실 어머니를 생각한 나머지 그만 실수를 하고야 말았다고 했다. 연습 때는 한 번도 실수하지 않은 우리의 생도라며 이어 박수를 이끌어내는 사회자의 말이 그렇게 고마울 수 없었다.

전에 있던 데보다는 일이 많다. 먼지도 덜 나는 것이 좋기만 하다. 사장은 출근이 늦어진다. 못다한 청소를 하고나서 어제 천기가 했던 말을 생각해본다.

'소설이나 영화에서 있을 수 있는 일이 아닐까. 기구한 운명이라 할까, 환경이 만들어낸 작품이랄까. 강천기는 어렸을 적 도대체 무슨 큰일을 저지른 것일까. 궁금하지 않을 수 없었다. 그러나 물을 수 없다. 아니 물어서는 안 된다. 나를 믿고 있는 천기, 나는 그를 존중해야 한다. 강천기 과거를 덮어야한다. 잊어야한다.'

보다 밝은 생활을 해야 한다. 지금의 이 환경을 이겨내야 한다. 쉽지는 않다. 그러나 방법은 있다. 이곳을 벗어나야 하지 않을까. 그것이 방도가 아닐까. 남의 일만이 아니다. 나 역시 남들과 다르지 않다. 그저 걱정만 할 뿐….

오늘도 태근은 틈만 나면 감독 코치 흉내를 낸다. 태근이 우리 축구회에 들어 온지는 그리 오래되지는 않았다. 그는 유머도 조금 있고 형들과 동생 모두에게 밉게 보이지 않았다. 태근은 잘못된 점을 잘 지적하는 것 같다. 우리 축구팀으로 오기 전 직장에서 공을 오래 찼고 실력도 괜찮다. 재춘이 카리스마는 있다하나 축구에 대한 상식이 부족하다. 그래도 우리 축구회에서는 없어서는 안 될 인물이다.

각종 대회에 나가 질서가 잘 잡힌 팀들을 볼 때면 너무 부러울 뿐이다. 혹시라도 팀에 부담이 되는 행동과 말을 할 때면 여차 없이 임원진이 나서 제지하는 모습을 보일 때면 우리 축구회는 아직도 가야할 길이 많이 남아 있다는 것을 알았다. 경기 도중 실수라도 하는 회원이 있으면 목소리를 높여 질타하는 회원들이 몇 있다. 이제는 동생뻘들도 가담하는데 그래도 심할 경우에는 재춘이 나서 제지를 잘한다.

축구회를 처음 만들었을 때 나에게 회장 다음으로 권위 있는 총무를 맡으라고 많은 사람들이 권했다. 나의 생활환경으로서는 부담이 갔다. 나는 거절했다. 총무가 몇 번 바뀌고 나서도 나에게 총무직을 제의하면 나는 그때마다 거절했다.

홍화가 떠난 지 한 달이 되었을까 전화가 온다. 누굴까 대답이 없다. 잠시 후 흐느끼는 여자의 목소리. 홍화가 틀림없다. 그녀가 울고 있다. 무언가 잘못 되었다는 느낌이 든다. 그것이 무엇인지 알 것 같다. 아니, 확실하게 알 수 있다. 홍화의 신변에 이상이 있음을 직감했다. 나는 전화를 끊었다.

그러고부터 며칠 지났을까 오전 작업도중 한통의 전화가 걸려온다. 신호음으로 보아서는 중국이 틀림없다. 나는 누구냐고 묻지 않았다. 잠시 후 전화가 꺼진다. 며칠 전 걸려온 홍화의 전화다. 생각했던 대로 나의 판단이 틀리지 않았다. 죄의식을 전혀 느끼지 못하는 조선족들의 행태를 생각하니 또다시 한탄스러울 뿐이다. 많은 손해를 보았다하나 나 역시 떳떳치 못한 마음 누굴 원망하리오.

구원의 눈빛

충주집에는 정호 형과 용식이 앉아 있다. 전주집에도 모습을 안 보이는 학선이 술병이 단단히 난 것을 알 수 있다. 나는 정호 형에게 인사를 하고 그의 옆으로 갔다. 정호는 아주머니에게 술 한 병과 잔 하나를 더 시킨다.

나는 용식과 더불어 이 얘기 저 얘기 끝에 술 한 병을 더 시키고 나의 직장 이야기를 하였다. 공장 사장과 그 친구들 또는 그 동네 형들과 나는 대화가 전혀 없을 정도라고 정호 형과 용식에게 말했다. 나의 이야기를 듣고 있던 정호가 한 마디 한다.

"동수야, 그럴 수밖에 없지. 니가 경마를 하냐, 포커를 하냐. 당연히 너하고는 대화거리가 없는 거야. 그럴 수밖에 없어."

"아니 그런데 말입니다 형님, 그 사람들은 여자 얘기도 잘 안 하던데요."

이번에는 용식이 나선다.

"아, 그 사람들 경마와 놀음이 여자보다 더 좋은가보지."

"야 그럼 동수 너는 여자가 좋은가보지?"

"아니 정호 형, 여자 싫어하는 남자가 어디 있어요?"

나의 말에 정호 형과 용식이 웃는다. 그들을 보며 나도 웃었다.

성호 형이 들어온다. 전주집에는 들어갈 틈이 없었나보다. 성호 형이 들어오자 술 먹지 말고 빨리 들어가라고 호통을 친다. 성호 형이 되돌아 나가자 정호가 목소리를 낮춘다. 그리고 주위를 한 번 보고난 후,

"동수야, 너 이런 말 좀 해서 뭐하지만, 용식이하고 같이 교회나 다녀라. 지금 니들같이 없는 사람들은 교회 가야 빨리 결혼할 수 있다. 내 말 듣는 것이 좋을 거다. 교인들은 있는 사람 없는 사람 크게 따지지 않는다."

정호 형은 조금 전보다는 더 신중한 모습으로 다시 말을 이어간다.

"동수야, 니 형수 봐라. 나 뭐 보고 살겠냐? 교회 다니면서 믿음을 갖고 마음 편하니까 살지. 내가 니 형수 속을 좀 썩였냐? 나도 교회 나가고 해서 좀 나아진 거지."

정호 형은 나와 용식에게 잔을 들라고 한다. 술을 모두 비우고 나자 정호 형은 우리들을 한번 쳐다본다. 이어,

"동수도 그렇고 용식이 학선이 모두 교회 나가야 사람대접 받는다. 지금 니들 이렇게 살 필요 없다."

나는 정호 형의 말을 듣기만 했다. 정호 그가 우리들을 위해 진정으로 말하는 것이라 의심치 않는다. 나와 용식에게 자신의 말을 잘 생각해보라며 정호 형은 일어섰다. 술 한 병을 더 시켰다. 나는 용식에게 그는 나에게 우리는 그렇게 그리고는 말없이 마셨다. 계산을 하고 용식과 충주집을 나섰다.

가로등 불빛 아래엔 장사진을 이루었다. 어제는 파출소 순경이 신고를 받고 왔다며 모두 해산 시켰다고 용식이 말해준다. 뒷짐을 지고 가로등 불빛으로 걸어가는 용식을 보며 집으로 갔다. 시간이 넉넉하다.

달동네를 오르기로 했다. 조금 걷자 구멍가게에 앉아 고개를 숙인 성호 형을 보았다. 나는 성호 형을 향해 늘 하던 대로, 요 위에 술과 안주가 기다리고 있다고 그를 이끌었다. 나는 성호 형을 집까지 모셨다. 아니 그가 나를 손쉽게 따랐다. 나에게는 너무나도 쉬운 일이다. 나의 말을 잘 듣는 형님이 고마울 뿐이다.

걱정과 우려했던 일이 벌어지고 말았다. 어제 저녁 무렵 학선이 119 를 탔다고 천기가 알려준다. 올 것이 오고야 말았구나. 모래시계는 정확했다. 기다리지 않았던 시간이 오고 말았다. 전주집 아주머니 역시 예정된 일이라는 듯 말한다. 정태가 들어온다. 학선의 소식에 오늘도 자신만의 철학을 내놓는다.

"술을 먹어도 좋다 이거야. 밥을 먹어야지. 이건 밤낮으로 술만 빠니 그놈의 내장이 배겨 나겠어? 동수 너도, 천기 너도 꼭 밥을 먹으란 말야."

복진이 들어온다. 정태가 기다렸다는 듯이 복진을 보며,

"이 물간 동무, 이것도 빨리 어떻게 처치를 해야 돼."

정태에 질리 없는 복진이 두 손을 모아 깍듯한 인사를 하고 나서 정태를 향해,

"아이고 우리 송 사장님도 별 말씀을 다하고 자빠지셨네."

복진의 말에 모두 웃는다. 복진이 이제는 공공일에만 의존하려 한다. 끊임없이 복용하는 술로 인해 그도 신체가 많이 안 좋아진 것을 나는 잘 알고 있다. 그래도 말은 잘한다. 그만 보면 웃을 수밖에 없다. 복진, 이젠 그도 예정돼있는 모래시계라는 생각을 한다. 재미로 하던 농담이 이제는 점점 진담으로 시도 때도 없이 버릇으로 이어져 남들로부터 빈축을 사기 일쑤다.

전에 나와 서운했던 감정이 있었다지만 시간이 지나면서 다 잊을 만큼 언제나 그는 재미있는 사람이었다. 정태와 같이 나오는 오래된 친구, 이미 조용히 지나간 모래시계 아닌가. 그리고 앞으로 다가올 시간

은 크고 빠를 것이라고 생각을 한다. 복진 그는 자신의 앞날을 생각해 본적 있을까. 잃은 것을 생각해보았을까. 자포자기한 것은 아닐까. 아니면 이미 마음을 잃어버린 것은 아닌지. 때로는 얄미우리만치 약삭빠른 행동을 보이던 복진, 어려운 일이지만 재주를 살리지 못하는 것이 아쉽다.

아쉬운 사람은 옆에 또 하나 있다. 정태, 이제는 버릇이 만연되어 있다고나 할까. 이해할 수 없는 행동으로 동네 사람들로부터 비난을 받기도 한다. 그에게는 오래 전부터 짠돌이라는 별명이 따라붙었다. 결혼 전 친구들 중에서는 가장 돈을 잘 썼던 정태, 술좌석 끝에는 가끔씩 커피를 살 만치 여유가 있던 그 아닌가. 결혼 후 달라진 그의 모습에서는 한 집안의 가장으로서 책임을 다하는 모습을 보여주는 것이라 생각했다.

그러나 시간이 지나고 날이 갈수록 그의 짠돌이 행각은 어느새 버릇으로 이어졌다. 나와 친구들에 대한 실망의 도가 넘었고 이제는 새로운 2세들과 그들의 친구들마저 정태를 비난하기 일쑤다.

복진의 농담과 나의 재치로 전주집 분위기는 그 어느 때보다 즐거움으로 가득하다. 복진이 함께할 때면 곁에 있던 모든 사람들이 다툼이 없을 정도다. 우리 둘만이 아니라 모든 이들의 이야기에도 다 함께 호응을 해준다. 나에게는 그리 어렵지 않은 일이다.

무뢰한

한 기사는 청호와 싸움 끝에 그만 병원으로 실려 가고 말았다고 한다. 순간 다시 한 번 청호는 무서운 사람이라고 생각했다. 다친 한 기사의 상태가 궁금하지 않을 수 없다. 청호는 힘이 무척 세다. 노가다 기술직으로 다져진 손목 힘이 대단하다고 익히 들어서 알고 있다. 윗사람이라고 예외를 두지 않는 청호다. 약자들에게는 더욱 횡포가 심한 것을 알 수 있다. 교활하다 할 만큼 지능적인 면을 보여주기도 하는 청호를 볼 때 성렬이 생각난다.

오래 전 청호와의 싸움 이후 폐인이 되다시피 한 성렬이다. 청호와 싸움 이후 그는 많이 달라졌다. 밤늦도록 동네 대폿집을 휩쓸고 다니며 시비를 붙곤 하던 성렬의 모습은 그 어디에서도 더는 볼 수 없었다. 장사를 하며 열심히 살아가는 성렬의 모습을 보며 점잖은 사람이라며 칭송을 하는 이도 있었다. 물론 그들은 성렬을 오래 알지 못한 사람들이다.

얼마 전 전주집에서 청호의 성격을 잘 알지 못하는 사람이 청호의 비아냥에 화가 나 언쟁을 벌이다 청호에 이끌려 봉변을 당할 위기에 처해 나는 얼른 일어나 청호를 말렸다. 청호의 손아귀에서 벗어난 사내가 집으로 가는 것을 보고 안심할 수 없었다. 사내가 돌아가자 나한테 화를 내며 수모를 주는 청호. 전주집 아줌마와 나는 청호를 겨우겨우 달랬던 생각이 난다.

영근에 이어 최종수가 충주집으로 들어온다. 멀쩡한 모습으로 영근 형과 함께 나타난 최종수는 몇 년 만에 보는 훤한 얼굴이었다. 최종수는 공공일을 하고 있다고, 그것도 조장을 맡고 있다고 한다. 충주집 아줌마는 최종수 씨가 벼슬을 했다고 웃는다. 최종수도 웃고 우리 모두 웃었다.

최종수 그를 달동네에서 처음 보던 시절, 여럿이서 그가 사온 통닭으로 술을 한잔씩 한 적이 있다. 생각보다는 온순해 보이는 종수의 모습에서 악의는 찾아볼 수 없었다. 대화 도중 난체를 전혀 하지 않고 털털해 보이는 최종수다. 진영이 그를 좋아하는 이유가 그것이 아닐까. 진영이 언제나 최종수 이야기만 나오면 좋은 사람이라고 했다.

최종수는 술을 먹지 않았을 때에 평상시 그의 모습은 침울해 보이면서도 고독함을 느낄 수 있다. 가끔씩 성호, 정호 형제와 몇몇 소수만이 함께하는 것을 볼 뿐 동네 사람들과 어울리는 모습을 거의 본적이 없을 정도다. 그래도 가끔은 김택현 중대장 집을 찾기도 한다. 술을 멀리하겠다는 최종수에게 영근이 음료수 한 병을 내놓는다.

잠시 후 최종수는 돌아가고 영근 형과 축구회에 대해 이야기를 한 다음 회장선거에 대해 영근 형은 늘 하던 말처럼 '구관이 명관'이라고 태춘 형과 덕호 형이 그래도 잘한 것이라 했다. 어지러운 축구회를 보며 중구난방이라 외치며 구관이 명관이라던 주장하는 영근이다. 처음에는 그 뜻을 몰랐다. 아니 한참 몰랐다. 우리 모두의 생각과는 달리 덕호 형의 연임을 주장하던 영근 형의 말이 옳았다고 본다. 보다 나은 회장을 원했던 내 자신이 부끄러울 뿐이다.

충주집을 나서는 영근은 나에게 빠지지 말고 운동장에 열심히 나오라고 헤어지는 나에게 언제나처럼 축구회 창설의 일등 공신이라며 파이팅을 외친다. 나는 집으로 가는 영근 형을 한참 바라보았다.

병원에서 돌아온 학선은 며칠 지나지 않아 처와 합의이혼을 하고 말았다고 천기가 말해준다. 학선의 마음을 교묘히 이용한 처가 식구들의 계획에 의해 신속히 이행된 이혼이다. 학선은 급한 성질에도 자신이 행한 일에 후회를 하지 않는다. 처와 이혼 후에도 유머를 잃지 않는 태연한 모습을 보여준다. 학선이 술만 빼놓고는 그 어느 것에도 욕심이 없다. 김택현 중대장도 학선이 인간미가 좋은 사람이라고 여러 번 그를 칭찬하곤 했다.

우리 모두 원했던 회장은 얻지 못했다. 상식 형이 새로운 회장으로 선출되었다. 모든 일에 있어 능력이 의심되던 형이다. 나는 어느 누구보다 그를 잘 안다. 자신을 감싸주려 애쓰는 나의 마음을 몰라주고 오히려 회원들에게 나의 입지를 약화시키는 언행을 하기도 했다.

언젠가 재춘으로부터 들은 이야긴데, 대가리가 나쁘다며 나를 질책하는 회원들에게 동수가 대가리는 나쁠지 모르나 머리는 좋다고 했다. 나는 상식 형의 말에 크게 웃은 적 있다. 그래도 나를 조금은 인정을 하는 것 같다. 상식 형은 나의 간절한 호소에도 불구하고 감독을 교체하고 말았다.

평소 인사성이 부족했던 재춘은 나의 많은 지적에도 아랑곳 하지 않고 목을 굽히지 않아 회장 눈에 거슬리는 것은 당연하다. 자신의 허물은 뒤로 하고 남의 실수를 좀처럼 용납 않던 재춘이다. 깐깐한 성격임에도 남에게 빚진 것은 꼭 갚고야 마는 신용 있는 모습의 재춘이 남을 더 이해해주고 포용력 있는 마음을 가지고 있었으면 한다. 나의 많은 아쉬움 속에 감독직을 내려놓고 말았다. 그리고 축구회를 떠났다.

새로운 감독으로는 태근이 선출되었다. 평소부터 운동장에서 남다른 열정을 보이며 해박한 논리를 펼치던 태근이다. 신임 회장 눈에는 감독 적임자라고 그를 생각하지 않았을까. 태근의 기대와는 달리 신임 총무로서 능력을 보여주지 못했다. 아니 전권을 행사하지 못한다. 태근을 대신해 다른 사람이 통솔을 하기 일쑤다. 감독은 총감독대로 위상이 흔들리고, 회장은 말할 것도 없고. 너도 나도 나선다. 젊은 층이라고 예외는 없다. 영근 형을 비롯해 말없는 회원들이 늘 고마울 뿐이다. 나뿐만 아니라 동네 사람들 역시 상식이 축구회를 이어가기에는 힘들 것이라 한 마디씩 내뱉는 사람들이 다수를 이룬다. 축구회 앞날은 불을 보듯 뻔한 일 아닐까.

전주집에 들어서자 사람들이 모여 무언가 이야기를 나누고 있다. 내용인 즉 병을 앓던 영일 형의 아들이 하늘나라로 가고 말았다고 한다. 어렸을 적부터 오랜 나날을 병으로 고생을 했다는 작은아들이다. 어머니가 무척 고생을 했을 것이라고 모두 입을 모은다. 우리는 그걸 전혀 몰랐다고 학선이 한마디 한다. 영일 형은 참 대단한 사람이다. 그렇게 어려운 상황 속에도 전혀 내색을 하지 않았다고 모두들 영일 형을 칭송한다. 나 역시 놀라운 사실이라고 감탄을 했다.

언제나 웃는 얼굴, 힘든 노동일을 하면서도 흐트러진 자세 한 번 보이지 않던 영일 형이다. 그동안 형수와 더불어 얼마나 많은 마음고생을 했을까. 나는 학선, 정민 형과 함께 인근에 있는 장례식장으로 갔다. 많은 사람들이 찾아왔다. 우리를 보며 웃어주며 반겨주는 영일 형이다.

"어서들 와라. 어린아이 장례식이니 절은 하지 마라."

우리는 영일 형의 권유에 자리에 앉았다. 그 어느 때보다도 멋있어 보이는 영일 형에게 우리 일행은 집안에 이렇게 어려운 일이 있었는지 알지 못했다고, 그간에 얼마나 고생이 많았냐고 모두 영일 형에게 위로를 건넨다. 말없이 웃기만 하던 영일 형이 입을 뗀다.

"그게 무슨 좋은 일이라고 얘기를 하고 다니겠냐."

정민 형이 나선다. 전주집 누님으로부터 오늘 처음으로 그 이야기를 들었을 때 깜짝 놀랐다고 했다. 영일 형은 우리보다 훨씬 이전부터 달동네 가까운 초등학교에서 조기축구회를 시작했다. 이야기 도중 자연스레 축구회 얘기를 꺼내는 영일이다.

"동수야 상식이가 축구회 회장이 됐다면서? 어떻게, 잘하고 있어?"

나는 영일 형을 보며 웃었다. 영일 형은 나의 미소에 조금은 눈치를 챈 듯한 웃음을 지었다. 나는 그동안 보았던 우리 조기축구회 사정을 모두 털어놓았다. 나의 이야기를 모두 듣고 난 영일 형은 그래도 태춘이 초창기 어려울 때 그만하면 잘한 것이라고 했다.

"태춘이가 축구회에 대해 뭐 아는 게 있나. 그래도 동수 자네가 많이 힘썼지."

"학선이 너는 지금도 술 먹기 바빠서 축구회 안 나가지?"

"젊은 새끼들이 싸가지 없어서 안 나가요."

재춘을 두고 하는 말이다. 오래 전 그와 다툰 적이 있다. 성질 급한 학선이 인사성 없는 재춘과 서로가 맞지 않는 것은 어쩌면 당연한 일이라고 생각했었다.

대화 도중 웃음을 잃지 않는 영일 형이 조금은 심각한 어조로,

"내가 남의 조기축구회를 이렇다 저렇다 할 입장이 못 되지만,"

잠시 말을 끊은 영일 형이 다시 입을 연다.

"상식이 그 사람, 회장감은 안 되는 사람이야. 아마도 순탄하지는 못할 거 같아. 아니 동수, 먼저 회장 괜찮던데 왜 연임을 시키지?"

"내가 뭐 힘 있나요, 다 회원들 뜻이지."

덕호 형을 염두에 두고 하는 말이라고 생각한다.

"총무도 바뀌었다면서?"

"네 바뀌었어요. 총무도 그렇고."

"안 돼 그럼. 총무하고 임원진이 자주 바뀌면 파벌이 생길 수 있어. 회장도 투표로 뽑으면 부작용이 많아. 임원진들이 모여 추천을 해야 축구회가 안정될 수 있지. 잘못하다간 중구난방이 돼버릴 수 있어."

중구난방이란 영일 형의 말에 영근의 말이 생각난다. 어지러운 축구회를 바라보며 중구난방이라며 한탄 섞인 말을 하던 영근 형. 천주교장으로 치러지는 장례식은 조용하기만 하다. 화투판은 전혀 보이지 않는다. 못내 아쉬워하는 정민 형과 우리는 장례식장을 나섰다.

08
변모하는 달동네

도박의 천국

오전부터 내리는 비로 인해 오후는 한가하기만 하다. 어제 영일 형과 진지한 이야기를 많이 나누었다. 매사에 진지하고도 합리적인 영일 형. 어제 또다시 확실한 모습을 보여주었다. 무엇보다도 슬픔과 괴로움을 달랠 수 있는 능력과 행동은 누구나 쉽게 할 수 없는 일이리라. 영일 형의 일이 좀처럼 머릿속을 떠나지 않는다.

어제 학선은 영일 형이 대단하다고 연발하였다. 아무 걱정 없는 사람처럼 우리들 모두에게 웃음을 보여주던 영일 형. 그도 집에 들어서면 몹시 답답하지 않았을까? 많이 힘들었을 것이다. 믿음을 가지고 살아가는 그의 아내가 그나마 위안이 되어주지 않았을까 생각해본다.

때로는 일과처럼, 아니 생활처럼 달동네를 찾는 나 역시 괴롭진 않다 해도 외로움을 달래려 달동네를 찾지 않는가. 술에 취해 때로는 거칠고 추한 모습을 보이는 동네 사람들. 그래도 내가 상대할 만큼 단순한 면을 여과 없이 보여준다. 아무 일도 아니고 웃어넘길 수 있는 일에도 괜한 자존심을 갖기도 한다. 가끔씩 다툼이 있을 것 같으면 서로에게 유리한 말로써 그들을 달래곤 한다. 나에게는 그리 어려운 일이 아니다. 이왕이면 다홍치마, 즐겁게 다 함께 즐기고 가면 좋은 일 아닌가.

오늘은 사장과 일과 도중 많은 대화를 나누었다. 자신은 오래 전 군대에 가기 전부터 경마를 하기 시작했다고 한다. 나이에 비해 기술이 좋아 많은 돈을 벌어놓고 군에 입대를 했고, 군 생활 속에서도 늘 경마장이 그리웠다고 한다. 어떻게 하면 경마를 할 수 없을까 고민을 했고, 많은 생각 끝에 전출을 결심했다고 한다. 많은 돈을 들여 세 번째 전출 끝에 주말이면 경마장을 찾을 수 있는 보직을 맡을 수 있었다.

병역의무를 마치고 사회에 나와서는 더욱 더 경마에 빠져들었다고 한다. 한때는 경마장 요원들의 미행을 받을 만큼 큰돈을 벌기도 했단다. 그러나 나이 삼십이 넘은 지금, 수중에는 돈이 별로 없다고 한다. 사장은 나에게는 절대 경마를 하지 말라고 당부한다. 돈은 딸 수도 없고 귀신도 못 맞춘다고 한다. 자신을 좋아하던 여자들도 많았고 사장과 같은 지역에 살고 있는 명망 있는 유지는 자신의 딸을 주겠다고 했다. 그러나 사장은 거절했다. 결혼을 하면 경마를 마음대로 못할 것 같아 포기를 했다고 한다.

아, 얼마나 심하게 경마에 빠져 있던가! 참으로 믿지 못할 이야기를 내뱉는다. 자신의 입장을 솔직하게 말한다지만 진심이 아니기를 바랐다. 사장이 두뇌가 명석한 걸 나는 알 수 있다. 그가 알고 있는 사람들 거의 모두 그에겐 연상이다. 그래도 그는 그들과의 대화에 있어 언제나 우위를 선점하는 능한 모습을 보여주기도 한다. 사회의 실상을 보는 견해도 남다르다. 경제, 노동에 관한 문제점을 정확히 지적할 만큼 그는 내게 총명한 모습을 보여준다.

이제는 제법 빈집이 많아지는 것을 볼 수 있다. 지역 재개발로 인해 달동네도 많은 사람들이 빠져나간다. 몇 사람을 제외하고는…. 이제는 모두들 병들었을 정도로 쇠퇴해가는 모습들을 보여준다. 예전에 무척이나 건강한 모습을 보이던 복진이 지나친 음주로 인해 몸이 많이 상했음을 확연히 알 수 있다. 학선이 또한 가족들이 나서 구멍가게 대폿집을 향해 시위를 하기도 한다.

달동네 2세들 역시 음주에 있어서는 선배들 못지않은 무시 못 할 만큼의 엄청난 주량을 과시한다. 때론 세를 과시하며 선배들에게 대항할 때도 있다. 2세들은 이제는 사회적 지위와 업적을 논하며 나와 친구들 또는 형들에게 질책과 함께 무안을 주며 역전된 모습을 여실히 보여준다.

올 것이 너무도 빨리 오고야 말았다. 한참 어린 동생들한테 듣는 이야기, 불편함을 넘어 수모에 가깝지 않을까 하는 생각이 든다. 너무도 듣기 싫은 말이다. 그러나 할 말이 없다. 부끄럽고도 참담한 심정일 뿐이다. 지금 이곳의 실세라고 할 2세들의 미래를 장담할 수 없지 않은가. 아니 할 수도 있다. 모든 일이 어찌 되어가든 그 결말이 중요한 것 아닌가. 나 역시 지금의 2세들처럼 달동네 선배한테 무안을 준 적이 있었다.

술에 취해 추태를 부리는 덕연 형 때문에 전주집 아주머니를 비롯해 손님들 모두 불편해한다. 덕연 형은 옛날에는 멋있어만 보이던 모습이었는데…. 안타까운 나머지 나는 덕연 형을 질책했다. 전에 이러지 않았는데 왜 이러느냐고. 예전에는 멋이 있었는데, 한탄 섞인 나의 말에 끝내는 눈물을 보이던 덕연 형을 보며 미안한 마음이 든 적이 있다.

2세들과 그들 친구들의 행동이 설사 잘못되어 간다 해도 그 어느 누구도 나서서 잘못된 점을 지적할 수 없을 만큼 많이 모여들어 세를 과시하고 있다. 많은 무리를 상대로 어느 누가 설령 그 말이 진실한 교훈이라 해도 말해줄 수 있을까. 한두 사람이라면 모를까.

이제는 타 지역에서 몰려드는 이들까지 가세하고 있는 이곳 달동네, 때론 정체성이 없을 만큼 혼란스러울 때가 많다. 낮이고 밤이고 많은 사람들이 모이다보니 너도 나도 술을 먹고 도박을 하여도 부끄러운 줄 모르는 심리상태다.

달동네를 찾는 방문객들에게 이곳은 편안함을 더해준다. 나 역시 이곳 달동네가 하늘 아래 가장 편한 곳이라고 생각한다. 아무도 가리지 않고 언제, 어느 때고 마음 놓고 술을 먹을 수 있는 곳이 아닌가. 나 또한 이곳을 찾는 이들과 다르지 않다. 다만 도박을 하지 않을 뿐이다.

또 하나 있다면, 같이 어울려 웃고 싶은 곳이 달동네에서 조금 떨어진 ㅇㅇ동 먹자골목이다. 친구들과의 술좌석 건너편으로 낯익은 인물들이 보인다. 그리고 그들과는 전혀 어울리지 않을 듯한 여인들이 자리를 함께하고 있다. 길남, 상현 등과 함께하고 있는 여인들, 인물도 그렇고 옷차림하며 어느 곳 하나 부족해 보이지 않는다. 우리는 그들에게 부담을 주지 않으려 아는 체를 하지 않았다.

그로부터 십 여일 후 전주집에 앉아있던 나를 길남이 불러낸다. 그를 따라 밖으로 나왔다. 우리는 상가 계단 한쪽으로 자리를 잡았다. 나에게 담배 한 대를 권하는 길남,

"형, 나 담배 안 피우잖아."

"아 그렇지, 동수 너 참 담배 안 피지?"

"동수야 너 먼저 번에 상현이하고 나하고 여자들하고 있는 거 봤지?"

"어 봤어 형, 여자들 괜찮던데 어디서 만났어?"

"응 상현이하고 단란주점 가서 만났어."

"어 그렇구나. 어떻게 재주들은 좋으셔."

나의 말에 길남이 웃는다.

"아니 그런데 형, 나한테 뭐 할 말 있어?"

"어 그래 동수야. 다른 게 아니고, 형들 애인의 동생이 있는데 남자친구가 없다고 애인될 사람 하나 소개해달라고 내 애인이 부탁하더라. 그래서 내가 정식이를 소개했어. 아마 너도 알 거야 동수야."

"어 알아 형, 1동 살잖아."

"어 그래 내가 정식이를 소개 안 했나? 아 그런데 이 자식이 술 한 잔 먹더니만 실수를 하더라고. 여자가 마음에 들지 않는 것은 당연한 일이고. 그래서 이번에는 광수를 소개했더니, 아 이 자식이 처음 보는 여자 앞에서 쓸데없는 소릴 하더라고. 아니 나는 광수가 그렇게 머리가 안 돌아갈 줄 몰랐네. 나하고 상현한테 여자들이 그렇게도 똑바른 동생이 하나 없냐고 따지는데 상현이하고 나하고 여자들 앞에서 체면이 안 서더라고. 그래서 한참을 생각하다 보니 동수 네가 떠오른 거 있지. 동수 너는 그 여자 마음에 들 거다. 동수야 너 여자 없잖아. 한번 만나봐라."

나는 길남의 말에 흔쾌히 동의를 했다. 늦은 저녁을 먹고 잠자리에 누워 생각을 했다. 이혼 후 홀로 딸을 키우며 아파트를 장만할 정도로 생활력도 강한 여자라고 길남은 말했다. 어떻게 생겼을까? 나하고는 잘될 수 있을까. 나는 궁금하지 않을 수 없다.

궁금한 것은 또 하나 있다. 언제나 듬직해 보이며 서글서글한 모습의 상현이 그렇다 해도 술만 취하면 난동을 부리는 길남이 어떻게 여자를 사귈 수 있었을까. 아마도 상현이 모든 것을 이끌었을 것이라 짐작을 한다. 하나 더 짐작을 해본다. 길남이 그리 오래 가지는 못할 것이란 생각을…. 약속한 그날까지는 아무 일 없었으면 아니 길남이 그때까지만 버텨준다면….

속궁합

삼복더위가 절정에 이르렀다. 공원 그늘에는 사내들이 거의 보이지 않을 정도다. 가족들과 학생 또는 노인들만이 보일 뿐이다. 경륜장, 다시 한 번 그 위력을 실감할 수 있다.

김택현의 집을 가보아야 할 것 같다. 공원길을 내려와 조금 걸었을까, 낯익은 모습이 눈에 들어온다. 가까이서 보니 태섭이 아닌가. 초췌하면서도 빈약해 보이는 모습은 거의 알코올 중독자라고나 할까.

"아니 이게 누구야? 태섭이 아니야? 야 이거 몸이 말이 아니구만."

"네 그래요, 내가 지금 간땡이가 부었어요."

볼수록 허약해 보이는 태섭이, 어디선가 술 한 잔 걸친 것 같다.

"이봐 태섭이."

"네 동수 형님."

"지금 보니 당신 말대로 간땡이가 붓긴 부었구만. 아니 몸이 이렇게 안 좋은데 술을 먹고 다녀. 진짜 간땡이가 부었구만."

"아이 동수 형님 그게 아니고요."

"아~ 아니라니?"

"내말 좀 들어보세요. 내가 몸이 안 좋아서 병원에 갔는데 의사가 간이 좀 부었대요."

중대장 집에 다녀오는 길이라는 태섭과 헤어져 다시 김택현의 집으로 향했다. 부엌 안과 밖으로 가득했던 술병들이 보이지 않는다. 방안은 그런대로 태섭이 치운 것이라라. 태섭과 한잔 했다는 김택현은 들고 온 소주병을 보고 마다하지 않는다. 김택현에게 소주 한잔을 따르고 나는 맥주를 따랐다. 그와 잔을 부딪치고 한잔씩. 나는 김택현에게 집이 훤해졌다고, 그 많던 소주병들이 보이지 않는다고 했다.

"아, 정태가 다 가져갔어."

나는 김택현의 말에 웃었다. 다시 소주 한잔을 들이켜고 난 김택현.

"거 달동네에서 노가다 하면서 집 산 놈은 정태 밖에 없을 거야. 아 거 동네 사람 모두 지독한 짠돌이라고들 하데."

"처음엔 안 그랬어요. 결혼 전에는 친구들 중에서도 돈을 많이 썼어요."

"어 그래, 거 유건이도 정태 애는 마음이 괜찮다고 해. 그런데 정태라고 남의 입에 많이 오르내리면 가족들이 피곤할 수가 있어. 특히 애들이 어릴수록."

고향의 일을 예로 들며, 살만해지면 정도껏 해야 된다는 김택현이다. 나는 그의 말이 맞고 지금의 정태도 정도가 심하니 고쳐야 한다고 했다. 담배 한 대 입에 무는 김택현이 이어 학선에 대해,

"아 거 학선이는 그렇게 몸이 안 좋아졌다면서?"

"네, 다 술 때문이죠."

"아 병원 나와서도 술을 먹는다면서."

"먹지요, 식구들이 말리는 것도 한계가 있지요. 뭐 밤낮으로 지킬 수는 없는 거 아니에요. 돈 천원이면 술 한 병 사는 거 어렵지 않잖아요.

그리고 돈 없으면 달동네 술 얻어먹기 좋잖아요."

"이혼하고 나서 애는 누가 키우나?"

"애 엄마가 데려갔어요."

"어 그래. 거 학선이 친구가 마누라 뺏어갔다면서?"

"네 아주 친한 친구에요. 나도 몇 번 봤어요. 이혼하기 직전에도 한 번 봤는데 그때는 어딘가 모르게 학선을 대하는 게 전 같지 않게 어색해 보이더라구요."

"허허, 도둑이 제 발 저린 게지. 저도 마음 편할 리가 있겠어? 남의 가정 피해 준다는 거. 학선이도 다 망가졌구만. 학선이 인간미가 좋은 앤데 거참 안 됐네."

학선의 일을 못내 아쉬워하는 김택현이다. 나는 그에게 인사를 하고 뒤돌아 나왔다. 조금 전 태섭을 만났던 곳에 이르자 태섭의 모습이 심상치 않다. 그를 자주 볼 수는 없었지만 오늘만은 영 마음에 걸린다.

맞선을 보기로 한 날이 되어 만남의 장소로 갔다. 약속이 돼있는 곳에는 어처구니없게도 동네 애들이 죽치고 있는 게 아닌가. 장소가 마음에 들지 않는 것은 당연한 일이다. 길남 또한 우려했던 대로 술이 고주가 되어있다. 상현과 그들의 연인들이 겨우겨우 달랬다 하면 또다시 추태를 보이는 길남. 어렵게 어렵게 맞선 볼 여자와 마주할 수 있었다. 처음 보는 그녀, 인물이 그리 잘나지 않았지만 무척 순수해 보인다. 여인 또한 나에게 만족하는 것 같다.

그로부터 며칠 후, 어머니에게 맞선 본 그녀를 인사시킬 만큼 우리는 가까워졌다. 그녀와 나 사이에 아무런 장애가 없을 거라 생각했다. 그런데 생각지도 않았던 뜻밖의 문제가 생겼다. 나로서는 어이없는 일이다. 행복한 꿈을 꾸는 그녀와의 관계 후, 아랫도리에 불편함이 이어진다. 관계가 이어지면 이어질수록 고통으로, 흔히 말하는 속궁합이 맞지 않는다고 하는 것이 이를 두고 하는 말이 아닐까. 그녀와의 만남을 꺼리는 것은 당연지사다. 예상치 못한 일로 고민을 하며 전주집 근처 공터에 앉았다. 참으로 아까운 여자 아닌가. 상천이 다가온다.

"동수 형 어떻게 청춘사업 잘 돼가고 있어?"

"아니 어떻게 알았어?"

"길남이가 말하더만."

"그래 알고 있었구나."

"어떻게 잘 안 돼?"

"아, 아냐."

"뭐 그렇게 보이는구만."

나는 상천의 말에 웃었다.

"동수 형 뭔 일이 있었는지 말해봐."

내가 아무 말이 없자 다시 재촉하는 상천.

"아니 내가 남들한테 뭐 얘기를 하겠어?"

상천이 진심으로 말하는 것이라는 생각이 든다. 그에게 모든 것을 털어놓았다. 나의 말을 모두 듣고 난 상천은 의외의 말을 한다. 전에 자기도 나랑 똑같은 경험이 있다고 한다.

"아니 상천아 똑같다니?"

"그래 나도 전에 고향 갔다 오다 밤 열차 안에서 아가씨를 하나 만났어. 너무도 맘에 들었어. 근데 동수 형이 말하는 것처럼 뒤끝이 그렇게 안 좋더라고. 뭐 어떡해, 할 수 없지 뭐. 헤어지는 수밖에. 이리와 막걸리나 한 잔 하자구."

전주집에는 손님들로 꽉 찼다. 충주집은 오늘도 안으로는 동네 노인들이 화투놀이를 한다. 상천과 막걸리 한잔씩 들이컸다.

상천이 전에 밤 열차에서 만난 여자의 이야기를 다시 꺼낸다. 그날 따라 열차 안에는 사람들이 많지 않았다고 한다. 그리고 그녀는 자신의 가족들의 이야기를 모두 들려줄 정도로 상천에게 깊은 관심을 보였다고 한다. 헤어졌던 그녀와의 만남은 어렵지 않았다고 했다. 이어지는 만남 끝에 변치 말자는 사랑의 언약을 하고 둘은 짙은 사랑에 빠졌다. 그리고 얼마 지나지 않아 그녀와 헤어질 수밖에 없었다고 한다. 나는 잔을 들었다. 상천 역시 잔을 든다. 잔을 내려놓는 상천, 다시 입을 연다. 자신을 배신했다고 생각하고 있을 옛 연인을 생각하면 지금도 마음이 편하지 못하다고 한다.

누군가 충주집 안을 들여다본다. 나와 상천을 확인한 진영이 들어온다. 진영이 자리에 앉자마자 조금 전 보았던 전주집 광경을 이야기한다.

"상천아, 전주집에는 무슨 사람들이 그래 많냐? 그것도 전부 젊은 애들."

나는 진영의 말에 웃음만 나왔다.

"뭐 언젠 안 그래? 진영이 니가 자주 오지 않으니까 모르는 거지. 이제 우리는 애들한테 밀려나게 생겼어."

상천이 웃는다. 나 역시 상천을 따라 웃음을 짓는다. 어이없다는 진영에게 상천이 묻는다.

"지금도 일 많이 해?"

"나야 뭐, 꾸준하지. 근데 뭐 큰돈이 되겠는가."

진영이 일용품도매시장에서 일을 한다고 들었다. IMF 초기에도 꾸준히 일을 할 수 있었다고 한다. 그와 함께하는 술좌석은 늘 조용하고 편하기만 하다. 나의 만류에도 술값 모두를 계산하는 진영이다. 마음만큼 씀씀이도 크다는 것을 알 수 있다. 성격 또한 온순한 진영, 참으로 좋은 사람이다.

우리와 헤어져 집으로 돌아가는 진영이 오늘따라 쓸쓸해 보인다. 장애 증상을 보이는 진영이다. 침울한 표정에 고개를 떨구며 걸어가는 그의 모습을 볼 때마다 안타까움과 아쉬움이 남곤 한다. 큰 키, 잘생긴 얼굴. 장애를 입기 전에는 진영은 어떠한 모습이었을까.

작은 스라소니

일요일 아침부터 내리는 비는 좀처럼 그칠 줄 모른다. 점심시간이 다 되어간다. 우산을 챙겨 달동네를 향했다. 공원길을 조금 걸었을까, 그늘막 밑으로는 많은 사내들이 모여 있다. 가까이 가보니 지산, 정태와 상식 등이 모여 있다. 모두 화투를 치고 있다. 나를 보며 죽 한 그릇 들라고 한다. 등산용 냄비에 죽을 끓이고 있는 정태. 그리 크지 않게 보이는 냄비, 죽이 다 되었다. 정태는 조그만 그릇에 죽을 담는다. 나도 죽 한 그릇을 앞에 놓았다. 나와 정태를 제외하곤 모두 화투에 정신이 팔려있다. 술과 안주 모든 것은 공동 출자에 의해 이뤄진 것이라고 한다. 물론 정태는 오늘도 백의종군할 것이라 단정해본다. 남은 죽은 얼마 되지 않는다. 때는 점심시간, 화투 놀이에 여념이 없는 이들도 배가 고플 것이리라. 내 것이 아니지만 아깝다는 생각이 든다.

'어떻게 해야 이들에게도 죽 한 그릇이 돌아갈 수 있을까.'

그때 생각이,

'그래, 그렇게 하면 저도 별 수 있을까.'

나는 먹고 있던 죽을 잠시 내려놓았다. 그리고 냄비에 있던 남아있던 죽 모두 작은 그릇에 떠서 화투놀이 하는 이들 각자 앞에 죽 그릇을 놓았다. 안심이 된다. 그리고 웃음이 나오려는 것을 참는다. 나는 친구들을 뒤로하고 김택현의 집으로 갔다. 열려있는 방문 안으로는 진호의 모습이 보인다. 들고 온 술병을 보자 진호 형이 김택현보다도 더 좋아한다. 술잔이 몇 순배 돌아가고 나자 진호 형이 내게 묻는다.

"동수야, 너 지금도 G동에서 일하냐?"

"아니에요 형, 다른 데로 옮겼어요."

"어 그렇구나."

이진호는 나와 같은 직업을 가지고 있다. 달동네에 들어오기 전에는 일을 곧잘 했고 성격 또한 깐깐했다고 한다. G동에 있던 선배들로부터 진호에 대해 많은 이야기를 들을 수 있었다. 나는 오래 전에 동종의 직업을 가진 진호를 G동에 취직을 시켜준 적이 있었다. 나의 기대와는 달리 진호 형은 며칠 지나지 않아 그만 쫓겨나고 말았다. 나는 그때 그가 일을 하기에는 늦었을 뿐 아니라 술로 인해, 환경에 의해 다 망가진 것을 알았다. 진호 형은 전에 인수 형이 말했던 사람들 중의 하나였다는 것을 알았다. 나를 볼 때마다 내게 일자리를 부탁하던 진호다. 나는 그를 외면할 수밖에 없었다.

몸도 몸이거니와 술도 많이 약해진 진호는 그만 가야겠다고 일어선다. 진호가 돌아가고 김택현과 마주한 자리,

"중대장님 아직은 건강하신가 봐요. 이렇게 술을 많이 드시는데도 아침에는 끄떡없이 일어나시고."

나의 말에 웃음을 보이는 김택현이 입을 연다.

"동수, 내가 중대장 시절에 사람들이 날보고 술의 대부라고 부르는 거 알지."

"네 태섭이한테도 들은 적 있어요. 술이 대단한 분이라고. 몸도 아주 날렵했다면서요."

"어, 날보고 작은 스라소니라 부른 사람이 있어."

김택현은 군 시절 포항에서 있었던 일을 이야기한다.

철 지난 바닷가 해수욕장에서 술에 취해 난동을 부리는 해병대원들의 횡포에 참다못한 김택현은 동료들의 만류에도 불구하고, 해병대원들에 돌진한 김택현이 발길질로 하나를 간단히 제압하고 또 하나를 잡아 뒤로 넘어지며 두발을 이용해 멀리 날려버렸다고 한다. 나머지 하나는 손과 발을 이용해 간단하게 처치했다. 이 광경을 옆에서 지켜본 보병장교학교 선배 김학철이 김택현을 향해 놀라운 표정을 하며,

"야, 너 작은 스라소니다."

김택현은 그때 스라소니라는 말을 김학철로부터 처음 들었다고 한다.

"아니 스라소니가 대체 누구라는 거요?"

"아 우리 고향에서 한 동네 살던 사람이야."

김학철이 궁금해 하는 김택현에게 고향 신의주에서 보았던 스라소니에 대한 이야기를 들려준다.

중국 대륙을 주름잡던 스라소니, 고향 신의주를 찾아 김학철의 집에 머물러 있었다고 한다. 아저씨라고 부르던 스라소니가 내일 평양 구경을 시켜주겠다고 했다. 평양 구경이라는 스라소니의 말에 기대가 부풀어 있던 김학철, 다음 날 동이 트자 신의주에서 힘깨나 쓴다는 건달들이 김학철의 집을 찾았다고 한다. 대문을 들어선 그들은 스라소니를 불렀다고 한다.

"어 스라소니 있어?"

건달들의 부름에 누워있던 스라소니가 대청 문을 활짝 열어 젖혔다.

"누구야 식전부터?"

"어 우리래. 임자한테 볼 일이 좀 있어."

껌새를 눈치 챈 스라소니,

"아 근데 왜 세 명밖에 안 돼. 좀 더 데려오지 그랬어."

"아 우리 세 명이면 충분해."

"아 기래? 잠깐 기다리라우."

김학철은 잠시 후 대청 문에서 뛰어내린 스라소니 박치기와 무릎을 이용해 건달 세 명을 간단히 제압하는 것을 목격했다. 그로부터 몇 년 후, 김학철은 청계천에 있는 스라소니 사무실에서 그를 만날 수 있었다고 한다. 전설적인 주먹 스라소니, 나는 오래 전부터 그에 대한 관심과 궁금증이 많았다. 나는 김택현에게 스라소니의 몸집이 어떠했냐고 물었다.

"아 형편없어, 그저 쬐끄매."

스라소니와 같은 동향의 아버지와 큰아버지께서 하던 말씀이 생각난다. 쬐끄매. 나의 기억에는 오래 남을 것이리라.

실수

　학선이 중국에 갔다 오겠다고 하니 참으로 어이없는 일이 아닌가.

　"아니 학선아, 너 지금 몸도 안 좋은데 무슨 중국엘 가. 너 지금 제정신으로 하는 얘기냐?"

　"뭐 내가 어때서? 나 술 끊었어."

　"잘도 끊었겠다. 학선아 너 지금 거기가 어딘데 가려고 그래."

　"어 걱정 마 동수야, 내 고향친구가 나 이혼한 거 알고 중국 가서 결혼하구 오래."

　"아니 그럼 국제결혼?"

　"아 잘 아네. 갔다 오면 5백만 원 준대. 놀면 뭐 하나?"

　"중국 내가 가봐서 잘 안다. 국제결혼 수속 엄청 힘들고 중국생활 얼마나 불편한 곳인지."

　학선은 중국 여행도 하고 돈도 벌 수 있다고 한다. 그는 내가 말한다고 들을 위인이 아니다.

찻길을 건너자 호프집에 있던 천기가 나와 나를 부른다. 천기는 덕근과 함께 자리를 하고 있었다. 나에게 생맥주 한잔 시켜준 천기가 오늘 오전에 학선이 중국으로 떠났다고 알려준다. 듣고 있던 덕근이 녀석도 중국에 가고 싶다고 한다.

"야 인마. 장사 아무나 하는 줄 알아? 학선이형 다 까먹고 돌아오게 돼있어. 모르면 그냥 입 다물고 있어."

나에게 한쪽 눈을 찡그리는 천기. 나 역시 그를 보며 호응을 해주었다. 생맥주 한 모금을 마셨다. 기어코 중국행을 택한 학선, 그가 걱정이 된다. 정상적이라 할 수 없는 신체, 판단을 흐리는 급한 성격, 그 어느 것 하나 믿을 수 없지 않은가. 도대체 학선의 친구는 무엇을 믿고 그를 중국으로 보냈는지 나로서는 답답하고도 이해할 수 없는 일이다.

학선이 중국으로 떠난 지 이삼일 되었을까. 전주집에 들른 나는 진영이 경륜장에서 어마어마한 돈을 땄다는 소식을 접할 수 있었다. 모두 하나같이 진영의 이야기를 하고 있다. 잠시 후 전주집 밖으로 나오자 골목길 끝에 나타난 민규, 상천이 무언가 이야기를 주거니 받거니 한다. 그들 역시 진영의 이야기를 하는 것이리라. 평소의 모습보다는 크게 웃음을 짓는 민규다. 오늘 크게 좋은 일이 있었다는 것을 알 수 있다. 그의 얼굴을 한참을 쳐다보았다. 상천과 대화 중에도 시종일관 웃음을 잃지 않는다.

드디어 오늘의 주인공 진영이 모습을 나타냈다. 전주집 개업 이래 가장 주목받는 손님으로 진영이 모든 술값을 자신이 내겠다고 한다. 2세들 손님 할 것 없이 돈을 달라고 진영을 조른다. 나와 친구들은 말없이 웃었다. 정민 형 역시 크게 관심을 두지 않는다. 모두들 진영이 큰 대박을 터트렸다고 칭송을 한다. 오늘 전주집에는 웃음이 끊이질 않는다. 돈을 달라고 뒤쫓아 오는 무리들을 따돌리려 대로를 가로질러 길을 건널 때는 수많은 사람들로 인해 일대 교통이 마비되었다는 덕근의 말에 우리 모두는 크게 웃었다.

불 꺼진 창. 학선은 언제쯤 올 것인가. 일은 잘 될 것인가. 걱정하지 않을 수 없다. 서울에서도 이름난 교차로 일대가 교통이 마비되었다고 상상을 해보니 웃음이 절로 난다. 이천만 원이 훨씬 넘는 돈. 전부 일만 원 권으로 진영이 돈을 많이 흘려서 주위에 있던 사람들이 많이 주워 갔다고 말했다. 동네 사람들은 그 돈을 왜 당일에 찾았느냐고 진영에게 질책을 한다. 진영이는 몰랐다고 한다.

처음 가서 하는 놈이 뭘 알겠냐고 배당이 크게 나와 확 찍어 버렸다고 했다. 진영의 말이 끝나기 무섭게 용식이 나서 장님 문고리 잡은 것이라고 했다. 평소부터 장애 증상을 보이던 진영이 실수를 한 것이리라. 진영이 큰 실수를 한 것이라 생각하니 또 웃음이 나왔다.

오늘따라 사장은 컨디션이 그리 좋아 보이지 않는다. 오후가 되어 조금은 한가해지자 나에게 말을 걸어온다. 사장은 지금 살고 있는 동네에서 오래 살아왔다고 한다. 작심을 한 듯 언성을 조금 높이고 동네 사람들을 비난한다. 우리 동네 살고 있는 사람들처럼 질이 안 좋은 놈들도 없을 거라고 푸념을 한다. 나는 사장에게 이유를 물었다.

어제 내가 하고 있는 일이 무허가라는 것을 뻔히 알고 있는 동네 선배가 여기에도 자주 오는 종수라는 이를 지목하며 누가 이곳을 신고라도 하면 피곤할 것이고 벌금 또한 만만치 않을 거라며 말했다고 한다. 그런데 어제 자신을 압박하던 선배와 금전 관계로 인해 다퉜다고 한다. 그리고 그 선배를 맹비난한다.

"내가 여러 동네를 다녀 봤어도, 우리 동네 새끼들처럼 안 좋은 놈들은 보질 못했어."

사장 자신은 무허가만 십년이 훨씬 넘었고 수도 없이 단속반에 걸렸다고 한다. '모르는 사람들은 절대 신고하지 않고 꼭 아는 놈들이 신고하게 돼있다.'고 힘주며 말하는 그를 보며 어느 정도는 타당성이 있다고 생각한다. 상대를 면전에 두고 약점을 잡아 압박을 가하는 행위는 아무나 흉내낼 수 있는 일이 아니지 않는가. 비난받아 마땅한 일이란 생각이 든다.

천기로부터 학선이 돌아왔다는 소식을 들었다. 나는 의아했다. 학선이 이렇게 빨리 돌아올 수는 없을 텐데. 나는 문 밖에 있던 상식을 불렀다. 소주 한 병과 막걸리를 시켰다. 대화 도중 시골로 내려가야겠다는 상식. 고향에 가서 동물이나 키우며 농사를 지어야겠고 한다.

술이 어느 정도 되어 전주집을 나섰다. 천기는 투전판으로, 상식은 아마도 여인숙으로 향하는 것이리라. 그의 뒷모습이 오늘따라 쓸쓸하게만 보인다. 시골로 간다. 고향엘 간다. 그의 모습을 보는 가족들을 생각하니 남의 일만 같지 않다는 생각이 든다.

학선이 방안에 있는 것을 확인하고 카드를 꺼내 대문을 열었다. 전보다는 조금 말라 보이는 학선의 얼굴. 중국 여행이 음식도 안 맞고 생활이 불편했음을 알 수 있었다.

"아니 왜 이렇게 빨리 왔어? 뭐 잘못된 거 같은데 사실대로 얘기해 봐."

"야 동수야, 술 안 사왔어?"

"뭐? 술 안 사왔냐고? 너 아직도 정신을 못 차렸구나? 이거 안 되겠구만. 이걸 아무래도 기도원에나 처넣어야 정신 차리겠구만. 이런 썩을 새끼 같으니라구."

"야 동수야, 소주 한 병 사오면 누가 널 때리기라도 하냐?"

"아 쓸데없는 소리 하지 말고 솔직하게 중국에서 있었던 일 모두 나한테 털어놔 봐."

학선은 나의 성화에 못 이겨 중국여행에서의 있었던 일들을 모두 이야기한다. 국제결혼 상대 여인과 결혼 수속을 밟기 위해 여행을 하던 중, 결혼 상대 여인의 애인으로 짐작되는 조선족으로 성이 박가로만 알 뿐, 학선이 보는 앞에서 상대 여인을 들볶더라고 한다. 나하고 관계를 갖지 않았냐고. 듣기에도 민망한 말을 수도 없이 지껄여댔다고 했다. 학선이 많이 참았다고 한다.

그리고 때로는 알아듣지 못하는 중국말을 써가며 국제결혼 상대 여인과 입씨름을 하는 것을 자주 목격할 수 있었다. 그럴 때면 아무 말 없는 자신을 바보로 아는 것 같더라고 한다. 참다 참지 못한 어느 날, 조선족 박가는 심양 서탑에서 동생뻘들과 맥주를 마시던 중 또다시 상대 여인에게 나와의 관계를 물으며 들볶기 시작하더라고 한다. 아무래도 이놈의 새끼들이 사람 알기를 우습게 아는 것 같아 자리에서 일어나 옆에 있던 빈 맥주병을 들어 자신의 이마에 쳐버렸다고 한다. 순간 앞에 있던 조선족은 물론이고 옆에 있던 한족들마저 모두 놀래 자리를 피했다고 한다. 그래도 국제결혼 상대자인 여자만이 혼자 남아 학선의 이마에 흐르는 피를 닦아 주었다. 그리고 어눌한 한국 말씨로,

"아저씨 혹시 돌지 않았어요?"

학선의 말이 채 끝나기도 전에 나는 웃었다. 장면을 나름대로 상상하며 한참을 웃었다. 잠시 후 사태가 진정되자 나타난 조선족 박가는 미안하다고 우리가 사람을 몰라 봤다고 정중하게 사과를 했다. 그들과 화해의 술을 마시고난 이후에는 학선을 어렵게 대하더라고 한다. 다음 날 결혼 수속이 너무 어렵다며 일단은 한국으로 돌아가 있으라고 해서 돌아오게 되었다고 말했다.

집에 돌아와 자리에 눕자 다시 학선의 일이 생각났다. 자연스럽지 못한 걸음, 병자와도 같은 하얀 학선의 얼굴. 그들이 학선을 우습게 여긴 것은 당연한 일이 아닐까. 나는 학선을 너무도 잘 알고 있다. 급한 성격에도 유머가 있다. 그는 어린아이처럼 영구 흉내를 내기도 한다. 나와 복진이 아니면 상대가 안 될 만큼의 두뇌도 있다. 나는 오래 전 그의 진면목을 확인할 수 있었다.

때는 이른 봄, 한창 산불조심을 강조할 때, 평소 행실이 좋지 않던

진규가 공원 숲에 불을 질렀다. 이를 말리던 성호 형과 진규는 서로 멱살을 잡고 옥신각신했다. 나에 대해 무방비 상태인 진규에게 나는 따귀 두 대를 올려 부쳤다. 싸움은 이내 끝이 났고 나를 잡으려 애를 쓰는 진규를 돌아보며 약을 올렸다. 나는 그날 진규와 함께 공원 산길을 세 바퀴 돌았다. 지친 모습을 보이는 그와 헤어졌다. 일은 여기서 끝나지 않고 원수는 외나무다리에서 마주친다고, 다음 날 학선이 가끔씩 찾아가는 정류장 옆에 있는 대폿집에서 진규를 만났다.

진규는 나에게 잘 만났다며 자신과 함께 파출소에 가자고 한다. 옆에서 웃고 있는 학선이 내게 걱정하지 말고 술이나 천천히 들라고 한다. 술을 다 비우고 나자 학선이 나서 진규를 가려준다. 그 틈을 이용해 나는 잽싸게 대폿집 문 밖으로 나갈 수 있었다. 나를 놓치고만 진규는 학선을 붙들고 파출소로 향한다. 나를 대신해 인질이 돼버린 학선이 계속해서 웃기만 한다. 나는 학선의 도움으로 위기에서 벗어날 수 있었다. 그것도 잠시, 파출소로 들어간 학선에게 모든 것을 맡길 수는 없지 않은가. 학선은 가해자가 아니라서 빠져나올 수 있다. 하지만 만에 하나 잘못될 수도 있는 일 아닌가. 잠시 당황했다지만 나의 자존심이,

'그래, 내가 벌금이 나와 봐야 몇 십만 원일 것이다.'

나는 파출소 당직 경찰관에게 내가 배진규를 폭행한 사람이라고 강학선은 사건과 무관하다고 그를 내보내라고 했다. 담당 경관은 배진규를 향해 누가 맞느냐고 묻는다. 배진규는 경관의 물음에 엉뚱하게도 학선을 지목한다. 듣고 있던 학선이 웃는다. 배진규는 술을 먹은 것일까, 아니면 술이 덜 깬 것일까 이해할 수 없는 행동을 하지 않는가. 나는 담당 경관에게 강학선은 아니고 가해자는 분명하게 나라고 주장을 했다.

지산 형이 들어온다. 어떻게 알았을까. 전주집 아주머니가 드링크 한 박스를 가져온다. 전주집 아주머니는 돌아가고 지산 판관이 우리들에게 힘이 되어준다. 담당 경관은 답이 나오지 않자 배진규에게 신분증

제출을 요구한다. 신분 조회 결과 배진규에게는 벌과금 미납건이,

"이 아저씨만 남고 모두 나가세요."

우리 모두는 개선장군이 되어 파출소를 나설 수 있었다.

퇴근 시간이 되어간다. 어제 용선이 했던 말이 생각난다. 예기치 못한 학선의 행동에 그들은 크게 놀랐을 것이다. 몸과 행동은 전만 못하지만 정신력과 의협심만큼은 있고 그의 마음 속 깊이 자존심이 남아있다고나 할까. 술 한 잔에 의한 객기라고 볼 수도 없고 의협심은 더더욱 아닌 학선의 행동이지만 그의 기개만큼은 대륙에서도 통할 수 있었다는 것을 알았다. 학선을 꼭 보내야만 했을까. 고향친구라면 학선을 잘 알 것 아닌가. 다시 한 번 그의 판단력이 의심스러울 뿐이다.

영일 형이 달동네 재개발만큼은 우리가 막았어야 했다고 말한다. 소득 수준이 낮은 우리들로서는 아파트에 살 수가 없고, 이제 우리는 이곳 달동네에서 살 수가 없고 모두 이곳에서 떠나야만 한다고 역설을 한다. 대화가 잠시 소강상태로 접어들자, 정민이 나서 화제를 정치로 바꾸어 대화의 주도권 잡는다.

부시는 전에 알코올 중독자였다며 맹비난을 하고 이어지는 역설에서는 현 정부가 과감하지 못한 정책을 하고 있다고 하고 이를 받아치는 정호는 사사건건 발목을 잡는 야당이 문제라고 말한다. 정민 형이 다시 나서서 과격한 양상을 보이고 있는 노동권 때문에 해외 투자가들이 외면하고 있다고 힘주어 말한다. 우리나라는 단지 달러가 부족해서 IMF가 온 것이고, 외국 투자가 원활하게 이루어진다면 단번에 IMF를 극복할 수 있을 것이라고 말한다. 나는 정민 형의 말에 동의를 하며, 역시 전문가답다는 생각이 든다. 나의 말에 힘을 실은 정민 형은 오늘도 경제 전문가 행세를 한다. 각종 신문과 방송 내용을 인용하는 그의 말은 언제 들어도 믿음이 가고도 남음이 없다.

남은 술을 모두 비우고 나서 전주집을 나왔다. 영일 형과 정호 형은

각자의 집으로, 정민은 화투판을 기웃거린다. 잠시 후면 판에 낄 것이리라. 오늘은 삼일장이 시작되는 금요일, 장에 갔다 온 사람들은 너나 할 것 없이 끝장을 내고 말겠다는 승부 근성을 유감없이 보여준다. 이제는 천기도 삼일장 단골손님이 된지도 오래다. 너도 나도 친구들 모두 경륜장에 가다보니 아무도 없는 동네에서 무엇을 어떻게 하랴. 그나마 심하게 빠지지 않은 것이 다행이라고나 할까.

천기는 언제부턴가 가방을 들고 교회를 찾기도 한다. 그를 보고 친구들은 미심쩍은 눈초리를 보내곤 한다. 나는 그가 교회를 찾은 것은 잘한 일이라고 생각한다. 상식이 나를 보고 다가온다. 내게 인사를 하고 초초해 보이는 그와 함께 충주집으로 갔다. 언제나 이 시간이면 그나마 조용한 곳은 이곳이다. 주인아줌마는 2세들이 이곳에 오는 것을 싫어한다고 한다. 막걸리 한잔 들이켠 상식이 학선에 대해 입을 연다.

"학선이형은 뭐 하러 중국에 가서 고생만 직사게 하구."

"아 왜 돈 벌러 갔다 온 건데."

"돈은 무슨 돈, 잘못되면 어떡하려구 몸도 비실비실하면서. 조금 있으면 또 119 탈 사람이."

나는 상식의 말에 웃었다. 조금 있으려니 상천이 들어왔다. 자리에 앉은 상천은 며칠 있다 지방으로 일을 간다며 상식에게 몸이 괜찮으면 같이 가면 좋을 것이라며 아쉬워하는 모습을 한다.

"몸이 이래가지고 뭐 노가다하겠어? 말이라도 고마워."

많이 마셨다. 상천과 헤어져 시장통을 거쳐 버스 정류장으로 갔다.

"동수 형 술도 많이 마신 거 같은데 내가 자고 있는 여인숙으로 가지?"

나는 상식의 말에 그렇게 하자고 했다. 상식을 따라 큰길 뒤편으로 자리한 여인숙으로 들어갔다. 나는 상식이와 나란히 자리에 누웠다.

"상식아, 돈은 어디서 나서 매일 여인숙에서 자냐?"

"다 수가 있지 뭐."

"그래? 그거 참 용하다."

한참 누워있던 상식이 일어난다. 그리고 창을 연다. 담배를 찾아 불을 붙이고 몇 모금 빨았을까. 긴 한숨을 내뱉던 상식이 지난 과거의 이야기를 늘어놓는다. 그의 나이 이십대 초반 때 국내 최중량급이라 할 라이벌 빅매치. 리턴 매치로 치러진 경기에 앞서 치러진 오픈 경기에 자신이 출전을 했다고 한다. 흔히 말하는 땜빵용 경기였다. 상식은 자신보다 두 체급 위의 상대와 경기를 벌였다고 한다. 자신의 고향에서도 모두들 보고 있었다. 경기 결과는 처참한 KO패. 상식은 큰 충격에서 벗어날 수 없었다. 그때부터 지금까지 고향에는 한 번도 가보지 못했다고 한다.

거래처에 간 사장은 아직 돌아오지 않는다. 정리정돈을 끝내고 어젯밤 여인숙에서 상식이 했던 말을 기억해본다. 처음에는 귀를 의심했다. 부잣집 막내 도련님 같은 모습의 그가 프로 권투선수였다니 참으로 놀라울 일이 아닌가. 시끄럽기만 한 달동네 대폿집에서 큰소리, 그 흔한 다툼, 흐트러진 모습조차 어디에서도 찾아볼 수 없었던 상식이다. 상식은 이제 얼마 안 있으면 이곳을 떠난다고 한다.

마약단속반

충주집에는 천기만이 TV뉴스를 보는 것 같다. 천기는 나를 보자 학선 형이 아무래도 똘아이가 된 것 같다고 한다.

"아니 학선이가 똘아이 되다니? 알코올 중독자가 뭐 발작이라도 한 모양이지?"

"그런 거 같아요. 날보고 마약이 있다고 경찰에 신고를 했대요."

"천기 니가 또 학선이를 놀렸구만."

"아니에요 형. 집에 있는데 갑자기 찾아와서 마약을 신고했다고 했어요. 아무래도 학선이형 또 119 탈 것 같아요. 동수 형 소주나 한 병 사줘요."

나는 순두부와 함께 소주 한 병을 시켰다. 나와 달리 소주를 좋아하는 천기, 그와 함께할 때면 나도 가끔은 소주를 마시곤 한다. 소주 한 병을 다 비우고 다시 한 병을 시킨다. 천기는 다시 학선을 질타한다.

"아니, 중국 갔다 왔다면 빼갈이나 한 병 가져와야지. 이건 뭐 정신병자가 되어 왔으니."

나는 천기를 보며 웃었다.

"학선이 오늘 천기 앞에서 얼마나 헛소리를 했길래? 아니 천기야, 내가 얼마 전에 보았을 때 말라 보여서 그렇지 정상이던데?"

"형 친구니까 이따 가서 보면 알겠지요 뭐."

궁금하지 않을 수 없다. 본지 며칠 지나지 않았는데 그 사이 무슨 일이 있었으려고.

성렬이 들어온다. 이제 그도 나이가 들어 보인다. 자리를 잡고 술을 시킨다. 나는 얼마 전 그와 다툰 적이 있다. 시비성이 짙은 그의 말투가 너무도 듣기 싫었다. 아니 지난 날 그의 행적을 생각해서일까? 나는 순간적으로 큰 울화가 치밀었다. 그만 그와 크게 다투고 말았다.

성렬은 지난날의 일들을 거울삼아 자성을 해야 되지 않을까. 지난날 세상 물정 모르고 객기에 의한 과오라지만 되돌아봐야할 일이라고 생각된다. 성렬이 자신의 실수를 알았으면, 느낄 수 있다면 보다 더 탄탄한 인생길을 걸을 수 있을 것이리라. 그는 모른다. 모르는 것 같다.

청호와의 사건 이후 많은 것을 잃은 성렬, 마음마저 잃은 것일까. 버려야 할 근성을 버리지 못하는 그의 마음이 아쉽다. 오늘도 카드를 밀어 넣어 헐렁한 대문을 열었다.

"야 동수야, 술 사왔냐?"

"못 사왔다 돈이 없어서."

"이런 썩을 새끼 같으니라구. 소주 한 병 사오면 누가 뭐라냐?"

"그래, 니 식구들이 나를 때려 죽일려구 할 거다. 학선아, 넌 내 얼굴이 소주병으로 보이냐? 어떻게 된 애가 나만 보면 술타령을 하냐. 야 학선아 너 오늘 천기한테 도대체 뭐라고 했길래 널 보고 똘아이가 됐다고 그러냐? 야 너 중국 가서 뭘 잘못 먹고 온 거 아니냐?"

나의 말에 학선이 웃는다.

"야, 웃어 지금? 너 아무래도 안 되겠다. 학선아 너 기도원에나 가야 겠다."

웃고 있던 학선이 일어나 오늘 낮에 있었던 일들을 모두 이야기한 다. 오늘 오전에 대문을 두드리며 자신의 이름을 부르는 낯선 목소리에 대문을 여니 건장한 체격의 사내들이 경찰 공무원증을 보여주며 자신 들은 마약단속반이라고 했다.

"아니 마약이 나하고 무슨 상관이에요? 내가 지금 마약이라도 했다 는 거예요?"

"강학선 씨, 우리는 신고를 받고 온 사람들이에요. 마약을 하지 않 았다면 거기에 대한 증명을 해주시면 됩니다. 소변 채취를 해주시면 됩 니다."

"아니 당신들 지금 무슨 소리 하는 거야? 내가 지금 마약 중독자라는 거 아냐?"

"강학선 씨 소변 채취 거부하시면 경찰서까지 가야 합니다."

경찰서를 들먹이며 완강한 태도를 보이는 그들에게 하는 수 없이 소 변 채취에 응했다. 잠시 후 이상이 없다고 하며 그들은 정중히 사과를 하고 돌아갔다. 화도 나고 억울하기도 했다. 도대체 어떤 놈이 신고를 한 것일까. 곰곰이 생각해보니 아무래도 강 형사 천기놈의 짓이라고 단 정을 짓고 그 즉시 천기의 집으로 향했다.

"야, 강 형사. 인마 문 좀 열어봐."

"누구야? 누군데 남의 대문을 두드리는 거야?"

"나야 이 새끼야."

"아니 학선이 형이 왜 대문을 두드리면서 큰소리를 치는 거야?"

"빨랑 문이나 열어 이 새끼야."

천기가 문을 열자마자 안으로 들어서며,

"야 강 형사, 니가 신고했지?"

"아니 뭘 신고했다는 거야 형."

"바른대로 말해 이 새끼야."

"아니 뭘 신고했다는 거야 도대체."

"니가 마약 있다고 신고했잖아 인마."

"아 정말 뭔 소리 하는 거야? 이 형이 갑자기 똘아이가 됐나?"

아니라며 강하게 부인하는 천기의 모습에 당황하는 학선.

'아니 천기 이 자식 아니면 신고할 사람이 없지 않은가. 더 이상 다 그칠 수도 없고….'

집으로 돌아온 학선은 유력한 용의자 선상에 올랐던 천기 그의 모습 어디에서도 고발자의 인상은 찾아볼 수 없었다. 참으로도 알다가도 모를 일이다. 술 취한 천기놈이 장난삼아 신고한 것이라 짐작했건만 아무래도 천기는 아닌 것 같다. 그러하면 도대체 누가 왜 허위 신고를 한 것일까. 곰곰이 생각하길 한참 만에, '아하 그렇다. 그래 그 사람들이 한 것이다.'란 확신이 선다. 인천국제공항 출입국 세관원이 신고를 한 것이라 판단이 섰다.

"아니 학선아, 출입국 세관원이 왜 너를 마약 중독자라고 신고를 한 거야?"

"아 젊은 놈이, 얼굴은 새하얗고 창백한 얼굴에 비실비실 땀을 흘리니 그 사람들이 볼 때 마약 중독자가 약기운이 떨어진 것이라 생각했겠지."

"아니 땀을 얼마나 흘렸기에?"

"입국 심사를 같이 받던 나이 드신 아주머니 짐을 좀 들어달라고 해서. 그렇지 않아도 기운이 하나도 없는데 가방은 왜 그렇게 무거운지 짐을 들어주고 나니 땀이 뻘뻘 나더라고."

학선의 말에 웃음만 나올 뿐이다.

"야, 니가 알코올 중독자지 무슨 마약 중독자라고. 너 마약이 얼마나 비싼지 알아? 너 같은 사람은 돈 없어서 맛도 못 봐 이 사람아."

학선이 웃는다. 그리고 자신에 찬 표정으로 나를 보며,

"동수야 니가 술 안 사오면 내가 술 못 먹을 줄 알았지?"

이어지는 그의 행동에 어이가 없을 정도다. 방구석을 뒤져 감춰둔 소주병을 자랑이라도 하듯이 모두 내어놓는다.

남겨진 밥을 모두 먹어 치우고 아침밥을 해놓고 잠자리에 들었다. 식구들이 들어오지 않을까 걱정이 되어 서둘러 학선의 집을 나섰던 일이 떠오른다. 참으로 기가 막힌다. 학선이 내놓은 술병이 무려 열병에 가깝지 않은가.

그의 형이나 식구들이 보았더라면 까무러칠 일이 아닌가. 동네 구멍가게와 대폿집을 찾아다니며 학선에게 술을 팔면 가만두지 않겠다고 으름장을 놓던 학선 형의 행동은 무모한 짓이었다고 짐작을 했다. 전주집과 충주집은 학선을 외면한다 해도 달동네 대폿집과 구멍가게가 수도 없이 늘어서 있지 않는가?

얼마 전 전주집 아주머니가 하던 말이 생각났다. 학선의 동생이 형의 일로 많은 스트레스를 받는다고 한다. 학선은 동생의 간절 어린 애원을 들어줄 만큼 정상적인 상태라 할 수 없지 않은가. 많은 중독자들을 달동네에서 보아오지 않았는가. 그들 모두 헛소리를 해가며 하루를 술로 때울 수 있다지만 가족들은 정신적, 육체적으로 많은 고통의 날들을 보내고 있지 않은가. 잔소리를 무척이나 싫어하는 학선은 지능이 높아 진실을 외면하고 오히려 동생을 나무라며 헛소리를 해댈 것이다.

정부가 옳았다

이제는 많은 회원들이 운동장에 나오지 않는다. 전 회장 덕호 형을 운동장에서 보지 못한 것이 무척 오래된 것 같다. 전에 태춘 형이 세상을 떠나고 나서 그의 존재감이 너무도 아쉬웠다. 당시에는 몰랐다. 있을 때는 몰랐다. 오히려 불만이 많을 때가 다반사였다. 나와 많은 회원들은 모든 면에서 보다 더 능력 있는 회장을 원하지 않았는가. 태춘 형이 떠나고 나서야 그의 열정을 두 번 다시 볼 수 없다는 현실에 그를 그리워하며 안타까워한 마음이 어디 한두 번이었던가.

운동장에 모습을 나타내지 않는 덕호 형, 다시는 운동장에서 그를 볼 수 없을 것 같은 생각이 든다. 그렇다면 태춘 형처럼 나의 마음속에 다시 또 하나의 아쉬움이 자리하지 않을까.

일이 일찍 끝났다. 자연스레 발걸음은 달동네로 향했다. 동네가 조용하다. 날이 더워서일까? 그도 아니면 이렇게 조용하게 보이는 것도 처음이라 할 정도로 충주집에는 나이 드신 분들이 화투놀이를 즐길 뿐이다. 전주집으로 발길을 돌렸다. 주인아주머니가 반긴다.

"동수 오늘 일찍 끝났나보네?"

"네, 사장이 볼일 좀 본다고 해서 덕분에 일찍 끝났어요. 아니 아줌마 그런데 동네 젊은 유지들도 그렇고 사람들이 안 보여요."

"벌어야지, 벌어야 삼일장 가서 돈들을 쓰지."

그렇다. 언제부터인가 동네 사람들 모두라 할 정도로 월화수목일은 열심히들 일하는 모습들을 보여주고 있다. 전에는 무더운 여름이면 날이면 날마다 밤이면 밤마다 날을 새워가며 도박을 벌이던 동네 사람들인데…. 경륜장이 들어서면서부터 거의 자취를 감추지 않았는가. 전주집을 나와 주위를 한 번 둘러보았다. 간혹 달동네를 오르내리는 사람들이 몇몇 보일 뿐 아는 사람이라곤 전혀 보이질 않는다. 전주집으로 다시 들어와 막걸리 한 병을 시켰다.

잠시 후 건모가 들어온다. 나는 그의 이름만 알 뿐 그에 대해서 아무것도 모른다. 건모는 어디서 한잔 하고 온 거 같다. 자리에 앉고 나서 술 한 병을 시키고 나에게 말을 걸어온다. 건모는 처음으로 나에게 말을 걸어온다. 모처럼 나에게 말을 걸어온 그를 외면할 수는 없었다. 뜻없는 그의 말을 모두 받아주었다. 이를 보고 있던 전주집 아주머니 웃으면서 한마디 한다.

"그래도 동수는 덩치도 작고 하니 만만하게 보이는가보지?"

언제나 보아도 무표정하고 의미 없어 보이는 얼굴의 건모는 술을 좋아하지만 얼마 전 잠시나마 술을 끊으려 애쓰는 모습을 보여주기도 했다. 말끔한 모습에 핸드폰을 차고 있던 건모의 모습을 보던 성일이 이제 잘못하다간 건모한테 맞게 생겼다고 웃는다. 모두들 건모가 술을 끊었다며 부러움과 함께 걱정을 했다. 나 역시 그를 보며 나도 하지 못하는 것을 해내고 있는 그가 대단하다는 생각을 했다. 그리고 내 자신이 그만 못하다는 거, 용기와 의지가 없다는 것이 부끄러울 뿐이었다. 그리고 얼마 지나지 않아 우리의 기대와는 달리 건모는 금주에 성공하지는 못하였다. 건모 그도 많은 애를 썼을 것이라는 생각을 해본다. 홀로 사는 그가 외로움과 고독을 이겨내기에는 역부족이었다는 것을 알았다. 금주는 어려운 일이고 환경에 의해서는 더더욱 힘든 일이리라.

하나 둘씩 일터에서 돌아온다. 너도 나도 늠름한 모습을 보이는 건설의 역군들이 전주집에 모습을 드러낸다. 모두 오늘 있었던 현장에서의 일을 화제 삼아 대화를 나눈다. 때로는 목소리를 높이기도 한다. 시간이 되어 정민 형이 돌아온다. 술이 취하기 전에 정민의 모습은 어느 회사원 못지않게 깔끔하고도 품위 있어 보인다. 나는 정민 형이 자리에 앉자 조용히 상식에 대해 물었다.

"상식이 그러고 보니 요즈음 안 보이는 거 같은데 시골로 내려갔나 보구만. 몸은 다 망가지구. 그러려면 서울은 뭐 하러 와 가지구. 전에는 안 그랬는데 언제 갑자기 그렇게 돼버렸으니."

"그러게 말이에요. 애가 얼굴도 참 잘났었는데 그렇게 빨리 변할 줄 누가 알았어요."

"상식이 택시 오래했잖아."

"네, 사고도 몇 번 있었던 것 같아요."

"그럼 취직하기 힘들어. 몸도 그렇고 회사 사람들도 다 보는 눈이 있지. 상식이 갈 데는 고향밖에 없었구만."

계속해서 말을 이어가는 정민이 다시 입을 연다.

"나도 술 좋아하는 이상 언제 어떻게 될지 몰라. 안 그런가 동수?"

나는 정민 형의 말에 웃음만 나왔다. 누군가 전주집 창밖으로 안을 들여다본다. 용식이다. 전주집 분위기를 파악하는 것이리라. 잠시 후 나의 예상대로 안정적이라 판단을 한 용식이 들어온다. 나는 막걸리 한 병을 더 시켰다. 잔을 모두 비울 때까지 모습을 나타내지 않는 상식이다. 그는 이곳을 떠난 것이리라. 오늘도 한 잔 한 잔 그리고 또 한잔 술에 취해 나는 달동네를 오른다.

언덕길을 어느 정도 올라섰을까. 그가 보이지 않은 지가 오래되었다. 아마도 그는 천국으로 간 것이라는 생각이 든다. 다시 언덕길을 오르니 술이 취해온다. 나는 가야한다. 이 길을 오르내리던 성직자의 숭고한 모습과 지식인의 모습이 아닐지언정 흐트러진 영혼의 모습으로 걸어가지는 않으리라.

숭고한 영혼이 지나치던 곳을 조금 더 걸었을 즈음 가게 앞 평상에는 늘어진 경호의 모습이 눈에 들어온다. 경호는 술을 많이 먹은 것으로 보인다. 남자다운 호남형의 모습을 보여주는 경호도 무슨 사연이 있는 것이 아닐까. 경호는 평상시 대화할 때 결점을 찾지 못할 만큼 겸손한 모습을 자주 보여준다. 공손한 말씨의 경호는 추한 모습을 남에게 보여주지 않았으면 하는 마음을 뒤로 하고 다시 오른다.

멀리 전등불 아래 길가에 누군가 앉아있는 모습이 보인다. 좀 더 가까이 가보니 술병을 잡고 있는 그의 모습이 보인다. 그의 곁을 스치자 파랑새를 찾는 소리가 들린다. 공연이 시작된 지 오래인 것 같다. 최종수 그의 공연은 언제쯤 대단원의 막을 내릴 수 있을까.

마을버스 종점을 지나 언덕에 올라 달동네를 내려다본다. 전주집 아주머니의 말이 생각난다. 삼일장을 치루기 위해 월화수목은 열심히 일하는 것을 이제야 알았다. 정부의 정책이 옳았다. 씁쓸하고도 씁쓸한 웃음만 나온다.

가짜소주

전주집 2세들이 보이질 않는다. 정태가 구수한 입담의 사투리와 함께 분위기를 한껏 끌어 올린다. 정태와 함께하는 술자리는 늘 든든하게만 보일 정도다.

사소한 다툼이 잦은 전주집에 그가 있을 때면 주인아주머니도 마음의 부담을 덜 수 있다고 한다. 그는 한잔 술에 티격태격하는 이들을 보면 바로 나서 큰소리를 해가며 사태를 진정시키는 강한 카리스마를 보여 주곤 한다.

누군가가 전주집 문을 연다. 언제나 그렇듯이 중후한 모습의 윤석진이 들어선다. 그와 단짝인 석호의 모습이 보이지 않는다. 모두 그에게 인사를 한다. 윤석진이 자리에 앉자 정태가 나서,

"아니 형님 동생은 어따 팔아먹고 혼자 앉아 있는 거요."

"어~ 게는 먼저 들어갔어."

아주머니 한마디 한다.

"석진이 아저씨는 좋겠네. 동생이 함께 할 수 있어서."

정태가 다시 나선다.

"동생이 좋으면 같이 꼭 붙들고 다녀야지 이래 혼자만 술 먹으면 살 갔오."

정태의 말에 석진 형이 웃는다. 우리도 조용히 웃었다. 아주머니가 다시 나서 석진이 동생한테 잘해 준다고 말한다.

막걸리 한 잔을 들고난 윤석진, 잠시 허공을 주시한다. 그리고 동생 석호가 군복무시절 속 썩였던 일을 이야기한다. 동생 석호가 잠시 병영을 이탈했다고 하며 눈물을 보인다.

"내가 게 때문에 떡을 다 들고 부대를 찾아가고."

"석진이 영감, 그래 그 눔을 들고 가서 어떻게 한번 비벼볼라고."

우리 모두 정태의 말에 웃었다. 동생 석호와 함께할 때 그의 얼굴에서는 평온함을 엿볼 수 있다. 윤석진은 정태와 달리 나에게는 자신을 아저씨라 부르라고 한다.

충주집에 들른 나에게 '상훈이 경륜장에서 그동안 모아 두었던 돈을 모두 잃고 말았다.'고 용식이 알려준다. 충주집 아주머니 역시 상훈의 이야기를 늘어놓으며 걱정을 한다.

그동안 꾸준하게 직장 생활을 하면서 결혼 준비 자금을 마련해 두었던 상훈, 경륜장에서 돈을 모두 날렸다는 소식을 들은 부모님이 크게 실망했다고 한다.

"상훈이 경륜장 몰랐어. 근데 어느 날 누굴 찾으러 갔다가 그만 빠져들었더라구. 그게 누구더라."

"아 누구면 뭐 어떻게 할려구. 거기 빠진 놈이 미친놈들이지."

"아 정부 돈을 어떻게 따 먹어."

아줌마 말에 흥분한 모습을 보이는 주인아저씨. 여차하면 직장을 때려치우는 나와 달리 상훈은 참으로 열심히 일하였다. 평소에 도박을 좋아하지 않았던 그였기에 더 안타까울 뿐이다.

"도대체 누굴 찾으러 갔다가 경륜에 빠져든 것일까?"

"누굴 원망하리. 이미 엎지른 물 아닌가."

나는 충주집을 나왔다. 과일집에서 조금 떨어진 곳에 복진이 보이기에 나는 그에게로 다가갔다. 나와 마주한 복진이 연수에 대해 이야기를 늘어놓았다.

남이야 공공일을 하던지 말던지 볼 때마다 '꽁꽁이'라고 놀려댄다고, 복진이 연수의 말이 듣기 싫었음이 역력해 보인다. 연수를 들먹이며 하소연을 늘어놓는 복진이와 무엇을 논하랴 싶어,

"복진아 연수 성격이 원래 그래. 남을 배려할 줄 모르는 애야. 상대 안 하면 그만이야."

나는 복진을 뒤로하고 전주집으로 갔다. 연수 그를 상대하는 것이 불편하다는 거 나만이 아닌 것 같다. 무조건 대화에 주도권을 꼭 잡아야 하는 것일까? 이제는 남을 칭찬하는 모습을 보여준다. 그의 진심이 곁들여져 있다면….

전주집은 오늘도 많은 손님들로 인해 만원을 이루고 있다. 문 옆에 자리한 천기의 옆에 앉았다. 오늘은 천기가 좋아하는 소주로 그리고 찌개를 하나 시켰다. 잠시 후 시간이 흐르고 밀려들어온 사람들이 자리가 없자 탁자 주위로 벽을 이룬다. 그때 학선이 나타나 술 한 잔만 달라고 애원을 한다.

식구들 알면 우리가 혼난다며 그의 요구를 단호히 거절했다. 학선이 나와 천기의 완고한 입장에도 불구하고 포기라는 것을 모르고 간간히 우리에게 선처를 베풀어 달라고 한다.

나는 그때마다 좋은 일이 될 수 없다며 그를 외면했다. 그리고 얼마 후 학선 그도 잠시 휴식을 취하는 것일까 아니면 술 한잔을 포기하는 것일까? 그가 전주집 문 옆에 주저앉는다.

순간 나는 장난기가 발동한다. 그를 놀려 줘야겠다고 생각했다. 나는 손님들에 둘러싸여 있는 아주머니를 불렀다.

"왜 동수 뭐죠."

"네, 수돗물 한 잔만 줘요."

"동수 보리차 줄까. 냉장고에 시원한 거 있는데."

"아니에요, 아줌마 나는 수돗물이 좋더라구요."

"아이고 그냥 보리차 먹지 무슨 수돗물 먹는다고."

아줌마 옆에 서 있던 덕근이 물을 건네준다. 나는 물컵을 받아 들고서 천기에게 눈짓을 하고 옆에 있던 빈 막걸리 병에 먹고 있던 소주를 모두 따랐다. 이어서 수돗물을 모두 소주병에 부었다

나는 주위를 한 번 살펴보고 나서 전주집 구석에 놓여진 전화 수화기를 내려놓았다. 나의 자리로 돌아와 아줌마를 불렀다.

"왜, 동수."

"전화왔어요, 아줌마."

"어 그래. 알았어."

대답을 하고난 아줌마는 사람들을 비집고 나온다. 나는 그 틈을 이용해 학선을 불렀다. 나와 눈이 마주친 학선에게 술을 들라는 시늉을 했다. 이를 알아채고 다가온 학선에게,

"야 학선아 아줌마 안 볼 때 얼른 한 잔해."

"아 그래 동수야, 고맙다."

나는 학선에게 물컵을 내밀고 소주병을 들었다.

"야 동수야 다 따라."

"어 그래 알았어. 빨리 먹어."

또다시 고맙다는 학선. '여보세요~'를 반복하는 주인아주머니. 학선이 잔을 드는 순간,

"아이 그저 저저, 학선이 술 주지 말라니까. 아이고 저 염병."

주인아주머니가 돌아서자 잔을 들고 있던 학선이 비명을 지른다.

"으윽, 아 이거 물이잖아. 그것도 수돗물. 아이, 동수 새끼한테 속았네."

학선이 웃는다. 이를 본 주인아주머니가 손뼉을 치며 크게 웃는다. 천기가 웃고 내가 웃고 탁자 둘레로 벽을 이루고 있던 이들과 전주집에 모여 있던 손님들 모두 웃는다. 막걸리 병에 들어 있던 소주를 따라서 나와 천기는 성공의 축배를….

집으로 돌아가는 길, 오늘은 참으로 재미 있었던 날이다. 그동안 달동네를 드나들면서 오늘같이 많이 웃었던 날은 없을 것이다.

조금을 더 걷자, 상훈의 일이 마음에 걸린다. 가진 돈 모두 잃은 그가 얼마나 허탈한 모습을 하고 있을까. 지난 일은 잊어야 한다. 결코 쉬운 일은 아니라 하나 앞만 보고 새로운 마음으로 걸어가야만 하지 않을까. 집으로 향하는 발길이 허전해진다.

형사 사칭

공장 시설 보수공사에 많은 돈을 들인 사장, 언젠가 들었던 이야기를 또다시 내뱉는다. 동네 사람이라고 믿고 맡겼더니 돈을 더 받아 갔다고 우리 동네 애들만큼 나쁜 놈들은 없다고 한다. 이제 더 이상은 동네 사람들을 믿지 않겠다고 한다.

전에 무허가를 들먹이며 자신의 약점을 들추어내던 동네 선배를 맹비난했던 사장이 오늘도 한참이나 동네 사람 욕을 해댄다. 한참 후 사장이 자리를 비우자, 달동네 사람들 생각이 났다. 조금은 거칠어 보일 때도 있지만 사람의 약점을 잡아 이용할 수 있는 사람들은 없을 거라고 짐작된다.

때로는 한잔 술에 취해 단순한 면을 보이는 달동네 사람들의 행동에서는 순진한 모습이 보일 때도 있다. 잠시 그리운 얼굴들이 떠오른다. 달동네를 떠나고 이 세상을 떠난 사람들 속에서도 인간미 넘치던 모습을 보여주던 이들이 참 많은 것 같다. 얼마 전 달동네를 떠난 덕연 형과 상식의 일이 궁금해진다.

지위와 부를 누리지 못한 나와 마찬가지로 이곳의 공통점이 있다면 욕심 없는 마음일 것이다. 달동네를 떠나간 이들을 다시는 볼 수 없을 것이리라. 어디를 가더라도 어디에 있더라도 달동네보다는 더 나은 곳으로 그리고 욕심과 함께 노력을 기대해 본다.

버스에서 내려 달동네에 들어서자 사람들이 모여 웅성거리는 모습을 보여준다. 가까이 가보니 점포 하나가 불에 탄 흔적이 보인다. 지역재개발사업으로 비어 있던 점포에서 누전으로 인해 불이 난 것 같다고 한다. 불이 옆으로 번졌으면 큰일 날 뻔 했다고 모두 입을 모은다.

충주집에 앉아 있는 용식을 보고 그에게 가서 자리에 앉자, 강천기가 오늘 동네 영웅이 되었다고 용식이 알려준다.

점포에 불이 나고 동네 사람들에 의해 화재가 진압되고 나서 나타난 관할 파출소장 앞에 모두들 자신이 불을 끄는데 공을 세웠다고 자화자찬을 한다. 이에 과일집 아주머니가 나서 여기 이 사람들 말 하나 들을 거 없다고, 불을 끈 사람은 바로 이 사람이라고 관할 파출소장 앞에 강천기를 지목했다고 한다. 관할 파출소장은 지그시 강천기를 바라본다. 파출소를 어느 누구보다도 많이 찾는 사람이 강천기 아닌가.

파출소장이 강천기에 다가가 큰일을 했다며 격려와 고마움을 전한다. 용식이 오늘 있었던 화재 사건의 전말을 구두로써 생생히 전해준다.

나는 용식이와 주거니 받거니 때로는 서로 떠들어대며 그 어느 때보다도 즐거운 시간을 보냈다. 잔을 비우고 나서 용식의 얼굴을 유심히 살펴보았다. 친구들 중에서는 가장 나이가 들어 보인다. 20대 초반에 정태와 복진 다음으로 만난 친구, 기타를 치며 노래를 아주 잘 불렀던 용식이다. 이제 보니 변화가 너무 빨리 오고 있다는 것을 알 수 있을 정도다.

의중을 들여다 볼 수 없을 만큼 말없는 친구. 남의 말을 좀처럼 하지 않는 용식. 그래도 나와 있을 때는 말을 많이 하는 편이다. 그는 혼자

산지가 나보다도 더 오래되었다.

명절날 또는 그 다음 날 가장 먼저 만나고 싶은 친구, 아니 만날 수 있는 친구가 진정한 친구 아닐까. 만남의 장소는 충주집은 물론이다.

용식과 헤어지고 나는 천기네 집 앞에서 대문을 두드리며 강 형사를 크게 외쳤다. 예상대로 나의 목소리를 잘 알고 있는 강천기는 그 어느 때보다 큰 목소리를 낸다.

"누구야?"

"아, 나야."

더는 묻지 않고 문을 열어준다. 방 안에는 빈 소주병이 나뒹군다. 천기는 오늘 또한 강 형사라 칭하며 얼마나 큰소리쳤을까 기대가 된다.

방으로 들어와 마주한 나에게 천기는 오늘 동네에서 있었던 일들을 이야기한다. 용식과 별반 차이 없는 이야기다. 파출소장이 천기 자신을 바라보는 눈길이 전 같지 않고 칭찬을 하였다는 말을 수도 없이 해댄다. 누군가 대문을 두드린다. 천기가 일어서며 목에 힘을 준다. 그리고 또다시 누구냐며 밖으로 나간다. 잠시 후 방으로 돌아온 천기가 옷을 갈아입는다.

"형, 나 잠간 파출소 좀 갔다 올게요."

"아니 왜 파출소를 가?"

"신고가 들어왔대요."

나는 의아했다. 신고가 들어오다니 누가 무엇으로 신고를 한 것일까. 한참 후에야 집으로 돌아온 천기는 창백한 얼굴로 무엇에 놀란 사람처럼 보인다. 방으로 들어서자마자,

"형 앞으로 나한테 형사라고 부르면 안 돼요, 절대 안 돼요."

"아니 그게 무슨 소리야 강 형사? 사람이 갑자기 어떻게 된 거 아냐?"

"형사라고 부르지 말라니까, 형 앞으로 형사라고 부르면 큰일나요. 형사라고 부르면 절대 안 돼요."

천기는 조금 전 파출소에서 있었던 일들을 모두 사실대로 털어 놓는다. 신고를 받고 달려온 순경과 함께 파출소 문을 들어서자 마주친 파출소장이 강천기를 보며 몹시 실망한 모습으로 바라본다. 이어서 입을 떼는 파출소장,

"강천기 씨, 제발 오늘만큼은 아무 일 없었으면 했는데."

이어지는 파출소장의 고함소리.

"강천기 씨 당신 형사 사칭했어."

생각지 않았던 파출소장의 질책에 크게 놀라는 강천기를 향해 또다시 이어지는 파출소장의 고함소리.

"강천기 씨, 당신 형사 사칭이 얼마나 큰 중범죄인지 몰라서 그래? 당신, 알 만한 사람일 텐데?"

자신의 모든 것을 알고 있을 파출소장의 연이은 고함소리에 더욱 움츠러드는 천기다.

"지금 강천기 씨 옆에 사는 주민들한테 신고가 들어왔어. 형사라는 사람이 매일같이 술 먹고 떠든다고, 더는 못살겠다고, 그래서 신고를 했다고. 강천기 씨 이게 어떻게 된 일이야. 대체 당신이 주민들한테 뭐라 하며 형사를 사칭했는지 사실대로 말해야지 그렇지 않으면 형사 사칭으로 처벌할 수밖에 없어. 어서 바른대로 말해."

천기는 파출소장에게 동네 친구들이 자신을 형사라고 불러주었다는 궁색한 변명을 하고 다시는 이런 일이 없게 하겠다고 사정사정을 하고 나서 파출소를 나올 수 있었다고 한다. 파출소장에게 크게 혼이 난 천기는 또다시 앞으로는 강 형사라 부르면 안 된다고 했다. 그리고 소장은 그동안 피해를 입은 이웃들에게 당장 사과를 하라기에 자리에서 일어난 천기는 다시 한 번 옷을 갈아입는다. 이웃에 사과를 하고 오겠다며 나에게 조금만 기다리라고 한다.

어느 정도 시간이 흐르고 나서 천기가 맥주를 사가지고 들어온다.

나에게 맥주를 따라준다. 나 역시 천기에게 술을 따랐다. 한잔 술을 단숨에 들이켠 천기, 잔을 내려놓으며, 사과를 하러 간 이웃들 중에는 자신과 동종의 직업을 갖고 일을 하고 있는 사람들이 있었다고 한다. 그들에게 사과를 하며 자신이 형사가 아니라는 것을 밝히자 모두들 크게 좋아하는 모습을 보여줬다고 한다.

웃음을 보이는 나와 달리, 천기의 표정은 헤어질 때까지 굳게 굳어 있었다. 형사 사칭이 큰 죄가 된다는 것을 천기의 표정에서 확연히 읽을 수가 있었다.

괴력을 보이다

　오늘도 사장은 동네 사람들을 들먹인다. 시설 보수공사에 만족치 못한 것 같다. 부실공사라며 나쁜 놈들이라며 비난을 이어간다. 사장이 알고 있는 사람들 대부분이 경마장과 도박을 즐기는 사람들이다. 도박을 즐기는 사람들은 약속을 잘 지키지 않고 거짓말도 잘하고 자신도 그렇다고 사장은 말한 적이 있다. 나 역시 잘 알고 있는 일이 아닌가. 뿐만이랴, 그들에겐 공통점이 하나 더 있다. 어떻게 해서라도 도박 자금은 마련한다는 것이다.

　월화수목 또는 금요일까지 열심히 일을 하는 사람들을 보며 그들의 정책이 옳았다며 쓴 웃음을 지었다. 참으로 도박은 병적인 존재라고 생각된다. 그러나 이미 많은 사람들이 즐기고 있는 오락이 아닐까. 지나치지 않고 모두에게 즐거움이 될 수는 없는 것일까.

　삼일장이 끝나고 패자부활전이 끝난 월요일 저녁시간, 충주집에는 진영과 정민 형의 모습이 보인다. 그 어느 누구보다도 편한 상대로 나는 지체 없이 그들 옆에 앉았다. 내가 그들 옆에 앉자마자 마시고 있던 잔을 비운 진영이 충주집 밑에 있는 해물 매운탕 집으로 가자고 한다. 나와 정민 형은 진영의 의향대로 매운탕 집으로 가서 벽 쪽으로 자리를 잡았다.

술이 어느 정도 오고가자 화두는 자연스레 얼마 전 경륜장에서 있었던 진영의 일이다. 그때 진영이 우리에게 용돈을 주지 못한 게 미안하다고 말한다. 나는 무슨 소릴 하냐며 말이라도 고맙다고 했고, 정민 형은 진영의 말에 웃는다. 그리고 그때 상황을 나름대로,

"야, 너도 나도 널 보고 돈을 달라는데 너도 그때 참 피곤했을 것이다."

정민의 말에 나도 웃었다. 나 역시 정민 형과 같은 생각을 했다. 형들이 정말 고맙더라고 하면서 그날 동네 동생놈들 참 지겹더라고 했다.

"아니 진영아, 그 돈을 다음날 찾지 왜 당일에 찾은 거냐?"

"정민이형 처음 간 놈이 뭘 알겠어?"

"진영아, 민규가 다음 날 찾으라고 얘기 안 했어?"

"민규가 사기꾼이야. 나한테 다음날 찾으라고 말을 해야지 모르는 놈도 아니고 많이 다닌 놈 아니야."

푸념을 이어가던 진영은 절반 가까이 돈을 잃어버렸다고 했다.

"아니 어떻게 해서 그렇게 많이 잃어버린 거야?"

경륜장 개장 이래 역대 3번째로 많은 배당금이라 한다. 어떻게 알고 있었는지 창구에는 많은 사람들이 몰려들었다. 돈을 찾고 나니, 이놈 저놈 한 푼 달라고 달려들었다. 많은 사람들로 인해 그만 돈 봉투를 떨어트렸다. 그걸 또 석현이 놈이 발로 차버렸다고 했다. 진영의 말에 흥분한 모습을 보이는 정민,

"아니 뭣이야? 석현이가 발로 차? 아니 그런 나쁜 놈이 있나."

어이가 없다. 참으로 어이없는 일이 아닌가. 다른 사람도 아닌 동네

동생이, 믿을 수 없는 일 아닌가.

"아니 진영아, 너를 보호해야 할 동네 동생놈이 그게 어디 할 짓이냐?"

"그렇지요 동수 형, 그러면 안 되는 거지요."

"아 그럼 안 되지 이 사람아. 한 동네 사는 놈들이 어떻게 그럴 수가 있어. 참 무서운 놈들이구만."

정민 형 역시 어이없는 표정을 짓는다. 실망과 허탈로 이어진 이야기 끝에는 떠나간 상식이 이야기를 했다. 모두들 좋은 아이였다고 하며 고향에 가서 행복하고 건강하게 살아가기를 바라며 그의 떠남을 아쉬워했다.

집으로 돌아가는 길, 실망을 해서일까 발길이 쓸쓸하고도 허전하기만 하다. 어느 정도 걸었을까 석현이 생각이 났다. 나는 오래 전 그를 주의 깊게 본 적이 있었다. 십대 후반에 그의 모습은 또래 친구와 달리 거친 모습을 자주 볼 수 있었다. 석현은 단정치 못한 옷차림과 거친 모습을 보여주려 애를 쓴다는 표현이 어울릴 정도였다. 그의 행동, 말투, 모든 것이 마음에 들지 않았다. 괴팍하고도 특이한 행동을 하던 석현의 모습. 다른 2세와는 달리 나는 그를 기억해 낼 수 있었다.

지금 삼십대 후반으로 접어든 2세들 중 가장 생활력 있는 모습을 보여주기도 했던 석현 아닌가. 너무도 실망스럽다. 자신의 행동이 죄악이 되는 것을 모르는 것일까. 지금 달동네에 무리 지어 생활하고 있는 2세들과 그의 친구들은 자신들의 모습을 뒤돌아보고 앞을 바라볼 수 있는 지혜와 용기가 필요하다. 어려운 일일까. 어려운 일이 아니면 쉬운 일도 될 수 있다. 이곳 환경을 떠날 수 있다면 말이다.

그러나 나를 뒤돌아본다면 답은 어려운 것이 아닌지 모르겠다. 언젠가 철들어서 나도 떠나지 않을까. 여기에 있을 때까지는 이곳에서 조금이라도 웃고 살자.

기피하고 싶은 명절이 찾아왔다. 다니던 공장도 그만둔지 오래되었다. 어느 때보다도 쓸쓸한 명절이다. 다음 날 오후 시간이 조금 흐르고 나서 집을 나섰다. 언제나처럼 연중무휴인 충주집으로 갔다. 충주집 안으로는 주인 내외와 명절을 보내려 찾아온 가족들이 보인다. 충주집으로 들어간다는 것이 조금은 그렇다 싶어 주위를 한번 돌아보기로 했다.

큰길로 나오자 멀리 준영의 모습이 들어온다. 준영의 손에는 무엇인가 들려 있다. 어딘가 모르게 불안정하게 보이기도 한다. 나는 그를 못 본 체하며 다시 충주집으로 향했다.

충주집 안으로 들어서며 주인아저씨와 아주머니를 향해 인사를 했다.

"동수는 집이 여기니 시골 갈 일 없겠구만."

"네, 막걸리 있으면 하나만 줘요."

술 한 잔을 들고나자 용식이 들어온다. 약속은 없었어도 우리는 명절날이면 그렇게 만날 수 있었다. 술 한 병을 다 비우고 나서 다시 한 병을 시켰다. 비어 있던 용식의 잔에 술을 따랐다. 누군가 문 앞에서 두리번거리는 모습이 보인다. 나와 용식이를 확인한 덕근 녀석이 들어온다. 꾸벅거리며 인사를 한다.

"아니 형들은 고향 안 갔어요?"

언제나 만만한 덕근에게 나는 농담을 던졌다.

"그래 못 갔다. 돈이 없어서 고향에 가고 싶어도 못 갔다."

"에이 그럴 리가 있겠어요."

친척집에 다녀온다는 덕근에게 술 한 잔을 따라주었다.

덕근은 며칠 전 천기가 이웃 사람들에게 맞은 것 같다고 했다.

"아니 형사라는 놈이 맞고 다니고 그래."

주인아저씨는 천기의 일이 무척 궁금해 보이는 모습이다. 나는 주인아저씨에게 천기가 형사질을 그만두었다고 했다. 모두 나를 쳐다보며 말없이 미소를 보인다.

잠시 후 덕근이 자리에서 일어나 집으로 갔다. 천기의 일을 궁금해

하는 주인아저씨에게 나는 전에 파출소에서 있었던 천기의 일들을 자세히 들려주었다. 모두 웃는다. 어느 누구보다 주인아저씨가 크게 웃는다.

"그래서 천기놈이 형사 소릴 안 하는구나. 그렇지 않아도 전화 올 때마다 형사 찾는 놈이 요즘 쑥 들어갔다 했어."

용식이 나서,

"형사가 아니라니 얕보는 거지. 천기가 매일 술 먹고 떠드니 누가 좋아하겠어. 그동안 참고 사느라고 고생들 많이 했겠지. 안 봐도 뻔하지 뭐."

"그래 용식이, 니 말이 맞다. 그래도 맞았다고 하니 좀 안 됐네."

"아니 천기는 동수하고 의형제 맺었다는데 가봐야 되는 거 아냐?"

나는 주인아주머니의 말에 웃었다. 아줌마 역시 나를 보며 웃는다.

"네 맞습니다, 아주머니. 이따가 들러봐야지요."

경식이 들어온다. 윷놀이 판을 벌여야겠다고 한다. 추석 명절이면 언제나 그에 의해 윷놀이 판이 시작되곤 한다. 오후 시간이 어느 정도 흐르자, 제법 많은 사람들이 모여든다.

IMF 이후 장이 크게 서는 모습을 볼 수 있다. 이번에도 내년 봄까지는 이어질 것이라 예상을 해본다. 김택현 그도 경식의 이야기를 한 적이 있다. 참으로 편한 사람이라고, 세상 걱정 없이 살아간다고, 집사람이 많은 고생을 할 것이라고, 남의 입에는 오르내리지 말아야 한다며 경식이 부끄러운 걸 안다면 그리 못할 것이리라.

준영은 술을 그리 많이 먹은 거 같지는 않다. 계속해서 최종수에게 시비를 건다. 술이 취하면 지나가는 행인을 향해 상소리를 내뱉는 최종수다. 그가 보기에 싫었던 것이라 짐작을 해본다. 자신을 피하려는 최종수를 따라다니며 연속적으로 시비를 붙는 준영.

어느 순간 좁은 골목길에 맞닥뜨린 두 사람은 서로 엉겨 붙기에 이르렀다. 그리고 잠깐의 실랑이 끝에 엎어치기에 의해 내동댕이쳐진 거구의 준영이 쉽게 일어나질 못한다. 늘 보아오던 반바지 차림의 슬리퍼에 툭툭 털고 돌아서 가는 최종수는 뒤도 한번 돌아보지 않는다. 삼십대 중반의 준영이 괴력을 보이는 최종수에 의해 무참하게 무너지고 말았다.

전에 최종수에 대해 이야기를 하던 복진, 그때 그가 보았던 최종수의 모습이 조금 전 상황과 같지 않았을까. 최종수 그를 보며 흉은 볼지언정 사람들 모두 그에게 험담을 하지 않는다. 오히려 그의 이야기를 할 때면 모두들 웃는 것이 다반사 된지 오래다. 이제는 어디 우리뿐이랴, 지나는 행인들도 피해 당사자인 사람도 웃고 가는 일이 벌어지곤 한다. 오늘 본 최종수는 대단한 사람이란 생각이 든다. 전에는 무엇을 했을까. 술이 취하면 또다시 파랑새를 찾을 것이다.

출감

 방 안에서는 아무런 인기척이 보이지 않는다. 천기는 잠이든 것 같다. 발길을 돌려 집으로 향했다. 골목길 돌아 나오자 불 꺼진 창이 보인다. 그가 쉽게 나오지는 못할 것이다. 나는 오래 전부터 일을 해왔던 G동으로 다시 돌아왔다. 어느 누구의 간섭을 받지 않고 일하는 만큼의 보수를 받을 수 있는 곳 G동. 실력 있는 기술자들이 즐비한 곳이다. 이곳의 명성은 널리 알려져 있다.

 십수 년 또는 이삼십 년의 세월 속에 다듬어진 장인들 속에서도 한편으로는 돌팔이들이 난무하는 곳이 이곳의 생리라 할 수 있다. 어깨 너머로 배운 솜씨로 가게를 차려 사장으로 군림하는 사람들이 부지기수를 이룬다. 일단 일을 맡겨놓고 숙련된 기술자를 부른다. 그들 대부분이 고객을 대하는 모습을 보면 경험 많은 기술자를 능가하는 말솜씨와 행동을 보여준다. 이 계통에는 전혀, 아니 문외한이랄 수 있는 자들이 욕심과 배짱 하나로 달려들어 나름대로는 성공을 이룬다. 그들을 보며 나는 참으로 대단한 사람들이라고 생각할 때가 있다.

이제는 잊어버렸나 보다. 강 형사라고 다시 힘주어 말하는 천기. 나는 어느 누구보다도 그에게 형사 호칭을 해준다. 가끔은 나의 마음에 들지 않는 행동을 할 때도 있지만 그것도 잠시, 단순한 그의 모습을 볼 때면 나를 웃음으로 모든 걸 잊게 해주는 그의 마력에 나는 빠져들곤 한다.

전에 천기에게 '양산박 백팔 명'의 영웅담을 그린 비디오를 빌려준적 있었다. 장편의 비디오테이프를 모두 보고난 천기는 나와 마주한 술좌석에서 갑자기 눈물을 흘리며 백팔 명의 형제들이 양산박에 그대로 모여 있었으면 죽지 않았을 것이라며 울음을 멈추지 않는다. 생각지도 않았던 천기의 행동에 나는 어이가 없을 뿐이다.

전주집에 모여든 사람들 모두 나에게 무슨 일이길래 애가 울고 있냐고 한마디씩 한다. 다급한 나는 비디오테이프를 빌려 줬을 뿐이라고 변명을 한다. 상식을 필두로 주인아주머니에 이어 상천의 질타가 이어진다. 모두들 하나 되어 쓸데없는 것을 애한테 보여줬다고 한다. 후에는 웃을 수 있었지만 당시에는 참으로 난처한 일이 아닐 수 없었다.

천기는 며칠 전 김청호가 출감을 했다고 알려줬다. 그의 출감 소식은 나에게는 불안감으로 다가온다. 이번에는 또 누가 당하지 않을까 걱정이 된다. 달동네와 인근 지역의 평화와 질서를 어지럽히는 김청호. 약자와 노인을 구분하지 않을 정도로 폭력성을 드러내곤 한다. 그는 자신보다 힘이 있는 자한테는 이내 꼬리를 내릴 만큼 민첩하고도 교활한 모습과 지능적인 면을 보여주기도 한다. 몸이 불편해 보이는 성렬의 모습을 볼 때면 어김없이 김청호 생각이 난다. 나는 그를 잘 안다. 그러나 모르는 사람들이 문제가 아닌가. 크고 작은 사고가 날 수 있는 일이 아닌가. 어느 누구보다도 내가 조심해야 되지 않을까.

세운상사 퇴근 시간에 맞춰 오늘도 고객과 실랑이를 벌이는 사장, 수리가 마음에 들지 않는다는 고객과 끝내 말싸움이 벌어졌다. 자주 벌어지는 광경, 아니 늘 있는 날이라고 해도 과언이 아닐 정도다. 이를 지켜보던 가나공업사 사장이 내게로 다가온다.

"오늘도 싸우는구만, 대단한 놈이야. 성수동에서 보일러 고치다 와서 자동차를 다 고치니 안 그래?"

나를 보며 웃는 윤 사장.

"예 형님, 맞아요. 대단한 사람이에요."

"그렇지 동수, 아 세운상사 사장 싸움은 또 얼마나 잘하는데."

나는 가나공업사 사장 말에 크게 웃었다. 드디어 언성이 높아지고 풍부한 뱃살을 앞세운 세운상사 사장님의 기세에 상대방은 모든 걸 포기하고 한 마디 내뱉고는 떠나고 만다. 오늘 또다시 능력을 발휘하는 그를 보며 나는 대단한 사람들이라고 느꼈다. 그리고 그들은 어디를 가더라도 어떠한 일이라도 해낼 수 있는 사람들일 것이다. 무경험자들이 달려들기에는 이곳의 일이 벅차고 무모한 일이라는 나의 생각에도 불구하고 결과에 의해 무모해지는 현상이 이곳 G동에서는 벌어지고 있다.

용식과 마지막 잔을 비우고 나서 충주집을 나섰다. 전등불 아래엔 많은 사람들이 모여 있다. 정민의 모습이 보인다. 술이 많이 되었다는 것을 알 수 있다. 쪼그려 앉아있는 천기, 교회에 다니지 않은지가 이제는 오래된 것 같다. 유일한 희망이라 할, 아니면 그에게 남아있는 단 하나의 보물을 잃어버린 것은 아닐까 하는 생각이 든다.

집으로 들어가기에는 이른 시간이다. 김택현의 집으로 가보아야겠다고 생각하고 슈퍼마켓에 들렀다가 그의 열려져 있는 대문을 들어섰다. 부엌은 비교적 정리가 잘 되었다. 방 안으로는 태섭과 철규의 모습이 보인다. 김택현에게 인사를 하고자 철규의 목소리가,

"술 담배 끊고 교회나 갑시다."

나는 철규의 말에 아멘으로 답했다.

이철규는 얼마 전까지만 해도 술에 취하면 달동네 길바닥은 그의 침

실이라 할 정도가 아니었던가. 교회를 다니고부터 철규는 완전히 새 사람으로 변신을 하였다. 언제 어디서나 점잖은 모습에 겸손한 맛까지 더한 그 역시도 보는 이들마다 전도를 하는 교인들의 전형적인 모습을 보여준다. 술상을 펼치자 그는 떠났다.

술이 몇 잔씩 돌아가고 나자 김택현의 짜증이 시작되었다.

"거 교인들은 자기들이나 믿으면 되지 이눔의 건 꼭 남들한테도 가자하니."

"대장님, 교회 좋은 곳 아니에요? 철규가 사람 됐잖아요."

"동수, 교인들 보면 꼭 마약 중독자들 같아."

순간 김택현의 말이 조금 심한 게 아닐까 하는 생각이 든다. 김택현 그는 아내와 이혼 후부터 매사에 불만이 더 많아졌다고 영택 형이 말한 적 있다. 미국 군사 훈련 연수생으로 가지 못한 것으로 인해 비틀어진 군 생활, 늦어진 결혼과 끝에는 파혼. 환갑이 훨씬 넘은 나이, 그에게 남아있는 것은 서푼도 안 되는 자존심과 불만뿐이라는 생각이 든다. 한 잔 술을 더 들고나자 김택현의 말이 이어진다.

"동수, 거 마약 중독자들이 왜 탄로가 나는지 알아? 마약하는 놈들은 꼭 남에게 권하는 버릇이 있어. 그래서 이 사람들이 걸리는 거야. 아저 혼자 하면 걸릴 게 없지. 그리구 우리나라 교회는 외국하고는 너무 달라. 교회 나가는 날이 너무 많아. 외국은 일요일 아니면 거의 교회 가지 않는대."

김택현의 친구들과 동창생들은 군과 정부에 요직을 맡고 있던 사람들이 많다고 한다. 김택현의 말이 어느 정도는 사실에 근접해 있음을 알 수 있었다.

나는 비어있던 태섭의 잔을 채운다. 김택현의 불만은 계속 이어진다.

"우리 사단장이 너희들 이북 여자들하고는 절대로 결혼을 해서는 안된다고 수도 없이 얘길 했었지. 그래 내가 '아니 대장님 왜 이북 여자하고 결혼하면 안 된다는 거예요.'라고 물었지. '아 이북 여자들 남자한테 순종 안 해.'라고 했거든, 그런데 우리 사단장 말이 딱 맞아. 그렇게 우리한테 하던 말이 딱 맞을 줄 누가 알겠어."

순간 김택현의 말이 남의 이야기가 아니라는 것을 알았다.

김택현이 사단 농구부를 맡으면서 사단장을 자주 만날 수 있었다고 한다. 사단장 지승엽 장군은 6·25 때 인민군 1개 대대 병력을 이끌고 남한으로 귀순을 해왔다고 한다. 많은 대회에 나가 좋은 성적을 거둔 김택현은 사단장 각하의 총애를 받았다.

"아니 중대장님, 대통령도 아닌데 각하라니요?"

"아 전에는 그렇게 불렀어."

술을 거의 비울 무렵 병식에게 욕을 해댄다. 병식이 술만 취하면 신발을 바꿔 신고 간다.

"내가 병식이 소대장 안 시키길 백번 잘했지."

잊을 만하면 밤늦게 찾아온다며 성일의 얘기를 끝으로 태섭과 나는 김택현의 집을 나섰다.

태섭과 어느 정도 걸었을까, 구멍가게가 보이자 나는 음료수 한잔 하자고 했다. 음료수 한잔 들이켠 태섭이 김택현의 성질이 더 고약해졌다고 비난한다.

"동수 형, 중대장님이 냄비가 없다 하길래 내가 집에 있던 새 그릇을 갖다 드렸더니 바닥이 두꺼워 물이 빨리 끓지 않는다고 성질을 내는 거예요."

나는 태섭의 말에 웃음만이 나왔다. 이어지는 태섭의 말,

"내가 방위를 처음으로 받을 때 우리 중대장님한테 전입신고를 할 때, 내가 술을 못 먹는다고 하니 대대본부로 다시 가라는 것 있지요. 그때 내가 얼마나 황당했는지."

태섭의 말에 이번에는 크게 웃을 수밖에 없었다.

"중대장님 방도 안 치워요. 부엌도 그렇고 손 하나 까딱 안 해요. 오늘도 내가 다 치웠어요."

지난 날 청순하면서도 때묻지 않은 모습을 보여주던 태섭, 몸은 비록 그 전만 못하더라도 순수한 마음만은 그의 가슴 속 깊이 남아있다는 것을 나는 안다. 나는 그에게 조용히 물었다. 어떻게 해서 몸이 예전만 못하냐고 술이 아니냐고 물었다. 듣고 있던 태섭이 뜻밖의 대답을 한다. 그는 오래 전 교통사고를 크게 당했다고 한다. 중환자실에서만 한 달 반 이상을 있었다는 슬픈 이야기를 했다.

구세주를 만나다

모처럼 공원에서 2세 몇몇과 즐거운 시간을 가질 수 있었다. 구멍가게에 모여 뒤풀이를 했다. 그 어느 때보다도 동생들과 화기애애한 분위기를 가질 수 있었다. 우리 모두 동네에서는 가장 막내라 할 현식에게 온정 어린 배려와 격려를 했다. 정태 역시 현식에게 많은 관심을 가지며 형으로써 현식에게 부족한 점을 일러주었다.

순간 현식은 자격지심을 느껴서일까 아니면 여러 사람들 앞에서 듣는 정태의 말이 불쾌해서일까. 현식이 정태에게 대들기 시작한다. 서로의 언성이 높아지고 급기야는 현식이 정태를 향해 짠돌이라며 소리친다.

'아 해서는 안 될 말이.'

이를 참지 못한 정태와 형식이 싸움으로 이어졌다. 뜻밖의 일이, 아니 우려는 했었다. 다른 이들은 몰라도 2세들 앞에선 행동거지를 신중히 해야 하지 않을까. 이를 보고 있던 성우가 다가와 조심스레 한 마디 한다.

"우리들하고 애들은 틀린 거야. 우리는 친구니까 할 말도 못하지만 애들은 보고 듣고 그냥 내뱉는 거야."

어느 누구보다도 정태를 감싸주던 성우다. 나와 친구 모두들 그와 같은 생각이다. 정태와 현식의 싸움은 이내 끝이 나고 우리는 달동네를 내려왔다. 가로등 밑으로는 장이 섰다. 모두 약속이나 한 듯이 몰려간다.

임정호 혼자 앉아 술잔을 기울이고 있다. 정호는 IMF가 터지면서 존재를 알 수 있었다. 달동네에 무척 오래 살았다. 2세들 중에서는 가장 나이가 많다. 달동네에서 나의 오랜 친구들은 그를 잘 알고 있다. 정호는 나와 안지는 얼마 안 된다지만 털털하고 솔직한 성격이 볼수록 마음에 드는 친구다. 의류 계통에서 일을 하다 IMF 사태가 터지면서 때로는 노동일도 마다하지 않는다고 한다.

내가 자리에 앉고 나서 얼마 지나지 않아 김청호가 들어온다. 술을 한잔 걸친 거 같다. 김청호는 기분이 좋아 보인다. 술을 내어놓는 주인 아줌마의 기분이 그리 좋아 보이지 않는다. 김청호와 마주칠 때면 떨떠름한 표정을 짓는 정호다. 이를 눈치 못 챌 김청호가 아니다. 순간적으로 불안감이 생겼다. 정호는 체격이 그리 크지 않다. 나보다는 조금 좋아 보일 뿐 만일 김청호와 싸움을 하게 된다면 정호는 상대가 되지 않는다. 시간이 조금 더 흘러가고 걱정했던 대로 김청호는 정호에게 시비를 건다.

김청호의 말에 코웃음으로 반응을 보이는 정호다. 이를 본 김청호 역시 웃음을 짓고는 그리고 다시 한 번 시비를 건다. 지켜보던 전주집 아주머니가 큰소리를 친다.

"아니 좋은 술들 마시고 왜 이러는 거야?"

김청호는 아주머니의 말에 개의치 않는 웃음을 짓는다. 더 이상 김청호와 마주하는 것이 불편하다고 느낀 정호가 일어난다. 그리고 김청

호를 향해,

"술을 퍼먹었으면 집에 가서 곱게 잠이나 자 이 양반아."

문을 열고 나가는 정호에게 김청호가 한 마디 한다.

"어이 친구, 나 좀 보고 가지?"

'일이 터지는구나. 어떻게 해서라도 말려야 한다. 큰일이 나기 전에.' 김청호는 정호의 뒤를 쫓으며 전주집을 나선다. 한순간도 지체해선 안 된다 싶어 김청호의 뒤를 밟았다. 전주집 문을 열고 나가자 생각했던 대로 밖에서는 이미 싸움이 벌어지고 있었다. 김청호 밑에 깔려있는 정호, 나는 김청호를 제지했다. 뒤이어 천기와 정태가 달려들어 손쉽게 사태를 해결할 수 있었다.

김청호가 떠나고 집으로 돌아가는 정호에게 다가가, 김청호는 조심해야 할 사람이라고 말했다. 성렬도 김청호에 의해 폐인이 된 것이라고 말했다. 김정호는 나의 말에 크게 걱정하지 않는 모습을 보인다.

"동수 걱정 마, 아직까지 저런 것들은 겁 안나."

"아냐 정호, 청호는 노동일로 단련이 돼있어 손목 힘이 대단해 조심해야 돼."

"걱정 마, 오늘 고마웠어."

돌아서 가는 정호의 뒷모습을 보며 큰일이 나지 않은 것이 다행이라고 생각된다.

점심을 먹고 잠시 휴식을 취했다. 어제 정태와 현식의 일이 생각난다. 정태는 현식의 행동에 적잖이 당황했을 것이다. 평소 정태의 행동으로 보아서는 2세들의 비난을 피해가기에는 역부족이라 할 수 있지 않을까. 큰 것은 모른다 하여도 소소한 일에는 융통성 있는 지혜로운 모습을 보여줄 수도 있었을 텐데….

현식은 사회의 일원이 되기에는 아직 좀 더 가다듬을 필요가 있다. 그 하고는 싸우지 않은 사람이 없을 정도로 다툼이 다반사다. 만성이 되었다지만 이제는 여유를 가지고 바라보는 시선을 의식해야하지 않을까 싶다. 현식이 갈 길은 아직 멀지 않았는가. 험할수록 힘이 들더라도 준비는 꼼꼼히 하고 길은 물어야하지 않을까.

퇴근 후에 들린 충주집에 정민의 전화통이 불이 난다. 카드 돌려 막기에 안간힘을 쓰는 모습이다. 전등불 아래 모여 있는 사람들을 한 번 둘러보았다. 모두들 하나같이 게임에 열정을 다 한다. 어느 순간 아까운 청춘들이 식어가는 모습이 보인다.

천기를 다시 한 번 쳐다보니 그 옛날 그 시절에 장 집사가 생각난다. 틈만 나면 때와 장소를 가리지 않고 모두에게 구원의 손길을 보내는 장 집사. 모두들 그를 보며 전도사라 칭하며 돌아서서 웃지 않았는가. 지금 이곳에는 그와 같은 사람이 필요하지 않을까 싶다. 아쉽게도 그는 오래 전에 이곳을 떠나지 않았는가.

전주집에는 용식만이 있었다. 나는 그의 옆자리에 앉았다. 길남은 쉴 새 없이 들락거리며 욕을 해댄다. 길남의 성격을 잘 아는 나는 그를 볼 때마다 머리를 숙인다. 길남은 내가 정성을 보일 때마다 잠시 내게 온정을 보낸다. 쉬운 일 아닌가, 재미도 있고. 무엇보다 편해서 좋지 않은가.

길남이 나가자 아주머니가 푸념을 한다. 길남이 양반되기는 다 틀렸다고 한마디 한다. 모두에게 피해만 줄 뿐이라고. 나는 주인아주머니에게 길남이 절에 가서 수양을 하면 어떻겠냐고 했다.

"아이고 저런 사람은 절대 안 돼. 괜히 남들한테 피해만 줘. 차라리 교회가 빨라."

용식이 나서 절이고 교회고 다 인연이 돼야 한다고 한다. 나는 인연이라고 말하는 용식의 말에 웃었다.

그리고 지난 젊은 시절 집에서 멀지 않은 G동 G교회에 갔었던 일이 생각난다. 선교활동을 나온 아가씨들을 따라 G교회로 가서 청년회장을 만날 수 있었다. 찾아줘서 고맙다는 청년회장에게 나는 그동안 교회에 오고 싶었는데 기회가 없었다고 했다. 나의 말에 청년회장은 아무말 없이 몸을 옆으로 하고 부처 같은 모습을 보이고 있었다. 그의 행동에 우리들은 돌아올 수밖에 없었다.

그리고 완연한 성인이 되어 다시 교회를 찾은 적이 있다. 책상 연단을 힘차게 두드리는 박력 있는 목사님도 보았다. 역시 나와는 인연이 닿지 않았다.

주인아줌마는 집에 일이 있어 오늘은 일찍 들어가야겠다고 한다. 아직 술이 부족하다 싶어 용식과 큰길을 건너 골목 끝에 있는 대폿집으로 들어갔다. 안주로 술국을 하나 시키고 용식의 의향대로 소주를 시켰다. 술 한 병을 더 시키고 다 비울 무렵이 되어 청호가 들어온다. 심상치 않음을 느꼈다. 어제 나는 정호의 편을 들지 않았는가.

나의 예상대로 청호가 다가와 모욕을 준다. 별다른 반응을 보이지 않는 나에게 이번에는 발을 들어올린다. 순간 참지 못해 그의 발을 힘껏 들어올렸다. 뒤로 나뒹굴어지는 그를 보고 밖으로 나갔다. 뒤이어 나를 쫓아오는 청호를 보며 있는 힘을 다해 달아났다. 그러나 얼마 가지 못해 그에게 붙들리고 말았다. 청호의 무차별 폭력이 시작되었다. 뒤를 따라온 용식 역시 청호의 힘에 의해 땅바닥에 나뒹군다.

'아, 이젠 죽었구나 꼼짝없이 한 기사와 성렬이처럼.'

이때 구세주가 나타날 줄이야. 민규가 나타나서 청호를 밀쳐낸다. 분이 풀리지 않은 청호는 계속해서 씩씩거린다. 민규는 전화기를 찾아주고 나의 옷을 바로 입혀준다.

수수께끼가 풀리다

　아프다 온몸이 쑤신다. 이렇게 많이 맞아본 것도 처음이다. 천만다행이다. 김청호에 당한 한 기사가 중환자실에서 무척 고생을 했다고 들었다. 때마침 나타난 민규가 아니었더라면 생각만 해도 아찔하다. 달동네는 나와 좋은 인연은 될 수 없다. 하지만 그 누구처럼 나는 모든 것을 잃지는 않았다. 나는 전에 연수와의 싸움에서도 위기에서 벗어날 수 있지 않았는가. 심심하기도 하거니와 외로움을 달래러 이곳을 찾아왔다가 실망을 안고 돌아갔던 일이 어디 한두 번이었던가. 그래도 다음날이면 다시 이곳이 그리워지는 것이 나의 마음 아니었나.

　언제 어느 때고 마음 놓고 웃으며 떠들 수 있는 이곳이 나에게는 가장 행복했던 곳이라고 할 수 있다. 나와 같이 가진 것 없는 이들한테는 이곳 달동네가 더 없이 좋은 곳이리라.

　운동장에 나가지 않은지도 무척 오래되었다. 나뿐만이 아니라 달동네 축구회원을 비롯해 많은 이들이 흥미를 잃어가는 것이 조금은 놀라운 일이다. 초창기 축구에 흠뻑 빠져있던 우리들은 함께 모여 밤이 늦도록 술을 마셔가며, 토론을 벌이며 열정을 보여주지 않았는가. 집행부에 불만을 갖고 운동장에 나오지 않는 회원들을 향해 할 말이 있으면 운동장에 나와서 따지라고 했다. 이에 지지 않는 회원들은 명분이 있어야 들어가지 않겠냐며 개선책을 먼저 요구하기도 했다.

청년회원들의 불만적인 행동에 하극상이라 외치던 선배, 지금은 과도기라며 능숙한 달변을 보이던 지산. 판관 포청천의 흉내를 내던 그의 모습을 생각하며 잠시 웃어본다. 시들어가는 축구회가 단체장의 책임이라고만 볼 수 없다. 단체생활에서 각자 개인의 주장을 조금씩 굽혀야만이 성공할 수 있지 않을까. 축구회를 처음 만들었을 때 각자 큰 목소리를 내는 것을 보고 먼 옛날 부족들이 모여 나라를 세울 때 그들의 모습이 우리 축구회와 크게 다르지 않았을 것이라고 생각된다.

재개발로 인해 달동네를 떠난 덕호 형과 태춘 형, 나에게 많은 아쉬움만 주었다. 그 역시 있을 때는 모르지 않았는가. 부질없이 잠시 그에게 대항했던 시간이 미안하고 부끄러울 뿐이다.

김택현의 집 앞에는 어린아이들과 아이를 업은 여인의 모습이 보였다. 가까이 가보니 다름 아닌 용훈의 처가 김택현과 무언가 이야기를 나누고 있다. 용훈은 삼십대 초반으로서 아이 셋을 키우고 있다. 눈이 좋지 않은 그는 정부의 지원을 받기도 한다.

용훈이 오늘 경호와 함께 경찰서에 붙들려갔다고 한다. 재개발로 인해 집주인이 살고 있지 않은 집에서 연탄을 가져왔다고 해서다. 이를 안 집주인은 용훈과 경호에게 왜 남의 연탄을 주인 허락 없이 가져갔냐며 따졌다고 한다. 술이 취한 경호는 어차피 이사할 건데 연탄 좀 갖다 때면 어떠냐고 항의를 했다. 김택현은 잘못했다고 빌어도 시원찮을 텐데 누가 봐주겠냐고 말한다. 그는 용훈의 처에게 아이들 모두 데리고 경찰서로 찾아가서 빌라고 했다. 돌아서 가는 그들을 보고 나는 웃음이 나올 수밖에 없었다. 김택현과 경호는 남의 일에 나서는 것을 좋아한다고.

'아니 연탄을 뭐 지가 땔 거야? 하여튼 남의 일에는 발 벗고 나서.'

김택현과 헤어져 전주집으로 가는 중에 경호 생각이 났다. 그는 남의 걸 탐낼 만큼 비양심적인 사람은 결코 아니라고, 가끔은 철규의 빈자리를 메꾸었다고 생각한 적도 있다. 전보다 변했다고는 하나 가슴 속 깊은 마음은 아직 그대로일 것이라 믿는다. 그러나 그 역시 이곳 환경에서 벗어나기는 힘들 것이다. 여러 사람들이 극복하지 못한 힘든 일이라 하나 희망도 보지 않았는가. 기적과도 같은 철규의 변신, 종교의 힘은 정말 대단한 것이다.

윷놀이 판이 절정에 이르렀다. '잠깐만, 이번 판에는 내가 한번 찍어볼게.' 돌아서서 웃는 이들이 보인다. 오늘은 많은 시간이 나서 즐거운 시간을 보낸다. 이곳이 노름판의 명소가 된지 오래다. 오늘도 그 명성을 이어간다.

전주집에는 주인아저씨와 복진이 앉아있다. 복진이 술이 어느 정도 된 것 같다. 주인아저씨에게 쉴 새 없이 농을 건다. 귀찮다며 빨리 집으로 들어가라는 주인아저씨. 나에게도 농담을 던지는 복진이 오늘도 정신병자의 흉내를 낸다. 나 역시 병자에 대한 예우를,

"복진아, 너 약은 꾸준히 먹고 있잖아."

"아니 이 새끼가 뭔 소리를. 내가 꼭 폭력을 써야 되겠어?"

언제나 그렇듯이 나는 그에게 목숨을 애원했다. 복진이 돌아가자 나는 주인아저씨에게 복진이 이제는 다 망가진 것 같다고 했다.

"이 사람아, 복진이는 벌써 망가진 사람이야."

전주집 주인아저씨의 보는 눈이 나와 무엇이 다르랴. 그는 오래 전부터 조짐을 보이지 않았는가. 처음 만났을 때는 비할 데 없이 성숙한 사회인의 모습을 보여주던 복진, 세상을 조금만이라도 넓게 보았으면…. 소집해제 통지서를 보여주며 세상을 향해 자신만만해 보이던 사

회인이 기초라 할 단체생활의 기회를 놓친 것이 안타까운 일이라는 생각이 든다. 보다 더 남을 위한 배려가 있었으면 좋으련만….

전주집을 나오자 골목길 끝으로 영근의 모습이 보인다. 며칠째 쉬고 있다는 영근 형, 건강은 그리 나빠 보이지 않는다. 영근은 전보다는 많은 일을 하고 있다. 축구회 안 나간지가 조금 되었다고 말한다. 그 역시 축구회 분위기 예전만 못하다고 한다. 용식이 다가오자 타짜라며 반긴다.

"아니, 선생께서 어떻게 요즘 화투를 다 안 하고?"

영근의 말에 대꾸 없이 팔짱을 낀 채 웃음만 짓는다. 어느 때보다도 더 기분 좋아 보이는 영근은 이곳은 시끄러우니 밑에 있는 매운탕 집으로 가자고 한다. 도중에 만난 천기가 합류하고, 매운탕 집으로 들어섰다. 술이 한두 잔씩 돌아가고 찌개는 끓고 화목한 분위기는 절정으로 치달렸다.

"윷놀이 판에 모여든 사람들 보니 내가 모르는 사람이 절반이 넘는 것 같더라고."

영근의 말에 용식이 나서 S동 M동에서도 많이 몰려든다고 했다. 젊은 애들이 많이 모여 있다 보면 폐인 되기 십상이라며 천기에게도 주의를 하라는 영근이다. 또 부친을 거울삼아야 한다며 충고를 잃지 않는다. 마시던 술이 거의 다 비워갈 즈음 자신이 알고 있던 달동네 사람들이 이제는 절반이 넘게 세상을 떠났다며 아쉬워하는 영근이다.

모두 밖으로 나왔다. 어느 누구보다도 언제나 나의 말에 많은 웃음을 보여주는 영근. 오늘은 그 어느 때보다도 그가 좋아만 보인다. 영근 형에게 어리광이라도 부려보고 싶은 마음에 TV 드라마 제목을,

"형 파랑새가 있어?"

나의 말에 영근이 웃는다. 그리고,

"파랑새는 최종수한테 물어봐야지."

나는 또다시 영근에게 물었다.

"형, 전에 내가 어렸을 때 아침 라디오 방송에서 파랑새 섬을 찾아 나선 탐험대가 끝내는 파랑새 섬을 찾지 못했다는데 형은 그 얘기 못 들 었어?"

"어 그거, 그걸 최종수가 잘 알더만. 종수가 거기서 죽다가 살아나왔 다는구만."

순간 영근 형의 말에 나는 나의 귀를 의심했다. 그리고 이어지는 그 의 말이 기대된다.

"젊은 애들이 많이 죽었다는구만. 종수도 거기서 충격을 받은 것 같 더라고. 그래서 술만 먹으면 정신병자처럼 되는 것 같더라고."

'아, 이제야 오랜 수수께끼가 풀린 것만 같다.'

초판인쇄　　2020년 01월 15일
초판발행　　2020년 01월 22일

지은이　　백동수
펴낸이　　박찬후
디자인　　이지민

펴낸곳　　북허브
등록일　　2008. 9. 1.

주소　　서울시 구로구 중앙로 27다길 16
전화　　02-3281-2778
팩스　　02-3281-2768
이메일　　book_herb@naver.com

ISBN 978-89-94938-56-1 (03810)
값 15,000원